평범한 아버지에서 푸른나무재단 설립까지
참척의 고통을 이겨내고
학교폭력에 맞선 NGO로 다시 태어난 삶

아버지의 이름으로

김종기 지음

은행나무

차례

3장 미래로 나아가다 : 푸른나무재단

들어가며

내게 그런 엄청난 사건이 닥칠 줄은 상상조차 하지 못했다.

반듯하고 성실해 친구들 사이에서 신망이 두텁고 인기도 좋았던, 그래서 주변의 칭찬을 한몸에 받았던, 그렇게 나와 아내에게 고된 일상을 버틸 수 있는 힘을 주었던 대현이가 죽었다. 대현이는 스스로 몸을 던져 목숨을 버렸다. 그것도 두 번씩이나 투신해 끝내 세상과 부모를 등진 채 열여섯 짧은 생을 마감했다. 차마 먼저 보낼 수 없는 자식의 뜨거운 뼛가루를 바다에 뿌리면서 나와 아내는 견딜 수 없어 몸부림치며 울었다. 이제는 세상 어떤 것도 무의미했다. 나는 내 오랜 신앙의 대상이었던 하나님을 원망했다. 생때같은 자식 뒤에 남은 것은 아무것도 없었다.

견디기 위해서는 잊어야 했다. 대현이의 흔적은 되도록 없앴고, 회사 일에만 전념하려 했다. 하지만 대현이의 죽음으로부터 벗어날 수 없었다. 어쩔 수 없이 나는 학교폭력의 현실을 정면으로 마주하게 되었다. 다른 선택은 없었다. 그러나 학교폭력을 없애는 일은 모든 것을 다 걸어도 이루기 힘든 일이었다. 눈앞에 놓인 사장 자리도 포기하고 나는 학교폭력을 없애야 한다고 깃발을 들었다. 푸른나무재단(구 청소년폭력예방재단, 청예단). 벌써 27년 전 일이다. 길은 없었고, 온통 가시밭이었다.

학교폭력의 현장인 학교에서는 "학교폭력은 없다"며 폭력의 존재 자체를 부인했고, 이를 찾아내고 막아야 할 관료들은 판에 박힌 입발림이나 냉소로 일관했다. 법과 제도는 학교폭력을 금지하고 있었지만 허수아비였고, 아이들은 아무런 관심과 보호도 받지 못하고 학교폭력에 노출되어 있었다.

어려움은 밖에만 있지 않았다. 직원들의 월급날이 가까워지면서 밀려오는 걱정과 불안, 취지나 뜻에는 아랑곳하지 않고 청예단의 이름을 빌려 이익과 명예만 취하려던 음악회, 우리의 공과 아이디어를 손쉽게 가져가는 공무원들, 아무리 애를 쓰고 도와주어도 만족스럽지 않다는 이유로 끝없이 이어지는 하소연과 원망도 우리를 힘들게 했다. 나는 후원자들 앞에서 늘 작아졌고 언제 어디서나 몸조심, 입조심을 해야만 했다.

겉보기에는 명예스럽고 '모양새'가 잡힌 일이었을지 모르겠다. 허나 실은 크기를 어림할 수조차 없는 거대한 벽과의 투쟁이었고, 모두가 남의 일이라 생각하며 외면했던 고독의 시간이었고, 간혹 들리는 응원과 지지의 목소리에 눈물 흘렸던 감동의 경험이었다. 미리 알았더라면, 결코 가지 못했을 길이었다.

하지만 동시에 이 모든 것은 나에게 주어진 형벌이었다. 아들을 고통과 외로움으로부터 지키지 못한 아비에게 주어진 형벌, 나 스스로 용서받을 수 없는 죄인임을 자인하고 스스로 선택한 자기형벌의 세월이었다.

학교폭력이라는 거대 공룡과 정면으로 맞닥뜨려 엉켜 싸우고 화해하면서, 울고 웃으면서, 그렇게 27년을 투쟁해왔다. 그동안 주변 친구들에게서 "제발 그만 내려놓고, 쉬어!"라는 말도 수없이 들었다. 나는 그 말이 진심임을 안다. 편안하게 살고 싶지 않은 사람이 세상 어디 있겠는가. 하지만 아비 된 자로 어찌 아들의 한스러운 죽음을 꿈엔들 잊을 수 있으며, 우리에게 도움을 청하는 수많은 아이들과 그 부모의 절규를 외면할 수 있을까. 학교폭력이 사라지지 않는 한, 내게 주어진 힘과 열정이 소진되지 않는 한, '그만 내려놓을' 방법은 없었다.

그 십자가를 숙명으로 받아들이고 나니 모든 것이 가능해졌다. 나는 청예단에 몰두했다. 청예단을 아들의 분신이라고 생각했다. 아들에게 못다 준 사랑과 열정과 헌신을 모조리 청예단에 바쳤다. 누구보다 열심히 살았던, 지난 20년간 직장 생활에 쏟은 열정보다 더 깊고 많은 열정을 바쳤다. 내가 사라진 후에 남을 모든 것도 청예단에 묻고 가겠다고 마음을 먹었다. 대단한 일이 아니라 그저 죄 씻음의 일부일 뿐이다. 내 운명의 마지막 단락을 수습하고 정리하는 일에 지나지 않는다.

역설적으로 나는 여기서 구원을 받았다고 생각한다. 내가 쥐고자 했던 세속의 모든 것을 내려놓고 청예단의 길을 선택함으로써 마음의 평화와 안정을 얻었다. 때로는 끝없이 밀려오는 일 속에서 진한 보람과 감동을, 오히려 감사함을 느낀다.

이름도 성도 모르는 사람들의 봉사와 헌신, 어려울 때 기적처럼 나타나는 후원의 손길, 은연중에 성원하는 그림자 같은 사람들, "이 은혜를 평생 잊지 않겠노라"고 눈물을 흘리며 감사하는 소녀와 그 부모, 새벽마다 우리를 위해 기도하는 수많은 사람들, 우리를 돕기 위해 모여드는 너무나 훌륭한 전문가들…… 그들의 재능과 시간과 기도는, 돈으로는 살 수 없는 귀한 것임을 나는 잘 알고 있다. 그리하여 나는 내 운명에 감사한다.

만에 하나 내가 이 길이 아닌 다른 길을 선택했다면 지금의 나는 어떤 모습일까? 얼마간의 명예와 부로 더 많이 좋은 것을 누리고 있을 것이며 내 몸은 좀 더 편안했을 것이다. 하지만 시시때때로 찾아들었을 깊은 한과 죄책감, 분노와 허무함은 어찌할 수 없었을 것이다. 그것들은 불시에 내 정수리와 명치를 파고들어 나를 괴롭혔을 것이다. 몸은 편할지언정 마음은 그렇지 못하고, 세상은 원망과 분노로, 생활은 한숨과 술로 가득 찼을 것이다.

감사하게도 나의 척박한 삶과 청예단의 놀라운 활동을 어여삐 보는 하나님의 위로를 근래에 많이 실감한다. 세계적 명성의 아쇼카 펠로 선정과 교육계의 권위적인 상인 인촌상 수상이 그 예다. 어릴 적부터 들어왔던 막사이사이상 수상 소식 역시 믿기 힘들었다. 그간의 수고를 대현이가 저곳에서 위로해주는 느낌이었다. 나는 대현이와 둘이서 마냥 걸었다.

"아빠 정말 애쓰셨어요."

그 무겁고 기나긴 고통이 한꺼번에 치유되는 감사를 경험했다.

지난봄에는 〈유 퀴즈 온 더 블록〉(이하 〈유퀴즈〉)에 출연하는 일도 있었다. 방송은 나와 재단의 긴 역사를 한눈에 알기 쉽게 정리한 한 편의 짧은 감동의 드라마였다. 수백만 시청자들은 뜨겁게 반응해주었다. 코로나 후유증으로 지친 우리에게 예상치 못한 큰 힘을 주었다. 분명 사람의 힘으로는 불가능한, 하나님의 축복이라고밖에 볼 수가 없다.

나는 이러한 기적들이 나 개인을 넘어 푸른나무재단의 영광으로 발전하는 꿈을 꾼다. 지금까지 잘해온 것처럼 우리 푸른나무재단은 한층 탄력을 받아, 새로운 목표를 세우고 더 큰 바다로 항해하면서 세상에 이로운 일을 감당해나갈 것이다. 그와 더불어 우리 아이들이 더 맑고 푸르고 행복하게 자랄 수 있는 여건이 만들어지리라 믿는다.

이 글을 바치고 싶은 고마운 사람들이 있다. 훌륭하신 임원님들, 훈훈한 후원자님들, 따뜻한 자원봉사자님들, 무엇보다 이 어려운 일을 불광불급 정신으로 열심히 개척해가는 사랑하는 직원들에게 두 손 모아 바친다.

마지막으로 학교폭력으로 사랑하는 자식을 잃고 가슴이 없는 어버이들, 고난으로 점철된 NGO의 십자가를 지고 가는 시민운동가들, 특히 청소년 관련 활동가들에게 좋은 참고가 되기를 바란다.

2022년 여름
김종기

故김대현 군 장례 영정사진_1995년 6월 8일

1장

칼날 위의 시간들

모든 것이 순조로웠다.
끝없이 몰려들던 일과 사람들.
완벽하게 내조하는 아내,
건강하고 밝게 자라는 아이들.
이 모든 것이 한순간 끝났다.
느닷없이. 속절없이.

대현이가 죽었다. 스스로 목숨을 끊었다.
믿을 수 없었지만 사실이었고,
나는 어느새 칼날 위에 서 있었다.

이지메

얼마나 힘이 들었으면

제 한 몸마저 땅으로

떨어뜨렸을까.

슬픔이 얼마나 컸으면

그 꿈 많은 청춘을 바위에 으깼을까.

얼마나 괴로움에 지쳤으면

모든 꿈 접고 저 홀로

눈부신 태양 아래 피로 잠들었느냐.

-1996년 대현 군에게 바친
어느 시인의 시

눈이 선한 아이

팬클럽 다섯 개의 킹카

　하늘에서도 여전할진 잘 모르겠지만, 대현이는 눈이 참 선한 아이였다. 아이를 바라보는 아비의 눈이라는 게 공정할 수는 없겠으나, 이건 단지 내 생각이 아니라 대현이를 아는 모든 이들의 공통된 생각이다. 늘 웃고 있었고 바른 아이였다. 모든 아이들이 다 귀하지만, 대현이의 귀함은 거기에 성실함을 보탠 귀함이었다. 아비인 내가 봐도 신기할 정도로 녀석은 과묵하면서도 품위가 있었고 공부든 운동이든 못하는 것이 없었다.

　홍콩 거주 시절, 대현이는 홍콩 한국학교에서 남학생 대표와 같은 역할을 했다. 학교 행사, 특히 연말 행사 때 한복을 예쁘게 입고 한국을 알렸고 성적 역시 1, 2등을 다투는 아이였다. 누나인 강연이도 공부를 잘해서 주변의 학부모들이 우리 부부를 무척 부러워했다. 수학·과학경시대회, 역사자랑대회, 글짓기대회 등 모든 대회에서 당연한 것처럼 1등 상을 받아 왔다. 그러다 보니 심지어 당시 〈홍콩한인회보〉가 두 아이를 위해 만들어진 것이 아니냐는 농담이 나올 정도였다. 따로 과외를 시킨 적도 없건만 스스로 알아서 공부하는 모습에 나는 뿌듯했고, 덕분에 내 일에 더욱 전념할 수 있었다.

그렇다고 대현이가 백면서생처럼 책만 보고 공부만 했던 건 아니다. 스포츠도 제법 즐길 줄 알았다. 언젠가 지인의 가족과 함께 놀러 간 수영장에서 아이들끼리 헤엄을 치며 노는데, 수영을 정식으로 배우지 않은 대현이가 수영강습을 받고 있던 아이들보다 빨리 들어온 적이 있었다. 그 모습을 지켜본 아내는 몹시 흐뭇해했다. 수영에 재능이 있었는지 중학교 때는 아예 학교 대표로 수영대회에 나가 상을 탄 적도 있다. 농구도 빼놓을 수 없다. 예나 지금이나 사내아이들은 농구를 무척이나 좋아하는 듯한데, 대현이도 둘째가라면 서러울 만큼 농구를 좋아했고 잘했다. 키도 컸지만 운동신경도 좋은 편이었는지, 농구 실력이 제법이었다.

요즘 말로 하자면 대현이는 '엄친아'였다. 죽을 당시, 대현이는 나보다 키가 컸다. 부질없는 생각이지만, 운동을 시켰으면 어땠을까 하는 생각도 숱하게 해봤다. 대현이가 좋아하는 것을 하게 했더라면 이 세상이 훨씬 더 살맛나지 않았을까? 그랬더라면 이 세상을 등지고 엄마 아빠 곁을 떠나지 않았을 수도 있었을 텐데……. 생각하면 지금도 마음이 너무 아프다.

어쨌든 녀석의 인기는 아빠인 내가 봐도 부러울 정도였다. 아내에게 전해 듣기로 1990년 홍콩에서 우리나라에 돌아온 뒤 반포초등학교를 거쳐 반포중학교에 입학했는데, 녀석을 좋아하는 여학생들이 생기기 시작했단다. 3학년 때는 팬클럽이 다섯 개였고 여학생들이 편지를 계속 보내자 녀석이 부모 몰래 '안전'하게 받기 위해 다른 아파트 빈 우편함 주소를 이용했던 것도 나중에야 알았다. 지금처럼 휴대전화가 있던 시절이 아니라 아이들에게는 '삐삐'라 불리는 무선호출기가 있었는데, 대현이가 간 이후에도 1년 정도 메시지가 꾸준히 들어오곤 했다. 거기에는 "대현아, 잘 가. 미안해. 널 사랑해……" 등 많은 메시지들이 끊임없이 들어왔다. 하늘나라 대현이에게 보내는 그 메시지들이 너무나 생생하고 안타까워, 그 삐삐 번호를 1년 이상 살려두었다.

대현이 사고는 모든 순간을 아프고 저리게 만들었다. 시간이 지나면서 '어디서부터 잘못됐을까?'를 자주 생각하게 되었다. 오랜 시간 생각하다 보니 몇 가지 짚이는 부분이 있었다. 그중 하나가 귀국 후 예전 동네가 아닌 낯선 지역에 집을 구한 것이었다. 그때를 돌아보니 그제야 후회되었다. 대현이의 친구들은 모두 예전 동네에 살고 있었으니까.

반포초등학교 5학년으로 전학 온 지 얼마 안 됐을 때였다. 어느 날 퇴근하고 늦은 시간에 집에 돌아왔는데 대현이 표정이 밝지 않았다. 적응하는 중인가보다 생각하면서도 신경이 쓰여 무슨 일이 있느냐고 물었더니, 학교에서 대장 격인 다른 반의 아이가 대현이에게 한판 붙자고 도전장을 냈다는 것이다. 다음 날 학교에 가면 그 아이와 일대일로 싸워야 할 판이었다.

나는 대현이가 잘 해결하리라고 믿었다. 아빠로서 줄 수 있는 건 자신감뿐이라고 생각했다. 그래서 말했다.

"대현아, 넌 잘할 수 있어. 자신감을 가져. 자, 따라 해봐. 자세를 숙이고, 어깨를 더 낮춰야지. 왼손을 세워 얼굴을 막아봐. 그리고 몸을 이렇게 움직이면서 상대방의 틈을 보고 원, 투! 원, 투! 오른손으로는 잽을 날려! 당당하게 맞서! 절대로 무기를 쓰면 안 돼. 비겁하잖아! 오케이? 힘내! 파이팅!"

걱정은 됐지만 출근하자마자 밀려오는 회의와 전화로 나는 대현이 일을 잊었다. 잠시도 다른 생각을 할 틈이 없던 나날이었다. 지난밤 일이 다시 생각난 것은 저녁 늦게 집에 돌아오고 나서였다. 대현이를 보자 그제야 생각이 났다.

"대현아, 참, 어땠어?"

일단 별다른 상처나 폭력의 흔적은 없어 보였다. 자세히 물으니, 교실에서 반 친구들과 팔씨름을 하여 모두 이기고 있는 대현이를 창문을 통해 보고 있던 그 아이가 도전을 포기하고 '친하게 잘 지내자'고

화해를 청했다는 것이다. 대현이의 걱정은 의외로 쉽게 사라졌단다. 그래서 나는 "잘했다, 잘했다"라고 칭찬을 해줬다.

그렇게 대현이는 한국에 돌아오자마자 혹독한 신고식을 잘 견뎌내고 차츰 자리를 잡아갔다. 반포중학교 2학년이 되자 대현이는 반장 선거에 출마하여 다섯 후보 중에서 당당히 반장으로 선출되는 리더십을 보였다. 친구들과 어울려 놀기도 잘했다. 늘 조용하면서도 착하고 성격이 좋아 친구들 사이에 인기가 많았다. 길에서 지갑을 주워도 별다른 고민 없이 인근 파출소에 가져다 줬고, 주인이 학교로 연락해 그제야 그런 일이 있었음을 학교에서 알게 되었다. 우리는 그 사실을 대현이가 받아 온 선행상과 표창장을 통해 알았다. 하지만 정작 대현이는 당연한 일에 상을 받았다는 듯 겸연쩍어 했다.

좋지 않은 징후

대현이는 동부이촌동에 있는 K고등학교에 입학했다. 그때는 소위 '학군제'라는 것이 있어서, 모두가 강남 쪽 학교를 원했지만 대현이는 반포에서 산 기간이 짧았기에 홀로 강북 쪽 학교로 배정을 받았다. 반면 친하게 어울리던 친구들은 거의 반포에 있는 세화고등학교로 진학했다. 대현이의 고난은 그곳에서 시작되었던 것 같다. 가장 중요한 친구들, 자기를 지지해주고 함께 대화할 친구들이 곁에 없다는 것이 가장 큰 문제였다.

하지만 나는 사실 잘 몰랐다. 몰랐다기보다 방심하고 있었다는 게 정확하다. 홍콩으로 파견 나갈 때 가장 걱정했던 건 아이들의 적응 문제였는데, 우리 부부의 걱정이 무색하리만치 아이들은 잘 적응을 했었다. 그리고 귀국 후 초등학교에서도, 중학교에서도 잘해냈기 때문에 이번에도 결국 별 탈 없을 거라고 은연중에 믿었던 것이다. 그때까지 나는 학교에 괴롭힘이나 폭력이 그렇게나 만연한 줄 몰랐다.

아비의 회한

돌이켜보면, 고등학교 진학 후 대현이의 얼굴은 늘 우수에 젖어 있었다. 어깨는 축 늘어져 있었다. 누가 찍었는지 알 수 없지만 덩치 큰 녀석이 학교 외진 곳에 혼자 축 처진 모습으로 앉아 있는 사진이 몇 장 있다. 어느 땐 옷이 흙투성이가 되어 오기도 했고, 몸에 자잘한 상처들이 보이기도 했다. 언젠가는 "도대체 왜 이리 됐느냐?"라고 따져 묻기도 했지만, 대현이는 학교에서 오는 길에 불량배들을 만났을 뿐이라고만 했다.

하나 더 후회스러운 것은 대현이에게 내가 너무 엄격한 아비였다는 점이다. 나는 아이들을 사치스럽게 키우지 않겠다는 생각이 뚜렷했고 강했다. 그래서 내가 생각하는 최소한의 경비만 주었다. 당시 반포에서 동부이촌동까지 가려면 교통이 무척이나 복잡해서 버스를 타고 다리를 건너 다시 버스를 갈아타고 가야 했는데, 나는 단 한 번도 내 차로 대현이를 학교에 데려다 주지 않았다. 나에게는 회사 차와 운전기사가 있었다. 가는 길에 한 번쯤 태워줘도 되지 않았을까. 하지만 나는 그렇게 하지 않았다. 공적인 회사 차로 아이를 등교시킨다는 것이 내키지도 않았지만, 대현이를 되도록 자립심 강한 아이로 키우고 싶은 생각이 컸기 때문이다.

어쩌다 아들 녀석이 친구들과 어울려 길 가는 걸 봤다면, 잠깐 차를 멈추고 친구들과 맛난 걸 사 먹으라고 용돈을 좀 줄 법도 한데, 나는 간단히 손만 흔들고 지나쳐 갔다. 이제야 드는 생각이지만, 내가 대현이를 사랑한다는 게 도대체 무엇이었을까? 그때 나는 신원그룹의 기획조정실장 전무로 할 일이 많았고 사실 바빴다. 가까운 일본은 당일 출장이 기본이었고 중국도 1박2일, 일요일에도 국내 영업점과 건설공사 현장을 돌아다닐 정도로 열심히 일했다. 집안일이나 아이들에게 신경을 쓸 겨를이 도저히 없었다. 그도 그럴 것이, 신원그룹 박성철 회장은 늘 나에게 자기 이후에 회사를 맡아서 경영해야 한다는 말을 수시로 하셨고, 때때로 어느 사업장에서 만나자고 연락이 와, 그렇게 죽도록 뛰지 않을 수도 없었다.

그러나 지나서 생각해보니 모두가 헛되고 헛되다. 아들을 그렇게 허무하게 잃고 보니 출세고 명예고 그 무엇이고 아무 소용이 없는 것을……. 도대체 내가 무엇을 한 것이고, 그것이 무슨 가치가 있단 말인가? 왜 그때 아이에게 좀 더 다정다감하게 대하지 못했던가 하는 뼈저린 후회만이 가슴을 친다.

내가 베이징으로 출장을 떠나던 날 아침, 그러니까 내가 살아 있는 대현이를 마지막으로 본 그때, 대현이의 표정은 무척 어두웠다. 1995년 6월 6일, 현충일 오전 9시경이었다. 그날은 공휴일이었지만 북한과 사업을 추진하던 때라, 평양 측 파트너를 만나기 위해 베이징 출장길에 올라야만 했다. 아파트 1층 현관을 다 내려와서야 뭔가를 놓고 나온 것이 생각나 대현이를 불렀다. 5층짜리 아파트이고 인터폰도 없어서 현관에서 큰 소리로 5층에 있는 대현이를 불렀다. 부탁한 물건을 들고 내려온 대현이의 얼굴에 짙은 그림자가 드리워져 있었고, 온몸에 힘이 없어 보였다. 생각해보면, 아마도 이미 죽음을 결심한 상태였을 것이다. 녀석의 표정이 마음에 걸렸지만, 그리 대수롭지 않은 일이길 바라며, 간단히 "고마워. 힘내!" 한마디를 남긴 채 나는 차에 올라타고 서둘러 출장을 떠났다.

나는 6월 8일 출장을 마치고 돌아올 계획이었고, 대현이는 그날 새벽에 세상을 등졌다. 왜 하필 내가 돌아오는 날 새벽이었을까? 왜 내가 없는 때를 골랐을까? 그 엄청난 결심을 하고 자기 방문을 열고 창문에 섰을 때, 대현이는 얼마나 외롭고 무서웠을까? 무엇이 그토록 힘든 결정을 하게 만들었단 말인가?

무엇보다, 그 무서운 1차 실행에 실패했으면 죽기를 포기해야지, 왜 재차 몸을 던진단 말인가. 대현이가 피를 흘리면서 애써 다시 아파트를 올라 5층 난간에 서는 동안 그 쓰라리고 처절했을 마음을 생각하면 억장이 무너진다. 다시 난간에 서서 밑을 바라보던 열여섯 살 소년의 마음은 어떤 것이었을까. 그것만 생각하면 내 가슴은 쓰리다 못해, 차라리 찢어진다는 표현이 맞는다.

그토록 처절한 아들을 지켜주지 못한 이 못난 아비가 어찌 이 세상을 아무 일도 없던 것처럼 태연하게 살 수 있단 말인가. 성공이니 부니 하는 것도 다 부질없다. 난 이 세상 어떠한 벌이나 고통이라도 마땅히 감수하고 살아야 할 죄인인 것을. 출세, 돈, 영광 따위의 가치들은 이미 내게 사치스러운 말이 된 지 오래다.

늘 곁에 있는 대현이

대현이를 잃고 나서 나와 아내의 삶은 완전히 달라졌다. 그전까지만 해도 남부러울 것 없는 행복한 가정으로 사람들의 부러움을 샀지만, 대현이를 잃은 뒤로 우리는 삶의 전부를 잃어버린 것 같은 상실감에 모든 것을 놓아버렸다. 몸무게가 줄고 얼굴은 까칠해 누가 봐도 꼭 아픈 사람 같았다. 엄마 아빠가 잘못한 거라고 나무라는 사람 하나 없는데도, 위축되고 움츠러들어 모임에도 나가지 않았다. 그리고 어디서 무엇을 하건 모든 것이 대현이와 연관되어 떠올랐다.

아들에게 못다 해준 것들에 대한 후회와 아들에 대한 그리움이 수시로 물밀듯이 밀려와 마음이 편하지 않았다. 이제는 조금 나아지긴 했지만, 부모에게 후회와 그리움이라는 감정은 절대로 사라지거나 변하는 것이 아니다. 살면서 대현이를 잊는 것이 가능하기나 할까. 어려울 것이다. 다만 처음에 비해서 조금은 의연해지고 담대해졌을 뿐이다. 의연해졌다는 것이 마음이 편해졌다거나 고통이 가셨다는 건 아니다. 그저 조금 익숙해졌다는 의미다.

점점 나이가 들고 늙어가면서, 대현이가 곁에 있으면 좋겠다는 생각을 어쩔 수 없이 문득문득 하게 된다. 내 몸이 쇠하고 힘이 떨어지니 젊고 에너지가 넘치는 아들이 곁을 지켜주었으면 어떨까 싶을 때가 있다. 힘이 필요한 일상의 자잘한 순간들도 수두룩하고, 약해지는 마음을 기대고 싶은 순간도 있다. 그런 순간들이 불쑥 찾아오면 대현이가 더 그립다.

만약에 시간을 돌이킬 수만 있다면 내 모든 생을 걸고 그때로 돌아갈 수만 있다면, 아니 차라리 아들과 나의 생명을 맞바꿀 수만 있다면 기꺼이 그래도 좋다는 생각에는 지금도 변함이 없다.

이제 그날의 기억을 마지막으로 복기할 시간이다.

지워지지 않는 날짜

───────────◆───────────

1995년 6월 8일

사람은 누구나 절대 잊을 수 없는 날이 있다. 살아오면서 자신의 삶에 강렬한 충격을 주고, 기억 속에 깊은 흔적을 남긴 그런 날을, 사람들은 품고 산다. 때론 애써 잊으려 하기도 하고 때론 잘 간직하려 하면서. 그것은 좋은 경험일 수도, 나쁜 경험일 수도 있다. 대개의 경우 잊을 수 없는 건 아픈 경험이기 쉽다. 어쩌면 살아간다는 건 그런 일들을 하나둘 쌓아가는 일일지 모른다. 나 역시 마찬가지여서 내 몸과 마음에서 떠나지 않는 날이 몇 있다. 그 가운데 가장 아픈 건 1995년 6월 8일이다. 이날, 내 아들 대현이는 스스로 죽음을 택했다.

자식의 자살에 대해 말하기 좋아할 사람은 세상 어디에도 없다. 이 이야기가 얼마나 어렵고 힘들지, 그리고 아플지 한 번이라도 생각해 본 사람이라면, 차마 그 일에 대해 말을 붙이기도 어려울 것이다. 사람들은 '부모가 죽으면 땅에 묻고 자식이 죽으면 가슴에 묻는다'고 말한다. '가슴에 묻는다'는 게 어떤 것인지 헤아릴 수 있는 사람은 얼마나 될까? 물론 그 아픔을 꼭 알아야 하는 것은 아니다. 오히려 아무도 그런 슬픔을 겪지 않아도 되는 세상이 좋은 세상이다. 하지만 현실은 그렇지 않다. 헤아리기 힘들 정도로 아픈 사람이 있고, 그걸 이해할 수 없는 사람이 있다. 아픈 경험을 가진 이에게 가장 힘든 건 그 아픔을 이해하지 못하는 사람이 아니라 스스로 이해한다고 믿는 사람들, 나아가 이를 이용하려는 사람들이다.

세상 사람들은 남의 특별한 사연을 자주 들추면서 동정하기도 하고 연구 대상으로 삼기도 한다. 대중매체들은 떠올리는 것조차 버거운 개인의 비극을 흥미 위주의 감동적인 드라마로 묘사하기를 좋아하는 것 같다. 꼭 악의적인 의도가 있는 것은 아니지만 누군가의 아픈 경험이 호기심의 대상이나 이윤추구의 수단으로 전락할 때, 당사자는 몹시 자괴감이 든다. 내가 이 책에 아픈 이야기를 다시 한 번 담는 이유는 내 아이 대현이와 같은 불행한 학생이, 나와 같은 불행한 아비가 다시는 나오지 않기를 바라기 때문이다. 또한 지금까지 숱한 인터뷰에서 반복했던 이야기들을 앞으로는 애써 하지 않아도 되기를 바라는 마음도 있다.

대현이는 그날 새벽 3시쯤 아파트 5층 자기 방 창문 밖으로 몸을 던졌다. 고등학교에 입학한 지 3개월 남짓 지났을 때였다. 하지만 의도와 달리 주차되어 있던 자동차 위로 떨어졌고 몇 군데 찰과상을 입었다. 대현이는 피를 흘리며 그대로 아파트를 돌아 현관 계단을 걸어 올라갔다. 다시 5층. 하지만 대현이는 집에 들어가지 않고 잠시 망설이다가 다시 복도 창문을 넘었다. 그 창틀 아래 남아 있던 핏자국이 정말 마음 아팠다. 이번에는 아래에 차가 없는 것을 확인하고 몸을 던졌고, 아파트 입구 현관의 시멘트 바닥으로 떨어졌다.

아내와 딸 그리고 결혼 이후 줄곧 모셔온 어머니, 이렇게 세 식구는 아들에게, 남동생에게, 손자에게 이다지도 힘들고 무서운 일이 벌어지고 있다는 걸 전혀 눈치채지 못한 채 잠들어 있었던 것이다. 칠흑같은 새벽, 누군가가 급하게 누르는 초인종 소리에 놀라 잠이 깬 아내가 현관으로 나가며 "누구세요?" 하고 물었다.

"사모님, 내려와 보세요. 아드님이 떨어진 것 같습니다."

아내는 무슨 소린지 알아듣지 못하고 다시 물었지만, 똑같은 대답에 귀를 의심하며 달려 내려갔고, 1층 현관에 반듯이 누워 있는 대현이를 보았다. 아내가 꼭 끌어안은 대현이는 아직 따뜻했다. 곧 경비 아저씨가 부른 앰뷸런스가 달려왔고, 강남성모병원으로 급히 후송하여 응급처치를 받았지만 끝내 대현이는 숨을 거두고 말았다. 볼에는 온기가 아직 남아 있었지만, 금세라도 눈을 뜨고 "엄마" 하고 부를 것 같았지만, 그래서 믿을 수 없었지만, 대현이는 하얀 천을 온몸에 덮은 채

영안실로 옮겨졌다. 그렇게도 사랑했던 아들은 그렇게 처절히 떠나가 버리고 말았다.

남은 사람의 몫

나는 아내에게 그날의 상황에 대해 묻지 않는다. 서로에게 너무나 큰 아픔이기 때문이다. 아내가 겪은 그날의 상황보다 더 중요하고 내 마음속을 더 크게 차지하고 있는 건 이런 것들이다. 소식을 처음 들었을 때 얼마나 충격이었을까, 5층에서 1층으로 내려가는 길지 않은 시간 동안 얼마나 두려웠을까, 참혹한 모습의 대현이를 봤을 때 얼마나 힘들었을까, 나의 전화를 받고 끔찍한 소식을 알려야 하는 마음은 또 어땠을까, 영안실에 외로이 앉아 대현이 곁을 지킬 때 얼마나 무서웠을까……. 그날의 이야기는 한 세월 흐른 뒤에야 좀 더 자세히 듣게 되었다.

그날 나는 중국 베이징에 있었다. 당시 신원그룹의 기조실장으로 일하고 있었고, 신원에서는 북한의 금 수입과 의류 임가공 사업을 진행하고 있었다. 1995년 6월 초, 북한 측 무역부 고위층과 우리 측 박성철 회장과 내가 베이징에 모여 중요한 회의를 하기로 했다. 6월 6일 이른 아침, 대현이의 어두운 표정을 남겨두고 나는 출장을 떠났다. 이틀 동안 정신없는 일정들이 이어졌다. 회의 결과를 미리 단정할 수 없는 노릇이었지만, 회의 분위기는 괜찮았고, 우리는 희망적인 기대를 하고 있었다. 그리고 귀국하는 날 새벽이 되었다.

전날 그리 일찍 잠들지 않았는데도 눈이 일찍 떠졌다. 몇 시나 되었을까? 4시? 아직 깜깜한 한밤중이었다. 최근의 바쁜 일정들이 차례로 머릿속을 스쳐갔고, 생각은 이내 혼자 어머니를 모시며 아이들 뒷바라지에 정신없을 아내에게 이르렀다. 엎치락뒤치락하다가 어찌된 일인지 집에 전화를 한번 걸어보고 싶었다. 솔직히 말해 나는 가정적인 가장이 아니어서 평상시에는 집에 거의 전화를 걸지 않는다. 하지만 그날따라 왠지 모르게 집에 전화를 해보고 싶었다. 그러나 너무 이른 시간이라 전화하기가 뭐해서 망설이다가 동이 서서히 틀 즈음에야 전화기를 들었다. 길지 않았던 신호, 그 뒤에 들려온 건 아내의 목소리가 아니라 정적이었다.

"여보, 나야. 여보…… 여보……?"

전화기를 통해 느껴지는 그 너머의 분위기는 왠지 싸늘했다.

"여보, 무슨 일 있어? 여보 무슨 일이야? 말을 해……."

몇 분에 걸친 정적을 깨뜨린 건 예의 그 밝은 목소리가 아니라 작은 흐느낌이었다. 그러다가 갑자기 엄청난 통곡이 터져 나왔다.

"여보, 왜? 왜 그래?"

한참 만에 울음 속에 아내가 목이 메어 꺼낸 말.

"대현이가 죽었어요……."

소리는 작았지만 벼락같았다. "뭐? 뭐라고?" 나는 믿을 수가 없었다. 어지러웠다. 머리끝부터 손가락 발가락 끝까지 순식간에 힘이 빠져나갔다. 호텔 방바닥이 그대로 푹 꺼져버리는 느낌이었다. 그 한마디를 던진 채 아내의 격한 통곡소리만이 이어졌다. 정신이 혼미해졌다. 그대로 침대에 쓰러졌다. 목이 메고 입안이 타들어갔다. 침도 삼킬 수가 없었다.

그날 오전에도 역시 그간의 회의 총정리 상담이 잡혀 있었다. 이를 악물고 버티면서 업무 정리를 최대한 서둘러 마쳤다. 갑자기 물 한 모금 못 마셔 얼굴이 창백해진 내게 함께 간 박성철 회장이 계속 이유를 물었다. 어쩔 수 없이 간단히 상황을 이야기했다. 박 회장은 독실한 크리스천 장로인지라 즉시 무릎을 꿇고 하나님께 큰 소리로 기도를 올렸지만, 내 귀엔 한마디도 들어오지 않았다. 귀국을 서둘렀다.

도착하자마자 대기하고 있던 차를 타고 성모병원 영안실로 달렸다. 그 누구에게도 이 사실을 알리지 않았다. 알릴 수 없었고, 알리고 싶지도 않았다. 장례 절차를 도와줄 기조실 직원 몇 명과 아주 가까운 한 두 명의 친구들에게만 알리고 친인척을 포함해 다른 사람들에게는 일체 알리지 않도록 했다. 장례도 3일 동안 지내지 않고 2일장으로 치르기로 했다.

성모병원으로 가는 차 안에서 문득 꽃을 사야겠다는 생각이 들었다. 꽃집에 들러 빨간 장미와 하얀 국화를 푸짐히 샀다. 빨간 장미는 못다 핀 젊은 아들의 영혼을 위한 것이었다. 두 꽃의 부조화만큼이나 나에게 주어진 현실은 받아들이기 힘들었다.

영안실 앞에 섰는데, 하염없이 뜨거운 눈물만 흘렀다. '이 가엾은 어린 영혼을 받아주소서. 이 못난 아비를 용서해주소서.' 혼미한 정신을 가다듬고 기도했다. 주변에 일절 알리지 않아 조문객도 별로 없었고, 영안실은 허전하고 쓸쓸했다.

아내는 차마 영안실에도 못 오고 집에 쓰러져 통곡만 하고 있었다. 물 한 모금 넘기기도, 손가락 하나 까딱하기도 힘들어 보였고 거의 죽어가는 모습이었다.

어떻게 들었는지 학교에서 수업 중에 뛰쳐나온 대현이 친구들이 성모병원 영안실을 가득 메웠다. 아이들은 교복을 입은 채로 여기저기서 눈물을 훔치고 있었다. 그중에서 그리도 슬프게 울던 인수의 모습이 잊히지 않는다.

믿기지 않을 땐 실감할 수 없었던 참척(慘慽)의 고통이, 현실임을 깨닫는 순간 뼛속 깊숙한 곳까지 통렬하게 와닿았다.

아들을 보내며

화장을 하기로 했다. 재는 최대한 먼 곳에 가서 바다에 뿌리기로 했다. 이유는 간단했다. 아내가 자주 갈 수 없는 곳이어야 했다. 남은 사람은 살아야 했고, 나는 남은 가족들을 살려야 했다. 내 친구가 있던 속초로 결정하고 준비를 부탁했다. 화장은 생각보다 시간이 오래 걸렸다. 옆 화구보다 훨씬 더 오랜 시간 동안 태워지고 있었다. 체격이 컸던 대현이는 그렇게 마지막 절차도 오래 걸렸다. 화구가 열렸고, 대현이가 나왔다. 화장사의 손을 거친 대현이는 작은 오동나무 함에 담겨 내 품에 안겼다. 함은 뜨거웠고, 나는 오열했다. 그 뜨거움과 서러움은 불에 덴 자국처럼 아직도 선명하게 남아있다.

속초에는 나와 아내, 나를 지키기 위해 내 친구 황의영이 함께했고, 아내 곁에는 의영의 부인이 있었다. 공항에 마중 나온 친구 최종삼이 차와 배 예약 등 모든 것을 준비해주었다. 우리 일행은 그가 마련한 차로 바로 속초 대진항으로 이동해 대기하고 있던 배를 탔다.

검푸른 바다는 비교적 잔잔했다. 모두가 말이 없었다. 10여 분쯤 가니 섬이라 하기에는 너무 작은 바위섬이 하나 고독하게 바다에 떠 있었다. 그 앞바다에 배를 멈추고 함 뚜껑을 열어 대현이의 마지막 육신의 흔적을 바람에 날렸다. 재는 그때까지 뜨거웠다. 비통한 울음소리가 배 엔진소리와 섞여 바다로 퍼져갔다. 오동나무 함과 서울에서 가져간 꽃 몇 송이도 함께 바다에 띄웠다. 그렇게 대현이의 육신은 재가 되어 사라졌고, 바다 위에는 국화 몇 송이만 너울거렸다.

바로 서울로 돌아올 수 없었다. 자식을 지키지 못한 죄책감과 아들을 바다에 묻은 서글픔을 어떻게 수습할 엄두가 나지 않았다. 나는 마음이 산산이 찢어져 버티기가 힘들었다. 하지만 나보다 남은 가족이 더 걱정이었다. 아내는 이미 이 세상과 저세상의 구분을 무의미하게 느끼는 듯했다. 까딱 잘못하면 아내까지 잃을 수도 있겠다는 생각이

들었다. 아내는 너무 울어 눈물이 다 말라버렸는지 눈을 제대로 뜨지 못했다. 하지만 막상 대현이를 생각하면, 도저히 그곳을 바로 떠나올 수가 없었다. 그래서 예정에 없었지만 속초에서 하룻밤을 머물기로 했다. 숙소에 들어서니 창밖에는 푸른 바다와 하늘만이 넘실거렸다. 아내와 나는 밤새 한숨도 못 자고 캄캄한 바다를 바라보며 울었다.

나와 아내는 거의 탈진한 상태였다. 아마 집에 돌아온 다음 날이었을 것이다. 아내와 딸 강연이를 한데 끌어안고 나는 말했다.

"이제 우리 대현이 몫까지 열심히 살자. 아빠가 더 열심히 노력할 테니, 우리 행복하게 잘 살도록 하자."

아내와 딸은 내 어깨에 기대어 눈물이 범벅되어 고개만 끄덕였다.

다시 일상으로

다시 일상으로 복귀했다. 기조실장은 오래 자리를 비울 수 없다. 그룹의 모든 주요 결정과 인사, 재무, 홍보 등을 총괄하는 직책의 특성상 그럴 수밖에 없다. 매일 회의로 시작해 회의로 끝나는, 정신없이 바쁘면서도 긴장의 연속이다. 출퇴근할 때마다 대현이가 숨을 거둔 현관을 통해 드나드는 일이 여간 괴로운 것이 아니었다. 시멘트 바닥의 피는 씻어냈지만 그 자국은 지워지지 않았다. 아내를 보호하기 위해서라도 그 집을 떠나 다른 곳으로 이사하는 것이 좋다는 건 알았지만, 형편도 상황도 여의치 않았다. 경제적인 여유도 없었고, 딸 강연이는 고등학교 3학년으로 대학입시를 앞두고 있었다. 정리된 것 하나 없이 모든 것이 뒤죽박죽이었다. 나는 회사로, 딸은 학교로 돌아갔고, 아내 역시 예전과 다른 일상을 버텨내며 살아야 했다.

그렇게 한 달 남짓 시간이 흘러 사십구재가 되어 속초 바닷가를 다시 찾았다. 나는 직접 써서 준비해간 기도문을 찬찬히 읽기 시작했다.

　
…… 대현이가 그 아름답고 순수한 젊음을 미처 피우지 못하고

먼저 주님께로 몸을 던진 지 49일이 되는 날입니다. 주님, 이 못난

아비는 대현이를 충분히 돌보지 못했사오나, 영혼의 아버지 되시는

하나님이시여! 그 가엾은 어린 넋을 주님의 크신 품으로 감싸

안아주시옵소서!

우리의 목자 되시는 주 하나님, 사랑하는 당신의 아들을 푸른

초원에 눕게 하시고 잔잔한 물가로 인도하셔서 그 영혼이 걱정 근심

없는 하늘나라에서 편히 쉴 수 있도록 거두어주시옵소서!

비록 육신은 이 세상을 떠나갔으나 그 영혼은 주님의 영원하신

품에 안겨 내내 평안히 쉴 수 있도록 그 영혼을 위로하시고 포근히

받아주시옵소서!

　
사십구재는 망자를 떠나보내는 의식이다. 불교의 윤회 사상과 유교의 조령숭배 사상에 따르면 망자는 49일 동안 생전의 업에 따라 다음

세계가 결정된다. 사십구재는 망자가 보다 나은 세상에 태어나기를 바라며 이 세상에서 떠나보내는 의식이다. 엄밀한 의미에서 탈상이라 할 수는 없겠지만, 요즘에는 사십구재를 기준으로 탈상이라 생각하기도 하는 모양이다. 하지만 우리에게 탈상 여부는 중요하지 않았다.

그저 마음의 안정을 조금이라도 얻을 수 있는 계기가 되기를 바랐다. 대현이의 옷가지와 유품들을 가져가 이날 바닷가 바위에서 태웠다. 말없이 타오르는 불꽃을 보고 있는데, 해양경찰 두 명이 다가와 무슨 일인지 물었다. 간단하게 자초지종을 이야기하자 말없이 목례를 하고 돌아갔다.

이제 나와 아내에게는 대현이의 흔적이 거의 남아있지 않다. 대현이의 물건과 옷들을 치운다고 치웠는데도 빨랫감으로 내놓았던 옷과 양말, 내의 몇 개가 뒤늦게 눈에 들어왔다. 아내는 그것들을 곱게 싸서 소중하게 간직해두고 있다. 그러다 가끔은 꺼내놓고 물끄러미 바라보다가 쓰다듬기도 한다. 이제 제법 많은 시간이 흘렀고, 그 마음을 모르는 바도 아니어서 그냥 그러려니 하고 모르는 척한다. 어쩌면 나도 대현이의 기억과 추억이 남은 징표가 갖고 싶은지도 모른다. '좀 더 많이 놔뒀으면 어땠을까' 하고 생각한 적도 있다.

대현이의 물건이나 옷보다 더 아쉬운 것은 대현이의 사진들이다. 사진을 일부러 정리하거나 버리지는 않았다. 뒤에 이야기하겠지만, 인터뷰를 통해 학교폭력이 사회에 커다란 이슈가 되면서 내 이야기를 원하는 곳이 엄청나게 많아졌다. 그들은 이야기와 함께 사진도 원했다. 물론 기사가 나간 뒤에 사진을 돌려주겠노라고 철석같이 약속했지만, 도중에 분실된 경우도 있어서 지금 남은 사진은 별로 많지 않다. 그 사진들이 못내 아쉽고, 거짓 약속을 한 기자들이 무척 못마땅하다. 자신에게는 밥벌이의 수단일지 모르겠으나, 누군가에겐 삶보다 더 무겁고 중한 기억이라는 걸 알았으면 좋겠다. 근래에 들어서야 몇몇 기자들은 그런 사진을 일단 확보하고 나면 다른 경쟁사가 또 쓰지 못하도록 절대 돌려주지 않는 경우가 있다는 사실을 알았다.

치유할 것과 밝혀낼 것

자식 묻은 부모 가슴은 위로나 치유라면 모를까, 회복이나 치료가 불가능하다. 그저 평생 안고 가면서 스스로를 다독거릴 뿐이다. 그러니 사십구재가 끝나도 마음 아픈 것은 어쩔 수 없는 노릇이고, 그렇게 대현이를 떠나보내는 절차는 일단락되었다. 회사 일은 예전처럼 눈코 뜰 새 없이 진행되었다. 사십구재를 준비하면서 두 가지 정도의 일을 생각했다.

하나는 우리 가족의 마음을 쓰다듬는 일이었다. 1995년은 나에게 '대현이가 떠난 해'로 아프게 기억되지만, 사회적으로도 큰 사고가 있었다. 대현이가 떠난 지 겨우 3주 지난 6월 29일, 삼풍백화점이 무너졌다. 그 자체로도 믿을 수 없는 사고였지만, 우리는 그 전 해인

1994년 10월에 성수대교가 무너져 충격을 받은 상태였기 때문에, 삼풍백화점 사고의 여파는 훨씬 더 컸다.

TV 시사 프로그램에서는 사고 생존자와 피해자 가족들이 마음의 상처를 치유하기 위해 반드시 정신적인 상담치료를 받아야 한다고 했다. 우리 가족은 이미 더 큰 충격을 받은 상태였기 때문에 정신과 상담을 받는 것도 도움이 될 수 있겠다 생각했다. 그래서 정신과 전문의를 찾아갔다.

그때 나는 우리 가족과 대현이 친구들의 기억을 엮어 추모집을 만들고자 했다. 의사는 동의하지 않았다. 사람은 누구나 친한 사람이 죽으면 상실감과 죄책감을 갖게 되는데, 이를 털어내야 한다고 했다. 자신 때문이 아니며 여러 가지 상황이 복합적으로 작용했기 때문에 일어난 일이란 걸 알아야 한다고 했다. 이미 일어난 일 때문에 남은 사람이 망가지는 것은 잘못이라고 했다. 치유를 위해서는 기억하는 것보다 잊어버리는 것이 더 중요하기 때문에 혼자 하는 운동을 권했다. 달리기와 수영, 스쿼시 같은 운동이 좋다며 추천했다.

맞는 말이었지만 아비란 '모든 것이 내 잘못이고 책임이다'라는 마음까지는 놓을 수 없는 존재다. 어쨌거나 만들고 싶었던 추모집은 전문가가 반대하니 포기하고, 전문가가 권한 운동은 회사 일이 너무 바빠 할 수가 없었다. 어쩌면 개인사를 접고 조직에 맞춰 움직이는 회사 생활이 몸에 집중됨으로써 아픈 기억을 잊을 수 있는 운동과 같은 효과를 냈을지도 모른다. 어쨌든 시간은 그렇게 흘러가고 있었다.

아내의 메모

사진과 옷가지, 학교에서 받은 졸업장과 상장 등 대현이의 흔적을 자주 살펴보던 아내가 언제부터인가 노트에 대현이에 대한 기록을 남기기 시작했다. 글은 메모 형식으로 단편적으로 이어졌고, 때로는 사실에 보태어 아내의 기억과 감정이 더해지기도 했다. 이 책을 준비하면서 엄마로서의 마음이 궁금했는데 마침 기록들이 있어서, 아내에게 양해를 구해 여기 몇 대목을 추렸다.

 - 어른에게 항상 존댓말을 하고 말씨가 예쁘고 인사를 잘했다.
   그래서 이웃 엄마들의 칭찬을 많이 받았다.

 - 운동신경도 뛰어나 수영을 잘했다. 아파트 수영장에서 단체
   레슨을 받는데, 제일 늦게 합류했음에도 속도가 빨랐다.
   시험 삼아 대현이만 10초 늦게 출발시켰는데도, 다른 아이들을
   따라잡고 1등으로 들어올 때는 얼마나 흐뭇했는지,
   지금도 기억이 생생하다.

 - 남녀 친구들 모두에게 인기가 무척 좋아
   하교 시간에 학교 앞에 가보면 스쿨버스를 기다리는 내내
   대현이만 물끄러미 바라보고 있는 친구들도 있었다.

- 심성이 바르고 정말 착한 아이였다.

- 대현이는 나랑 같이 공부할 때면,

　"엄마랑 같이 공부를 하면 재미있어요"라고 말했다.

　그리고 어린 제 눈에 자기 엄마가 그렇게 예뻐 보였는지

　"엄마는 왜 유니버스대회 안 나갔어요?"라고 묻기도 했다.

　그럴 때면 속으로 너무 우스우면서도, 아이를 실망시킬 수 없어

　"응, 엄마가 모르고 안 나갔어" 하고 대답했다.

　대현이의 그 말이 가당치 않다는 걸 잘 알면서도 속없이

　재미있었고, 그렇게 말하는 아들이 아주 귀여웠다.

　아내가 홍콩 시절을 떠올리며 쓴 메모다. 아내의 메모를 읽으면서 "그래, 맞아 맞아", "그땐 그랬지", "이건 나도 기억나" 하고 혼자서 중얼거리다가 '미스 유니버스'에서 한 번 크게 웃고, 마지막 메모에서 눈물이 났다. 이 메모를 적으면서 아내는 또 얼마나 많은 눈물을 흘렸을까.

- 1992년, 대현이가 반포중학교에 입학하고, 강연이는 중학교

　3학년이 되었다. 대현이는 초등학교 친구들이 그대로 중학교에

　올라가니 학교생활이 원만하게 시작되었다. 둘 다 성적이

　최상위권에 있었다. 두뇌도 명석하고 바르게 행동하여 담임

선생님으로부터 어떻게 이렇게 반듯하게 잘 키웠느냐는 인사를

받았다. 무척이나 기뻤다.

- 1993~1994년. 중학교 2학년 대현이가 반장으로 선출되었다.

이어서 중학교 3학년 때도 반장이 되어 학교생활을 잘해나갔다.

단순히 반장이라는 타이틀이 중요한 게 아니라 그 역할로 인해

사회성이나 리더십을 기를 수 있을 것 같아 뿌듯했다.

아이들이 한참 성장기였기에 나는 음식에

더 많은 신경을 썼다. 줄곧 시어머니를 모셔왔기 때문에

항상 음식에 소홀할 수 없었기도 했지만,

애들이 영양에 부족함이 없이 건강하게 자라도록,

늘 식생활에 온 힘을 기울였고 도시락도 신경 써서 싸주었다.

내 아들과 내 딸이 이 도시락을 먹고 무럭무럭 튼튼하게 자란다고

생각하면 힘들 게 없었다.

- 대현이는 육상대회에도 나가고 수영대회에도 학교 대표로 뽑혀

나가서 상장을 받아 왔다. 수영 레슨이라고는 고작 홍콩에서

3학년 여름방학 때 한 달 받은 게 전부인데, 그 후로 시간이 꽤

지났고, 수영을 한 지도 오래되었는데, 상까지 받아와 놀랐다.

이 부분은 홍콩에서 귀국해 대현이가 중학교에 다니던 때의 이야기

다. 이때까지 대현이는 무척 즐겁게 생활했다. 남편 입장에서는 아이들에게 늘 세심하게 신경을 썼던 아내의 속마음이 보여 짠하기도 하다. 이렇게 행복한 아이들이었는데, 어디서부터 잘못된 것일까? 다시 돌아간다면, 무엇을 어떻게 고쳐야 될까? 아직도 잘 모르겠다.

　

- 새벽 3시쯤 일어나 대현이에 관한 자료를 찾기 위해

　앨범이 쌓여 있는 서랍을 뒤졌다.

　많은 상장들이 아직 남아있었다. 사생대회 입상, 개근상들,

　평화통일 글짓기 우수상, 자연경시대회 최우수상,

　역사자랑대회 우수상……

　반가워서 눈물이 났다. 계속 흐르는 눈물을 닦으며

　또 그 사이에 끼어 있는 먼지를 닦으며 보았다.

- 반포초등학교와 반포중학교 앨범을 펼쳤다. 대현이

　를 찾았다. 3학년 3반이다. 준수한 용모를 가진 내 아들이

　낯익은 녹색 셔츠를 입고 친구와 어깨동무를 하고 앉아

　있다. 내 휴대전화에 그 사진을 담아본다. 그리고 우리

　대현이와 친했던 아이들을 하나하나 찾아보고 이름도

　불러봤다. 이제 내 아들과 관련된 모든 아이들이 다

　소중하게 생각된다. 나 아닌 그 어떤 엄마가 이 밤중에

　잠 안 자고 이런 짓을 하고 있을까?

1995년 이야기는 대현이가 사고 나던 해, 아직 고등학교에 입학하기 전 이야기다. 이때는 벌써 학교폭력을 조금씩 당하고 있을 때였다. 나와 아내는 전혀 짐작하지 못했다. 그다음 이야기들은 사고가 난 지 한참 지난 후 아내가 잠을 설치다 대현이의 기록들을 뒤적인 이야기다. 대단할 것 없는 자잘한 상들마저 소중하게 느껴져 조심스럽게 다루는 심정을 알 것 같다. 그 상 어딘가에 대현이의 손자국이 남아 있을 것이고, 행여나 대현이의 상장이나 기록들이 훼손되면 괜히 대현이에게 미안해지는 마음이다. 내가 대현이 사진을 넣은 액자를 조심히 닦으며, 사진 속 뺨을 쓰다듬는 것과 같은 마음이다.

언제쯤이면 아내와 내가 대현이와의 추억을 편하게 이야기할 수 있을까? 내 기력 닿는 데까지 재단 일에 최선을 다하고 더 이상 쏟아낼 힘이 없어 은퇴했을 때쯤일까? 그게 언제인지 나는 아직 모르겠다. 지금은 설사 꿈에서 대현이를 만나더라도 묻어두었다가 서로 다른 말 끝에 조심스럽게 꺼낼 수밖에 없지만, 혹시라도 그런 날이 온다면 나는 아내에게 가장 먼저 미안하다는 말을 하고 싶다. 그리고 고맙다는 말도.

학교폭력은 없었다

사건의 전모가 드러나다

대현이가 자살을 택한 이유를 찾아가다가 학교폭력을 맞닥뜨리게 되었다. 그 크기와 깊이는 내가 상상할 수 없는 정도의 것이었고, 학교폭력에 대한 인식조차 우리 사회에 없던 때였다.

대현이가 고등학교에 입학하면서 폭력으로 괴로워하고 있다는 건 알고 있었다. 다만 상황과 정도를 정확하게 알진 못했다. 그저 운이 나빠서 학교 주변 불량배들에게 피해를 입은 정도라고 알고 있었다. 대현이가 집에 오는 길에 깡패들을 만났다고 해서 정말 그런 줄만 알았다. 한번은 얼굴에 상처가 나고 옷과 가방이 심하게 더러워지고 안경까지 망가져, 아이를 데리고 근처 경찰서에 간 적도 있었다. 화가 머리 끝까지 치밀어 올라 경찰서 문을 열자마자 대뜸 소리를 버럭 질렀다.

"도대체, 대한민국 경찰이 뭐 하는 거냐! 학생이 학교에서 집에 오다가 이렇게 맞았는데, 그것도 한두 번이 아닌데, 경찰들은 도대체 뭐 하고 있는 것이냐!"

또 하나의 이유, 나와 아내는 대현이가 괴로운 상황을 슬기롭게 헤쳐나갈 것으로 믿었다. 우리는 그동안 대현이가 어떤 상황 앞에서 실패해서 좌절하거나 포기하는 모습을 본 적이 없었다. 그만큼 밝고 현명한 아이였고, 과거 홍콩 학교에서의 적응도, 귀국 후 친구들 간의 갈등도 잘 해결되었기 때문이었다.

무엇보다 사태의 심각성을 알 수 없었던 결정적인 이유는 따로 있었다. 지금과 달리 당시에는 '학교폭력'이라는 개념 자체가 없었다. 일부 불량청소년들이 학교 바깥에서 폭력을 가하는 정도로만 알고 있었다. 그 정도 폭력이야 내가 학교 다닐 때도 있었으니까, 운이 나빠 깡패들에게 맞았다면 경찰로 하여금 순찰을 돌게 하거나 어른이 마중을 나가면 해결될 일이라고 생각했다.

하지만 현실은 그렇지가 않았다. 상황은 극단적인 비극으로 끝났고, 나에게는 '대현이는 왜 스스로 죽음을 택했을까?'라는 의문이 남았다. 그 이유가 학교폭력이었음이 여러 경로를 통해 조금씩 드러났다. 우선 영안실을 찾은 대현이의 친구들, 100명 넘게 온 친구들이 나누는 이야기를 통해서 어렴풋하게나마 학교폭력이 있었음을 짐작할 수 있었다. 또 대현이가 가지고 있던 무선호출기에는 대현이의 죽음을 안타까워하는 친구들의 메시지가 끝없이 이어졌다. 그 메시지들 역시 학교폭력을 암시하고 있었다.

생각해보면 장례식장에서 이해할 수 없는 일이 있긴 했다. 기운도 없고 넋도 나간 상태였는데, 복도 어디선가 싸우는 듯한 소리가 들렸다. 전해 들은 이야기로는 고등학생 몇 명이 술에 취해서 행패를 부리는 모양이었다. 그런데 그 행패의 내용이 수상쩍었다. "대현이 때문에 우리가 골치 아프게 되었다"느니 "괜히 대현이가 죽어서 문제만 커졌다"느니, 뭔가 이상하다는 생각은 했지만 그 상황에서는 자세히 살필 정신이 없었다.

게다가 대현이의 몸에는 수많은 멍 자국이 있었다. 자살을 시도하면서 생긴 것은 아니었다. 장례를 마치고 기력을 회복한 뒤에 대현이의 친한 친구들에게 물었다. 어떻게 된 것인지. 대현이 친구들의 이야기를 듣고 나는 깜짝 놀랐다. 전혀 몰랐던 이야기였다. 이야기는 대략 이러하였다.

대현이를 좋아하는 여학생이 있었다. 방모 양이었다. 그 여학생은 박모 군과 사귀고 있었는데, 여자 친구의 마음이 대현이에게 쏠리는 것 같다고 생각한 박 군이 대현이를 괴롭히기 시작한 것이다. 그 학생은 대현이보다 나이가 두 살 많았고 소위 말하는 '불량학생'이었다. 또한 박 군의 친구들 중에는 '일진'이라 불리는 아이들이 있었고, 그 학생들이 함께 대현이를 수시로 불러내 폭력을 가했다는 것이다. 나와 아내는 전혀 짐작도, 상상도 할 수 없었던 내용이었다.

용서라는 말

용서…… 얼마나 어려운 일인가. 나는 용서란 상대방의 입장을 충분히 이해하고 배려해서 자신의 죄로부터 놓아주는 것으로 이해하고 있다. 겉으로 보기에 나는 가해 학생들을 용서했다. 요즘 정서로 보자면 고소해서 처벌을 받도록 하는 것이 일반적이겠지만, 나는 그렇게 하지 않았다. 우선 고소와 처벌을 위해 필요한 법적인 절차가 너무 길고 지난한 과정이었다. 그런 선택을 했다면 나는 그 오랜 시간 동안 대현이의 사고를 끊임없이 되새기며 증언하고 누군가를 증오하고 미워해야 했을 것이다.

나와 만난 가해 학생들은 그리 반듯해 보이지는 않았지만, 고양이 앞의 쥐처럼 옴짝달싹 못하는 불쌍한 표정이었다. 그들에게도 어떤 미래가 있을 것이다. 물론 내가 그 아이들의 미래를 위해 용서를 한 건 아니었다. 그러기에는 내 아이를 잃은 상처와 슬픔과 분노가 너무 컸다.

그 아이들을 처벌하지 않은 건 대현이의 죽음과 관련된 상황에서 오히려 내가 빨리 벗어나고 싶었기 때문이었다. 말하자면 내가 했던 용서는 사실상 포기에 가까운 용서였다. 그 학생들이 또다시 나쁜 짓을 하면 안 되겠다는 생각을 했기 때문에 반성문과 다짐을 받았던 것이고, 그건 숨진 대현이의 넋을 위로하기 위한 최소한의 절차라고 생각했다. 그 이상 그 학생들에게 원하는 것은 없었다.

다만 거기에 대해선 한 가지 짚고 넘어갈 것이 있다. 내 앞에서 벌벌 떨면서 잘못했다고, 대현이가 죽을지는 몰랐다고, 다시는 그러지 않겠다고 모기 같은 목소리로 용서를 구하는 아이들의 표정에서 갑자기 무상, 공허, 가여움 같은 것이 엄습해오면서 내가 직접 내 손으로 처벌하느니 하늘에 맡겨버리자는 회피감 같은 것이 번쩍 들어왔다. 죽은 아이의 아버지를 만난 자리였기 때문에 기본적으로 겁이 나기도 했겠지만, 그 기죽고 암담한 학생들의 표정을 보면서 용서에 가까운 측은지심이 생긴 것은 어인 일인지 모르겠다.

가장 큰 이유는, 자식을 지키지 못한 아비가 가장 큰 죄인이기 때문이었다. 아비라는 게 뭔가, 자식이 힘들 때 기댈 수 있는 버팀목 아닌가. 자식을 잃은 주제에 '남 탓'만 할 수는 없다고 생각했다.

이제 남은 건 나와 아내, 그리고 딸 강연이가 서로 토닥이고 위로하고 때로는 격려하고 힘을 북돋우면서 열심히 살아가는 일뿐이었다. 일상을 회복한다는 건 힘든 일이었지만, 어찌 보면 우리 가족에게 얼마 되지 않는 소박한 소망이었다. 하지만 그마저도 우리에게는 허락되지 않았다.

가해 학생들과의 만남

장례를 마치고 대현이를 괴롭혔던 학생들을 만나보기로 했다. 만나는 것은 어렵지 않았다. 대현이 친구들은 그 학생들을 알고 있었고, 그들 중 누가 우두머리인지도 알고 있었다. 그 학생들에게 연락해 "나 대현이 아버지야. 나 좀 보자" 했을 때 학생들은 약속 장소에 아무런 저항 없이 순순히 나왔다.

나는 무슨 마음으로 내 귀한 아이를 죽음으로 몰고 간 학생들을 보자고 했을까? 잡아 죽이고 싶은 마음도 아니었고 용서를 하겠다는 마음도 아니었다. 도대체 어떤 녀석들이 대현이를 괴롭혔는지, 죽음으로 내몰았는지 알고 싶었고, 잘못에 대한 사과를 받는 것이 내가 해야 할 최소한의 몫이라고 생각했다.

가해 학생은 모두 다섯 명이었다. 반포의 맥도날드에서 한 명씩 만났다. 만나서 특별히 한 건 없었다. '도대체 왜 그랬느냐' 묻고 반성문을 쓰게 했다.

이제는 그 아이들의 삶이 어떤지 알지 못한다. 다만 잘 살고 있기를 바랄 뿐. 아마 2003년으로 기억하는데, 대현이의 가장 친한 친구인 재용이에게 추운 날씨에 따뜻한 옷이라도 몇 벌 사주고 싶어 가산동 쇼핑몰에 들렀다가 저녁을 함께한 적이 있다. 한 식당에서 삼겹살에 소주를 몇 잔 나누던 중 재용이가 "아버지, 이 말씀을 드려도 될지 모르지만……" 하면서 조심스럽게 말을 꺼냈다. 우리 대현이를 가장 괴롭혔던 장모 군이 1년 전쯤 자살을 했다는 충격적인 이야기였다.

처음에 난 내 귀를 의심했다. 그러나 사실이라고 했다. 나는 바쁘기도 했지만 괴로움을 피하기 위해 장 군을 잊고 지냈고, 그가 어디선가 잘 살고 있을 것이라고 생각했었다. 그러나 결국 그도 자살로 생을 마감했다는 사실이 너무나 충격이었다. 그는 왜 그런 극단적인 선택을 한 것일까? 혹시 대현이 일이 늘 마음에 걸려서 괴롭게 지내다 죄책감에 그런 것은 아닐까? 그 가족은 또 얼마나 괴로울 것인가? 순간 온갖 생각으로 마음이 착잡해졌다. 난 그날 저녁 소주를 거의 무한정 마셨다. 그런데도 도무지 취하지를 않았다. 그저 한마디로 참담한 심정이었다. 두려움, 무서움이 온몸을 휘감았다.

그와 연관해서 또 놀라운 일이 있었다. 하루는 대학생 연극동아리에서 학교폭력을 주제로 한 공연을 마치고 그 수익금 150만 원가량을 가지고 우리를 찾아온 적이 있었다. 그들과 커피 한잔 마시면서 이런저런 이야기를 나누다가 "그때 가해 학생 중 짱이었던 학생이 결국 자살하고 말았다"는 이야기를 꺼내자, 그 연극반 학생들 중 한 여학생이 갑자기 숨을 멈추고, 입을 딱 벌리고, 커피잔을 떨어뜨리며 충격에 빠진 것을 보았다. 나도 깜짝 놀라 무슨 일이냐고 물으니, 한 여학생이 그들의 연극도 결국 그 가해 학생이 스스로 목숨을 끊는 내용이었다고 말하면서, 더 이상 말을 잇지 못했던 것을 또렷이 기억한다.

학교폭력의 냉혹한 현실

"대현이를 때렸던 그 아이들이 이 땅에 없었으면 좋겠어요."

대현이가 떠난 그해 8월, 우리 가족은 평범한 일상으로 돌아가기 위해 애써 노력하고 있었다. 그런데 어느 날 저녁 식사 자리에서 딸이 조심스럽게 말을 꺼냈다. 무슨 이야기냐, 나는 물었고, 딸은 대현이를 괴롭혔던 학생들이 다시 대현이의 친구 두 명을 불러 폭력을 휘둘렀다고 했다. 심하게 맞아 한 명은 기절했고 다른 한 명은 팔이 부러졌단다. 내 몸이 반사적으로 반응했다. 내 머릿속은 '더 이상 참을 수 없다'와 '절대 용서할 수 없다' 두 개의 생각으로 꽉 찼다. 어렵게 내려놓았던, 잠시 잊고 있었던 분노가 한꺼번에 확 끓어올라 머리끝까지 치밀었다.

다음 날 검찰청을 찾아갔다. 고향 선배로 안면이 있던 당시 서울고검 신승남 부장검사를 만났다. 후에 검찰총장까지 지냈고, 1990년대 초 청와대 근무 시절 '깡패소탕 작전'으로 유명한 분이셨다. 나는 그 자리에서 선언하듯, 통보하듯 말해버렸다.

"나는 외아들을 폭력으로 잃었다. 용서하고자 했지만 가해 학생들은 다른 학생들에게 또 폭력을 휘둘렀다. 내 아들을 죽게 한 아이들을 반드시 처벌해달라. 만약에 국가가 이들을 처벌하지 않으면, 내가 개인적으로 응징하겠다. 수단과 방법을 가리지 않고 이들을 처단하고, 한국을 떠나겠다!"

진심이었다. 나는 아무것도 눈에 보이지 않았다. 내 아이를 죽게 한 아이들이 아무런 제지 없이 또다시 폭력을 휘두르는 상황을 이해할 수도, 받아들일 수도 없었다. 제도적으로 그 학생들의 폭력을 근절할 수 없다면, 진심으로, 나는 수단과 방법을 가리지 않고 그 다섯 학생을 이 세상에서 끝내버리겠다고 결심했다. 신승남 부장검사는 이러한 사실에 놀라며 나를 위로하더니 담당 검사를 지정해서 수사할 테니 걱정 말라고 약속했다.

검찰이 수사에 나섰다. 하지만 검찰이 수사를 통해 법적인 절차를 거쳐 그 학생들을 처벌하기 위해서는 피해 학생들의 진술이 필요했다. 검찰에서 피해 학생 부모에게 연락했다. 하지만 두 어머니는 진술을 완강하게 거부했다. 일을 크게 만들고 싶지 않다고 했다. 대학 진학이 더 중요하다고 말하면서 "보복도 무섭다! 이왕 대현이를 잃은 대현이 아빠 혼자서 하라!"는 것이었다. 난 자기 아이들을 다치게 한 녀석들을 어떻게 가만 놔둘 수 있느냐고 되물었다. 어머니들은 "애 아빠가 알면 더 큰일난다"며 제발 전화하지 말아달라는 말을 남겼다.

결국 다시 발생한 폭력 사건으로도 가해 학생들을 처벌하는 데 실패했다. 다섯 학생은 다시 자유의 몸이 되었다. 나는 그 현실을 인정할 수 없었다. 그 학생들이 다시 다른 학생들에게 무지막지한 폭력을 가한다고 해도, 그래서 피해 학생 중 누군가 다시 스스로 목숨을 버려도 어쩔 수 없단 말인가. 그렇다면 대현이와 같은 비극은 계속 되풀이될 것이다. 나 같은 불행한 아비들도 계속 나올 것이다. 학교도 이 문제를 심각하게 받아들이고 해결할 의지를 보이지 않았다. 학교 밖 불량배들과 어쩌다 발생하는 일로만 단단히 선을 긋고 있었다.

순간 나는 깨달았다. 학교폭력은 피해 학생과 가해 학생만의 문제가 아니었다. 학교폭력은 학교와 가정, 학생이 모두 얽힌 지극히 구조적인 병폐였던 것이다.

문제를 풀기 위해서는 우선 문제를 인식해야만 한다. 누구도 학교폭력이 문제라고 이야기하지 않았다. 아니, 정확히 말하자면 누구도 학교에 폭력이 존재한다고 생각하지 않았다. 누군가 학교폭력의 피해를 밝히지 않으면 학교폭력은 계속해서 없을 것이었다. 어느 불행한 학생이 스스로 목숨을 끊으면 그 피해자 가족은 피눈물을 흘릴 테지만, 다시 세상은, 학교는 아무 일 없었다는 듯 돌아갈 것이었다. 이전보다 조금 더 괴롭긴 하겠지만, 서로 쉬쉬하고 침묵하면서 그 상처를 애써 외면하고 지우려 할 것이다.

그래서 결심했다. 학교폭력의 실체를 세상에 알리겠다, 내 아이의 죽음을 알려서라도 학교폭력의 존재를 알리고 이를 뿌리 뽑기 위해 노력하겠다고 마음먹었다. 그 첫 단추는 기자회견이었다. 채 아물지도 않은 아픈 상처를 헤집는 일이었지만, 나는 그 일을 하기로 결심했다.

내가 기자회견을 결심하게 된 데에는 당시 한국형사정책연구원에서 청소년범죄 연구원으로 있던 김준호 교수의 도움이 컸다. 당시 피해 학생 학부모의 반대로 가해 학생을 처벌하는 일이 수포로 돌아가고 나는 분을 견딜 수 없어 이런 이야기를 할 수 있는 곳이 필요했다. 그래서 자그마한 일이라도 문제를 해결하기 위해 뭔가 시작할 수 있는 실마리를 찾아 나섰다. 각종 청소년단체, 보이스카우트, 가톨릭 산하 봉사기구들을 찾았다. 그러나 그 어디에도 우리 아들의 죽음에 대해서 그리고 학교폭력 문제에 대해서 단 한마디 도움을 주는 곳이 없었다. 어렵게 찾아 나선 어느 수녀회에서 운영하는 대방동 시설에서는 심지어 건물을 한 채 지어 기증하라고 해 왔다. 대현이의 이름을 따 건물 이름을 지어 추모하라는 것이었다. 나를 돈 많은 사람으로 봐서 그런 이야기를 꺼냈는지는 모르겠지만, 나는 그럴 돈도 없었거니와 내 바람은 그런 게 아니었다.

결국 만난 이가 김준호 교수와 YMCA 한명섭 간사였다. 특히 김준호 교수는 내 이야기를 듣고는 버럭 화부터 냈다.

"그런 일은 밝혀져야 합니다. 피해를 당하고 가만 계시면 어떡합니까. 그러니까 학교폭력 문제가 해결되지 않는 것입니다. 피해자 가족이 나서야 합니다. 김 선생님이 시작하세요!"

김준호 교수가 쥐고 있던 모나미 볼펜으로 밥상을 힘껏 치니 볼펜이 망가져 스프링이 튀어 오르고 반찬 그릇이 요동했다. 나는 우선 그기에 눌렸다. 마치 잘못을 들킨 사람처럼 조용히, 그럼 무엇부터 해야 하는지 물었다.

김 교수의 대답은 간단했다. "알려라!" 억울하게 죽은 대현이 이야기를 세상에 내놓고 알리라는 것이었다. 그러겠노라고 했다. 회사에 돌아와 홍보실장에게 간단히 상황을 이야기하고 기자회견 자리를 마련해달라고 했다. 대현이가 죽었을 때 사건이 보도되지 않도록 언론의 접촉을 막아달라 부탁했던 홍보실장이었다. 그렇게 인터뷰가 바로 잡혔다.

8월 6일 기자회견을 열었다. 두 달 전부터 내가 경험한 모든 것, 아니 그 이전부터 내 아이가 당했던 모든 것들을 털어놓았다. 이틀이 지난 8월 8일, 〈경향신문〉의 별지인 〈매거진 X〉에 '어느 날, 한 소년이 몸을 던졌다'라는 제목의 기사가 실렸다. '학교폭력에 빼앗긴 푸른 삶, 누가 그를 자살로 이끌었나'라는 부제가 달려있었다. 대현이가 공부하고 생활하던 방의 사진이 어둑하게 나와 있었고, 행복했던 시절의 우리 가족 사진도 실렸다. 그 기사는 특종이었다.

학교폭력과의 싸움이 시작되다

다음 날부터 후폭풍이 밀려왔다. 3개 공중파 방송에서는 특집 방송을 편성해 학교폭력을 다뤘고, 중앙 일간지에서도 사회면과 사설 등을 통해 학교폭력의 실태를 알렸다. 인터뷰 요청도 물밀듯이 쏟아져 들어왔다. 학교폭력을 알려야 한다는 생각에 내 체력과 시간이 허락하는 한 최대한 인터뷰에 응했다. 나중에 일이 바빠지면서 인터뷰에 일일이 응할 수 없는 상황이 되자 기자들이 이미 보도된 기사들을 바탕으로 작성한 기사들이 나오기도 했다.

기사가 보도되기 전까지만 해도 대한민국 학교에 폭력이란 없었다. 그저 바다 건너 일본의 '이지메' 현상을 말 그대로 '강 건너 불구경' 하듯 하며 실존하는 학교폭력을 방관하고 있었다. 하지만 기자회견과 잇따른 보도 이후 국회에서는 교육특별위원회를 열어 학교폭력을 이야기했고, 마침내 그해 12월 초에는 김영삼 대통령이 '학교폭력 근절'을 지시하기에 이르렀다. 대통령이 학교폭력을 직접적으로 언급하며 근절을 지시한 것은, 그전까지 모두가 학교폭력에 대해 침묵으로 일관하던 상황에 비하면 엄청난 사건이었다. 아니, 해방 이후 국가의 최고 통치권자인 대통령이 청소년 문제를 언급한 것 자체가 처음이었다.

당시 대통령까지 나서 학교폭력 근절을 지시한 것은 대현이의 일과 더불어 여러 사건이 있었기 때문이었다. 그해 10월에는 자기 구역에 들어왔다는 이유만으로 다른 학교 학생들을 집단폭행한 고등학생들이 구속되었고, 비슷한 시기에 불량서클을 만들어 일반 학생들을 대상으로 폭력을 휘두르고 돈을 빼앗은 여중생들도 있었다. 게다가 불량서클끼리의 패싸움도 늘 있었다. 사회적으로 학교교육에 대한 불신과 불안이 높아지자 정부가 대책을 내놓은 것이었다.

당시 대통령의 지시에 따라 교육부는 물론 국무총리실, 내무부, 보건복지부, 문화체육부, 공보처 등 관계자들이 협의체를 만들어 범정부 차원에서 종합대책을 마련했다. 그 대책의 일환으로 학교 경찰관 제도는 물론 지역별 담당검사제까지 후속 조치들이 제법 요란했다.

〈경향신문〉 특종 이후 여기저기서 피해 사례들이 터져 나왔고, 사례를 접수하기 위해 YMCA 창구를 접수처로 만들었다. 사례는 끝없이 이어졌고, 학교폭력을 막기 위해 힘을 보태겠다는 전화도 끊이지 않았다. 이 기세를 몰아 학교폭력을 막기 위해 뭔가 행동을 해야겠다는 생각으로 모임을 만들었다. '학교폭력 예방을 위한 시민의 모임'이었다. 이 모임이 청예단으로 부르는 청소년폭력예방재단의 전신임은 말할 것도 없다. 학교폭력을 막아야 한다는 취지에 공감한 자원봉사자들도 몰려왔다. 강원도에 사는 어느 아주머니는 보자기에 강냉이, 엿, 떡 등을 싸 가지고 와 우리를 격려했다. 전국 각지에서 작은 금액이지만 후원금도 왔다. 그렇게 시작한 자원봉사자들 다섯 명은 뜨거운 가슴으로 모두 설렜다.

나는 당시 신원그룹에서 기조실장을 맡고 있었지만 '학교폭력 예방을 위한 시민의 모임'을 위해 틈틈이 시간을 내 뒷바라지를 했다. 내가 움직이는 시간을 절약하기 위해 사무실은 신원그룹 건물과 가까운 삼창플라자에 20여 평짜리 작은 공간을 얻었다.

회사가 열두 개나 되는 한 그룹의 기조실장이라는 자리와 대한민국 학교폭력의 심각성을 알리고 그것을 예방하겠다는 일은, 그 성격이나 본질로 보아도 동시에 할 수 있는 것이 아니었다. 어느 시기가 되면 둘 중 하나를 선택해야 하는 순간이 올 것이라 생각했다. 그렇다면 나는 어떤 길을 선택할 것인가. 답은 쉽지 않았다. 직장 생활은 내가 대학을 졸업하고 20년 넘게 쌓아올린 내 삶의 성과였다. 지금까지

해온 것처럼 앞으로도 계속 나아간다면 나와 우리 가족은 네 식구 함께하던 예전과 꼭 같을 순 없겠지만 행복한 일상을 살 수 있을 것이었다. 학교폭력의 존재를 세상에 알렸고, 피해자 가족으로서 그 정도 노력했으면 됐다는 말들도 많았다.

'이 정도면……'이라는 말을 가로막은 것은 대현이었다. 시늉만 하고 만다면, 훗날 대현이를 무슨 낯으로 볼 것인가? 이 물음에 나는 떳떳하게 답할 수 없었다.

하늘에 핀 꽃

대현아!

너 이제 하늘에 핀 꽃이 되었구나

지상에서는 열여섯에 그만 허리가 부러져

꽃망울 한번 맺어보지 못한 어린 청춘이더니

하늘에 올라가서야 비로소 꽃으로 피었구나

꽃으로 활짝 피어서

또 다른 열다섯, 열여섯, 열일곱

이 땅의 어린 청춘들

두 눈 부릅뜨고 지켜주고 있구나

대현아!

너를 보내고 처음 돌아올 땐

모든 것이 눈물이더니

모든 노래가 눈물이더니

이젠 모든 눈물이 노래가 되었구나

너의 어린 뼛가루를 속초 앞바다에 흩뿌리고 돌아올 땐

모든 웃음이 울음이더니

이젠 모든 울음이 웃음이 되었구나

사랑이 되었구나

사랑이 되었구나

하늘에 핀 꽃 대현아!

너를 보내고서야 우리는 비로소 보았다

네가 받은 그 수많은 표창장 뒤에 숨어 있던

학교생활의 비애를

네가 받은 우등상장과

네가 받은 개근상장과

네가 받은 반장 임명장 뒤에 숨어 있던

학원폭력의 발톱을

그때 우리 모두는 죄인이었다

그때 우리 모두는 카인이었다

그때 우리 모두는 앙굴라마였다

대현아, 보아라

비록 너의 어린 몸은 갔어도

너의 맑은 영혼은 이제 십자가로 남아

하늘의 꽃으로 피어 있는 것을

청예단으로 활짝 피어나

이 땅의 어린 청춘들을 말없이 지켜주고 있는 것을

그래, 대한민국에 핀 너의 그 십자가 영원하리

그래, 하늘에 꽃핀 너의 그 십자가 무궁하리

- 학교폭력으로 숨진 故 김대현 군의 영전에 부치며……
2002년 대현 군 8주기 추도식에서

일이 전부였던 아비

숨가쁘게 달려온 시간들

부질없는 짓인 줄 잘 알지만 나는 가끔 생각한다. '대현이가 살아 있다면……'. 지금은 사십 대 중반, 아마 결혼해서 아이도 한둘 둔 가장으로서 평범한 삶을 살고 있을 것이다. 제 엄마 아빠에게 한 번도 큰 소리 낸 적 없을 정도로 심성이 고왔고, 우리 집을 찾아온 손님들이 늘 환하게 웃는 대현이의 웃음이 매력적이라 할 정도로 성격이 밝았으니, 아마 제 아내나 아이들에게도 다정다감한 남편이고 아빠였을 것이다. 대현이의 행복한 모습에 나와 아내 역시 행복했을 것이다.

이런 행복을 앗아간 것은 학교폭력이었고 아비인 나는 그 폭력으로부터 내 아이를 지키지 못했다. 내가 내 아이를 지키지 못했다는 건 1995년 6월 8일 새벽에 아이와 함께 있지 못했다는 것이 아니라 아이가 죽을 결심을 하는 외로운 시간 동안 어떤 힘도 아이에게 주지 못했다는 뜻이다. 나는 내 일을 열심히 하는 것이, 사회에서 나의 자리를 확고하게 만들고 나의 이름을 남기는 것이, 나의 가족과 아이를 돌보는 것이라 생각했다. 그래서 나는 내 모든 생각과 에너지를 나의 일과 회사에 쏟았다.

돌이켜 생각하건대, 내가 신원그룹의 기조실장이 아니었다면 나는 대현이를 잃지 않았을 것이다. 이는 나를 믿고 일을 맡겨준 분에 대한 원망도, 모든 열정을 쏟아 일을 하던 시간들에 대한 후회도 아니다. 이 이야기는 잠시 후에 하기로 하자.

대현이가 세상을 떠날 때, 나는 베이징에 있었다. 신원그룹의 새로운 사업을 타진하기 위해서였다. 내가 신원그룹에서 일을 시작한 것은 1992년 3월이었다. 그전에는 삼성에서 일했다. 그날의 그 사고가 있기까지 20년이라는 시간을 나는 정신없이 달려왔다.

대학 시절 집안에 어려운 일이 생겨 무척 고생을 많이 했다. 이종사촌 누나와 결혼한 매형이 이혼하면서 어머니와 우리를 거의 망하게 만들었다. 건축업에 종사하는 사람이었는데 우리가 그에게 의뢰한 집도 돈도 날아갔다. 원래 우리 아버지는 목포에서 유기공장을 크게 하셨다. 상평통보 등 옛날 동전 등을 녹여, 흙 모형 속에 그 쇳물을 부어 유기그릇을 만들어 파는, 호남 일대에서 유기그릇을 제조하고 직접 판매도 하는 유일한 공장 겸 상점이었다. 그리고 유기그릇 외에도 석유곤로도 제작하면서 동시에 석유도 판매해, 호남지역 일대의 돈을 포대로 쓸어 담아 골방에 쌓아둘 정도로 돈을 많이 버셨다. 하지만 내가 여덟 살이었을 때 나를 가장 사랑해주셨던 아버지는 병환으로 돌아가셨다. 아버지에게 물려받은 적지 않은 유산도 내 대학 시절 새집을 지었다가 거의 날리고 말았다.

그런 의미에서 나의 대학 시절은 방황과 고뇌의 시기였다. 공부도 사랑도 포기한 채 마음의 문을 닫고 비통한 마음으로 술만 마시던 시절이었다. 카바이드 탄 막걸리에 취해 명륜동 전봇대들에 죄다 부딪치고 다녔다. 그러다가 군에 자원입대를 하고 김신조 덕분에 정확히 36개월을 복무했다. 군 생활을 통해 분노와 울화가 많이 정리되었다. 전역한 후에는 다시 열심히 살았다. 공부보다도 온갖 아르바이트를 다 했다. 가정교사는 물론, 대학교 교재 만들기, 각종 조사원, 배달 등 안 해본 아르바이트가 없었다. 그러다 졸업 시즌이 다가왔고 도서관에 파묻혀 열심히 취직시험 공부를 했다.

삼성그룹에 응시했고 다행히 2차 면접까지 통과했다. 복학하고 후배들이 행정학회장으로 추대해 학회장을 한 경력이 도움이 됐는지, 면접 당일 단정한 옷에 머리를 잘한 덕분인지, 아무튼 故이병철 회장님께서 직접 백모 작명가도 배석시키고 직접 관상을 보셨던 시절에 그 어렵다는 면접도 무사히 통과해 합격했다. 그리고 운이 좋았는지 현대그룹 시험에도 합격했다. 그러나 난 삼성을 택했다. 삼성에 신뢰감이 더 갔기 때문이다. 그렇게 나는 내 좌절의 청춘으로부터 한 걸음씩 비켜서고 있었다.

그때는 지금처럼 'SAMSUNG'으로 표기하지 않고 세 개의 별 아래 '三星'이란 CI를 사용하던 시절이었다. 삼성 입사 초기, 나는 힘들었던 시기를 잊기 위해서 오직 일에만 매달렸다. 물론 일은 그렇게 해야 했고, 주변을 보지 않고 앞만 집중하는 성격이라 더 그랬는지도 모르겠다. 일이 나의 전부였던 시대가 그렇게 시작되었다.

나의 첫 사회생활은 삼성 신입사원 교육으로부터 시작되었다. 서울 불광동에서 한 달 동안 먹고 자면서 강도 높은 교육을 받았다. 그리고 받은 첫 월급 27,000원. 삼성전자를 지원해 또다시 열흘의 교육을 받은 후, 배치된 곳은 관리부 총무과였다. 서울 한복판 대연각 빌딩 20층 한편의 사무실에서 강진구 사장님과 이현상 전무를 비롯해 30명 안팎의 인원이 일을 했다. 삼성전자 직원으로 처음 받은 월급은 47,300원. 당시 신촌 땅을 3~4평 살 수 있는 금액이었으니 적은 액수가 아니었다.

일하기 위해 근처 남대문 시장에서 보신탕을 먹고 힘을 돋우고, 정말 힘들 땐 창고에 가서 한숨 자고 또 일을 했다. 주식도 모두 수작업으로 발행했는데 강태형 과장과 45일 동안 회사에서 먹고 자며 주식을 발행한 적도 있다. 100원짜리, 500원짜리, 1,000원짜리 주식 등으로 분류하고 주주별로 금액만큼 나누어 그 합이 전체 주주 수와 최종 발행액이 딱 맞아야 하는데, 회의실 바닥 전체를 주식으로 덮고 수백

번을 계산해도, 수작업으로 하는 그 합계가 틀리고 또 틀렸던 기억이 난다. 지금은 한국예탁결제원에서 다 전산으로 한다.

2년이 안 되어 비서실로 차출되었다. 당시 삼성그룹 비서실은 실로 막강한 곳이었다. 삼성 비서실에서 일한다는 것 자체를 영광으로 생각하고 정말 열심히 일했다. 그룹 VIP 의전과 해외 출장, 특수 업무, 삼성농구단 관리가 나의 주 업무였다. 당시 70년대 후반에 우리나라 GNP는 겨우 600달러 수준에 불과했고 산업다운 산업이 없었다. 정부나 기업이나 세계와는 거리가 아주 먼, 원조를 받는 가난한 시절이었다.

해외 출장을 한 번 가려면 보통 치안본부 신원조회 30일, 외무부 여권 발급 10일, 비자 2일, 안기부 소양 교육 1일, 보사부 황열병 예방접종 주사 1일까지, 약 43일이 걸려야 비행기에 오를 수 있었다. 그것도 대단해서 한 사람이 외국에 나가면 가족, 친지들이 김포공항까지 나와 배웅하고, 공항에는 그런 사람들의 배웅 장소가 따로 마련되어 있었다. 여권 발급 업무는 각 사 총무과에서 관장했지만, 복수 여권은 삼성그룹 전체에 몇 개 안 되었기에, 비서실에서 내가 관리했다.

한번은 삼성중공업의 모 임원을 급한 계약 건으로 뉴욕에 7일 이내에 출장 보내라는 지시가 떨어졌다. 그야말로 초비상, 모든 인맥을 가동해 여권, 비자까지는 7일 만에 해결했으나 마지막, 소위 'YELLOW CARD'라는 예방접종 카드가 문제였다. 할 수 없이 내가 대신 남영동 소재 출국자 예방접종 사무실로 가 줄을 서서 본인인 것처럼 주사를 맞고 카드를 발급받아 무사히 임무를 마쳤다.

연이어 이틀 뒤, 더 막중한 일이 터졌다. 회장님 따님 한 분을 최대한 빨리 도쿄에 도착시키라는 하늘 같은 엄명이 떨어진 것이다. 당시 선대 이병철 회장님이 일본의 병원에서 큰 수술 후 따님을 찾으신 것이다. 또다시 딸에 대한 아버지의 사랑이니, 한일 우호 증진이니 온갖 설명과 수단을 다해 신원조회를 먼저 처리하고, 외무부 여권과장을 직접 면담해 두 시간 만에 여권을 받아들었다. 잉크가 손에 묻어날 지경이었다. 여권, 비자를 그렇게 주말이 낀 5일 만에 해결하고 나니, 스스로 감격스러웠다. 그러나 문제는 또 그놈의 'YELLOW CARD'였다. 지금 같으면 당연히 본인이 맞아야 하지만 당시에는 감히 그런 말을 할 수도 없었고, 김명한 팀장은 끝까지 해결하라고 엄명을 내리니 막막했다. 할 수 없이 다시 남영동 예방접종 사무실로 찾아가 조용히 줄을 섰다. 걸리면 통사정해 매달려보고, 후퇴했다가 다른 여직원이라도 대동해서 주사를 맞힐 요량으로 초조히 대기했다.

내 순서가 되자, 조용히 왼팔을 내밀었다. 간호사가 자동으로 "오른쪽이요" 했다. 오른팔은 며칠 전 맞은 황열병 주사의 부기가 아직 가라앉지 않아 벌겠다. 계속 왼팔을 내밀며 "오른팔을 다쳐서요" 하고 살짝 윙크하니, 간호사도 지쳤는지 별말 없이 왼팔에 주사를 꾹 찔러 주었다. 임무를 무사히 완수한 것이다. 맞으면서도 통쾌했다.

그때는 그랬다. 여자인지 남자인지, 이름이 무엇인지보다도, 그냥 접종 숫자와 카드 숫자만 맞으면 되는 그런 수준이었다. 누군가는 불법 아니냐고 행짜를 놓을지도 모르지만, 당시에는 그렇게 예방접종 카드가 있어야만 한국인의 입국이 허용될 정도로, 우리나라는 국력이나 위생이나 행정, 모든 것이 아직 엉망이었다.

회장님 따님도 무사히 김포공항을 떠났다. 출국 수속을 마치고 돌아오는 차에서 온몸이 나른하게 처졌다. 사무실로 돌아와 팀장에게 보고하니 "정말 수고했어요, 오늘 술 한잔하세요!" 하며 격려해주었다. 그러나 비행기를 타지도 않은 내 양팔에서 열이 솔솔 났다. 술 대신 물만 벌컥벌컥 마시고는, 밀린 업무를 밤늦게까지 처리했다.

그때 우리 세대는 나만이 아니라 모두가 그랬다. 목표가 있으면 몸을 사리지 않았다. 주어진 임무는 반드시 완수했다. 삼성만이 아니라 모두가 그렇게 열심히 뛰었다. "안 되면 되게 하라!", "불가능은 없다!"를 외치며, 가발 공장에서, 중동 건설 현장에서, 독일 탄광에서, 월남 전쟁터에서 죽도록 일하던 시절이었다. 지금의 대한민국 경제는 한마디로 30~40년 전 그분들의 땀과 피의 결과물이다. 세계 어디에 이런 나라가 있는가? 전쟁의 폐허를 딛고 60년 만에 경제발전과 민주화를 일구어낸 나라가 말이다.

그 당시 김명한 팀장은 나중에 삼성르노자동차 사장을 5년간 역임하셨다. 나는 김 팀장을 도와 삼성농구단 창단 작업도 함께 했다. 그때의 인연으로 벌써 30여 년이 흘렀건만 김명한 사장과 우리나라 최고의 농구 스타 이인표, 김인건, 조승연 씨와 함께 모임을 만들었고, 요즘도 즐겁게 만나고 있다.

비서실 근무를 마치고 삼성전자 총무과장으로 발령받았다. 총무과는 항상 일이 잡다하게 많았다. 사무직 15명 외에도 운전기사들, 엘리베이터걸 등 100여 명의 총무과 소속 직원뿐만 아니라, 회사 전체의 자산관리며 사고처리며 의전으로 정말로 눈코 뜰 새 없이 바빴다. 자칫하다가 일에 치여 헤어나지 못할 것 같아, 전략을 바꿔 선제공격 스타일로 나가기로 했다. 아침 출근 직후 총무과장의 권한으로 회사 전체에 방송을 했다. "지금부터 각 부서를 돌 터이니, 무엇이든 요청할 것이 있으면 즉시 요청하라"고 안내하고는, 직원 두 명을 대동하고서 국판본부, 수출본부, 관리본부 등 세 개 층의 전 부서를 순차적으로 돌았다.

의자, 책상 등 비품 고장, 전화 고장, 차량 배차, 명함, 소모품, 여권 신청 등 모든 요구사항을 일일이 받아 적어, 당일 처리를 원칙으로 강행했다. 그렇게 약 3주를 돌고 나니, 요청이 거의 사라져버렸다. 기다리지 않고 먼저 찾아가서 해결하는 전략은 적중했다. 그 일로 나는 유명해졌고, 다른 본부장들이 나를 탐내서 서로 데려가려 했지만, 인사권을 쥔 관리본부장이 나를 놓아줄 리가 있겠는가.

나는 관공서 일이 잘 안 풀리면 그 공무원에게 집요하게 설명하고, 그래도 안 되면 퇴근 시간에 집으로 찾아가 설명하고, 아침에도 그 사람 집 앞에서 기다려 자료를 보완해주었다. 정말 지겹도록 열심히 했다. 나중에는 지성이면 감천이라, 결국 처리한 일도 있다. 꼭 해야 할 일이 있으면 반드시 몇 날 밤을 새워서라도 해결하고야 마는 근성을 키웠다. 회사의 모든 임원들이 나를 좋아하고 신임하니, 자연히 총무과장 업무도 즐기면서 여유롭게 했다. 그리고 관리본부장이 바뀌자 수입 업무를 배우고 싶어 수입부로 옮겼다.

그때는 우리 기술력이 낮아 주로 일본의 NEC, SONY, 마쓰시타, 샤프, 도시바, 히타치 등에서 핵심 부품을 수입해야만 가전제품을 만들 수 있었다. 지금은 그들 일본 13개 모든 전자회사를 합해도 매출이나 이익이 삼성전자 하나만도 못하니, 얼마나 놀라운 변화인가? 세계 메이커들과의 피 터지는 경쟁 속에서 이토록 우뚝 선 삼성전자의 성과는 경이롭다. 주로 TV 핵심 부품을 세계 각국으로부터 수입하는 일을 배운 1년 후, 나는 수출부로 옮겨 홍보, 판촉 업무를 경험하고, 마침내 오디오 제품 수출부를 맡았다. 당시 오디오 제품은 적자가 난다고 모두 꺼렸지만 우리는 의기투합해 열심히 했다.

그 무렵 중국 시장이 꿈틀대기 시작했다. 1978년 덩샤오핑이 개혁과 개방 노선을 내세우면서 중국 경제는 무섭게 발전했다. 연 10%가 넘는 경제성장을 했고, 1981년 덩샤오핑이 실질적인 권력을 장악하면서부터 실용주의 노선이 본격화되고 중국 경제는 크게 성장했다. 중국 시장이 부상하면서 중국발 주문이 밀려들었다.

삼성에서는 홍콩지점을 전진기지 삼아 중국 시장을 공략하기로 했고 그 업무가 나에게 주어졌다. 입사한 지 10년이 조금 넘은 1985년 4월, 중국 시장 거점인 홍콩지점장이라는 막중한 임무가 부여된 것이다. 홍콩에 나가기 전, 용인의 외국어 생활관에서 4개월 동안 숙식을 하면서 집중적인 영어 교육을 받았고, 홍콩 주재 결정 이후 회사에서 중국어 선생까지 붙여주었기에 생활과 업무에는 아무런 지장이 없었다.

홍콩의 25시

홍콩에 거주하던 시절 역시 거침없었다. 수출 규모는 계속 확대됐고, 주변 국가로부터 수입하는 부품까지 합하면 홍콩법인만 1억 달러가 넘는 매출을 거둬 '수출의 날' 표창을 받기도 했다. 홍콩지점은 자연스럽게 지점에서 법인으로 격상되었고, 삼성전자 부문의 주재원 수만 30명, 홍콩 현지인까지 합해 100여 명이 넘는 큰 회사로 성장했다. 그 당시 한국과 중국은 국교가 없는 상태였기 때문에 모든 거래가 홍콩 중개상을 통해서 복잡하게 이뤄지고 있었다.

1986년 봄, 내가 직접 본사 전무님을 모시고 베이징에 출장 가야 할 일이 있었다. 비자도 별지에다 따로 받고, 보안 교육도 받았다. '죽의 장막' 중국에 첫발을 딛는 기분은 짜릿했다.

여권에는 출입국 스탬프가 전혀 찍히지 않았고, 별지 비자 용지에만 스탬프가 찍히는 일종의 특별 출입국인데, 특이한 것은 그때 공항 출입국 관리소 직원이 우리 남한 여권과 별지 비자를 보고 어떻게 처리해야 할지 몰라, 허둥대며 상부에 문의하느라 지체하는 바람에, 공항에서 오래 대기하기도 했다. 그 후, 나는 미국 국적의 젊은 한국인을 정식으로 특별 채용해, 필요한 중국 출장은 그 직원을 보내서 해결했다. 주말 여유를 이용해 누구나 중국으로 쉽게 여행을 떠나는 지금 생각하면 호랑이 담배 피우던 시절의 이야기다.

아무튼 비즈니스 물량 자체가 컸다. 걸핏하면 2만 대, 5만 대, 몇십만 대씩 주문이 들어왔다. 냉장고는 원래 여름이 성수기인 제품인지라, 겨울에는 생산 라인이 놀기 일쑤였다. 그러나 중국은 거대한 빨대처럼 겨울에도 냉장고를 사들였다. 한겨울에도 중국에 냉장고를 엄청 판매하니 냉장고 사업본부장이 고맙다고 홍콩으로 직접 와서 전 직원들 회식을 시켜주고 돌아갈 정도였다. 중국 시장은 지금도 그렇지만 한국에겐 엄청 중요한 시장이고 기회였다.

비즈니스도 많았지만, 업무 외적인 일들도 많았다. 홍콩은 '동양의 진주'라고 해서 쇼핑과 엔터테인먼트가 세계 최고였다. 바이어와 식사할 일이 많았고, 식사 때마다 독한 중국 백주를 마시게 되었다. '복안'은 겉으로 드러내지 않고 배 속에 있는, 그러니까 '마음속 생각'이라는 뜻이지만, 중국인들은 '배가 차야 생각이 나온다'고 풀이하며, 좌우지간 만나면 왕창 먹고 마신다.

게다가 다른 나라 출장을 마치고 귀국길에 홍콩에 잠시 들르는 본사 출장자들도 많아, 거의 매일 밖에서 먹고 마셔야 하는 엔터테인먼트의 연속이었다. 지금은 베이징과 상하이, 광저우 등에 지점이 꾸려졌지만, 그 당시에는 중국 대륙 전체의 일을 홍콩에서 모두 처리했으니 일과 사람이 얼마나 많았을 것인가. 내 평생에 마실 술의 양이 정해져 있다면, 나는 분명히 그때 충분히 그 이상을 마셨다고 생각한다. 내가 술을 좋아해서가 아니라, 문화와 지점의 성격과 내 자리가 그랬다. 한 식당에 방 세 개를 나란히 예약하고 그 방들을 넘나들면서, 식사한 적도 한두 번이 아니다.

그러다 보니 자연히 집안일에는 거의 신경을 쓰지 못했다. 그런 날이면 으레 새벽 한두 시에 대취해서 귀가했고, 중요한 손님이라도 만나는 날엔 집으로 초대해 아내가 차린 한국 음식들을 대접하기도 했었다.

아무튼 엄청난 양의 전자제품을 팔았으니 나날이 바빴고, 저녁에는 바이어, 본사 출장자 등 항상 손님이 넘실댔으니 오죽이나 술을 많이 마셨겠는가. 사실 중국 음식이 무척이나 기름져서 어느 종합상사 홍콩 주재원은 결국 고지혈 증세로 입원까지 할 정도였다. 당시 모든 홍콩 주재원들은 회사에서 가장 씩씩하고 일 잘하는 사람들을 선발해 투입했지만, 몸이 성할 겨를이 없었다.

한중 외교 관계가 수립되자 영업 거점도 본토인 베이징, 상하이, 광저우, 칭다오, 난징 등 각지로 점차 늘려가면서, 상대적으로 홍콩법인 규모는 점차 축소하고자 했고 인원도 서서히 줄여갔다. 나도 전략수출을 담당하는 임원급 부장으로 승진해 1991년 5월 귀국했다.

나는 삼성맨이다. 삼성에서 치밀하고 체계적인 교육을 받았고, 그 교육의 효과를 세계 곳곳의 현장에서 확인했다. 나의 불같은 성격은 자랑보다 잘못에 가깝지만, 성격 탓에 일을 할 때는 불도저처럼 밀어붙였다. 목표를 세우면 반드시 달성했다. 넓게 보되, 계획은 치밀하게 세우고, 작은 것도 세심하게 챙기면서, 진정으로 최선을 다하는 불광불급의 정신을 나는 삼성에서 배웠다.

내가 체득한 이 교훈은 이후 신원그룹에서 일을 할 때나, 청예단 일을 할 때에도 큰 도움이 되었다. 그때 익힌 자부심과 패기는 비단 나의 일을 처리할 때뿐 아니라 조직의 문화를 만들거나 바꾸는 데에도 저력이 되고 있다. 내가 삼성 체질이라는 건 그런 뜻이다.

홍콩에서 한국에 돌아온 이후, 한 번도 홍콩에 가지 않았다. 홍콩에 가면 우리가 살았던 곳, 놀러 갔던 곳, 즐겨 찾던 유명한 식당들을 쭉 한번 둘러보고 싶은데, 그 모든 곳에 대현이와의 추억이 스며 있기 때문이다. 시간이 지났지만 아들이 건강하고 유쾌하게 자라던 그곳에 아무 일도 없었던 것처럼 의연하게 가기가 쉽지만은 않다.

그러나 일흔이 넘은 이제는 한번 가보려 한다. 내 젊은 날을 바쳤던 곳이니 언젠가는 아내와 다녀와야겠다.

권력에 눈이 먼 텔레마코스

신원그룹의 박성철 회장은 나에 대해 이미 많이 알고 있었다. 내 고향 친구 김영준 상무가 나를 추천했기 때문이다. 한 시간의 면접 후

즉시 부사장으로 일해달라는 제안을 하셨다. 박성철 회장 역시 고향 목포 선배이기도 했다. 아직 마흔다섯, 나는 한창 일할 나이였고, 이왕이면 고향 회사를 위해 일하고 싶었다. 대신 부사장은 너무 급하니 천천히 하기로 하고 전무 직함을 갖되 직책은 그룹 기조실장으로 일하기로 했다. 그때 나는 내 제2의 전성기를 만들겠다고 생각했다. 지금까지 해온 것처럼 하면 할 수 있다는 자신감도 있었다.

부임해서 회사를 들여다보니 고쳐야 할 부분이 많았다. 상장회사였지만 회사의 모든 운영 시스템이 오너에게 지나치게 집중되는 개인회사 형태였다. 나는 일단 기조실을 신설하고, 업무 성격과 조직을 바꾸기 위해 인사 조치를 단행했다. 그룹 업무를 전산화시켰고, 감사팀을 직속으로 만들어 전 하청업체 및 납품업체와 어떠한 형태의 비리나 부정부패도 허용하지 않을 것임을 천명했다. 그룹 내에서 가장 똑똑한 직원들을 뽑아 인사, 재무, 홍보팀에 배치하고 전 임원에 대한 평가를 관장했다.

삼성에서 잘 갖춰진 프로그램에 따라 배우고 익혀 현장을 누비고 다녔다면, 신원그룹에서는 모든 것을 하나하나 점검하고 갖춰나가는 과정이었다. 주말이면 국내 사업장과 해외 생산기지, 건설 현장으로 뛰어다녔다. 일본은 당일 출장이 기본이었고, 중국도 이틀이면 충분했다. 출근은 새벽이었고, 첫 회의는 7시에 시작했다. 그렇게 1년쯤 지나자 성과가 보이기 시작했다. 조직은 안정되었고 외부 평가도 좋아졌다.

개인적으로 기독교 신앙을 가지고 있는데, 박성철 회장 역시 마찬가지여서 북한 선교 활동에 관심이 많았다. 그래서 교회에 투입된 돈이 많았는데, 아예 투명성을 키우기 위해 신원문화재단을 만들어 선교 비용 창구를 일원화했다. 또한 북한에 교회를 설립하고자 기도하시는 박 회장을 위해 평양과의 교류를 개척했고, 그 일환으로 의류 생산을 위한 공장 투자와 금 무역을 진행했다. 1993년만 하더라도 북한과의 관계가 그리 좋지 않아 평양을 방문하기란 하늘의 별따기보다 어려웠다. 고작 나진, 선봉만이 조금 열려 있었고 내륙으로의 직접적인 접근은 꿈도 꾸기 어려운 시절이었다. 그땐 그랬다.

그럼에도 어렵게 통일부의 승인을 받고 철저한 보안 교육을 받은 후에 베이징을 거쳐 평양을 두 번이나 다녀왔다. 첫 번째 귀국 시에는 김포공항에 많은 기자들이 모여들어 우리의 방북담을 취재하기 위해 법석이 나기도 했다. 당시 안기부에도 자세한 보고서와 사진을 제출하고, 서울경제 신문에 평양 방문기를 시리즈로 연재까지 했으니, 박 회장과 나는 남북 교류의 개척자인 셈이다.

그 덕분인지 신원그룹은 한국능률협회가 선정한 최우수 경영자상도 받았고, 미국의 경제전문지 〈포춘〉지가 선정한 한국의 유망중소기업으로 선정되기도 했다. 물론 그 성과 뒤에는 박 회장과 신원 임직원들의 땀과 열정이 있었지만, 전체를 조율하는 나로서도 꽤나 보람을 느꼈다. 나는 열심히 하지 않을 도리가 없었다. 박 회장이 내게 "아직 아이들이 어리고 나는 어차피 선교 활동을 할 것이니, 자네가 회사를 맡아서 키워주게" 하고 부탁하시곤 해서, 나도 모르게 그리할 수밖에 다른 도리가 없었다. 원래 기조실장이라는 자리가 그렇기도 하지만, 회사의 주요 업무가 점점 더 많이 나의 손을 거치게 되었다. 회사는 기조실장에게 슈퍼맨의 능력을 요구했고, 나는 슈퍼맨이 되기 위해 노력을 아끼지 않았다.

지금 생각하건대, 신원그룹 기조실장 시절이 내게 있어서는 가장 권력화된 시절이었다. 권력이란 칼과도 같아서 좋게 쓰면 여럿을 이롭게 하지만, 나쁘게 쓰면 참혹한 결과를 낳는다. 그리고 때론 좋게 쓴 칼도 어떤 이에겐 혹독한 결과를 낳기도 한다. 기조실장으로서 누군가를 평가하고 때로는 퇴직시켜야 했던 시절, 주변 사람들은 내 눈치를 보았다.

앞서 신원 기조실장이 아니었다면 대현이를 잃지 않았을 것이란 이야기를 했다. 든든한 조직의 힘을 배경으로 불가능을 가능으로 만들던 삼성 시절과 무소불위의 권력이 주어졌던 신원 시절. 내 안에 있던 열정과 도전 정신의 틈 사이로 자만과 안하무인의 의식이 조금씩 자리 잡기 시작했던 것은 아닌지 모르겠다. 그래서 결국 개인적인 평안함과 안정감, 사랑, 포근함 같은 인간의 본성을 망각해버리고, 그저 새벽부터 주야로 국내외로 뛰면서 무미건조한 기계와 같은 인간이 되어버린 것이고 그것이 결국 가정과 아들을 잃게 만든 것이다.

그리스의 영웅 오디세우스는 트로이전쟁에 출전하게 되자, 친구이자 신하인 멘토르에게 집안일과 아들의 교육을 부탁했다. 그 후 오디세우스는 전쟁에서 승리하고 그리스로 돌아오다가 배가 부서져 오기기아 섬에 도착한다. 오기기아 섬의 님프 칼립소는 오디세우스에게 영원한 생명을 주겠다며 오디세우스의 길을 막아선다. 그의 고향 이타카에서는 장성한 아들 텔레마코스가 돌아오지 않는 아버지를 찾으러 떠난다. 자신의 스승이자 아버지의 친구인 멘토르와 함께. 그러다 텔레마코스도 배가 난파되어 오기기아에 닿는다. 그러나 오디세우스는 이미 떠난 상태. 텔레마코스가 다른 님프인 유카리스에게 푹 빠져 섬에 안주하려고 하자, 그때 멘토르가 일깨워준다.

"열정에 눈이 멀면 그것을 지속시킬 핑곗거리만 찾게 되고 어떻게든 불리한 것을 피해가려고 하지요."

텔레마코스는 다시 아버지를 찾아 떠났고, 멘토르와 함께 이집트와 그리스 연안의 왕국을 돌며 현명한 리더로 거듭난다.

굳이 남의 나라 옛날이야기를 하는 건, 텔레마코스의 모습에 자꾸 내 모습이 겹치기 때문이다. 그때 나에게 멘토르 같은 스승이 있었다면……. 차안대를 두르고 앞만 보고 전력 질주하는 경주마처럼 달리던 시절, 가족은 내 시야에 아예 없었다. 이 사실을 나는 너무 늦게 알았다.

아내, 혹은 엄마의 시간

과분한 아내

지금의 나를 만든 건 적어도 7할 이상이 아내다. 내가 일만 보고 달리던 시절, 아내는 모든 내조를 완벽하게 감당해내며 나를 도왔고, 엄마로서 두 아이를 훌륭하게 키워냈다. 아이들은 아내가 다 키웠다. 집은 늘 정리정돈이 잘 되어있었고, 먼지 한 톨 찾아보기 힘들었다. 그런 점에서 나처럼 아내도 완벽주의자 기질이 있는 것 같다. 내가 회사 일에 미쳐 밖으로 돌 때나, 대현이를 잃고 절망에 빠졌을 때나, 청예단을 만들고 새로운 일을 할 때나, 모든 순간에 아내가 있었기에 나는 중심을 잃지 않을 수 있었다. 솔직하게 말하자면 아내는 나에게 과분한 사

람이다. 내가 눈앞에 일이 생기면 물불을 안 가리는 야생마라면, 아내
는 언제나 차분하고 포근한 들판 같은 사람이다. 그래서였을까? 먼저
좋아한 것도 나였고, 더 많이 좋아한 것도 나였다.

아내는 나와 같은 성균관대학교를 졸업하고 미대사관에서 근무하
고 있었다. 학교 다닐 때도 나는 아내를 본 적이 있었다. 물론 아내에
게 나는 전혀 모르는 남자였다. 사는 동네가 가까워 버스 정류장에서
몇 번 보고는 인사를 건넸다. 몇 번 말을 붙여보았지만, 대답은 듣지
못했다. 그렇게 여러 번 시도한 끝에 커피 한 잔 같이 마실 수 있는 기
회를 겨우 얻어냈다.

이야기를 해보니 아내는 내가 영 탐탁지 않았던 모양이었지만, 미
대사관에 근무한다는 걸 알아냈고 나는 대사관으로 연락했다. 직장에
서 사적인 통화를 할 수 없으니, 전화하지 말라고, 정 하려면 집으로
하라고 해서 그다음부터는 집으로 걸었다. 집 전화번호를 알려준 걸
보면 그래도 마음이 전혀 없진 않구나 싶었던 거다. 조금 거칠게 정리
하자면 '나의 끈질긴 노력' 끝에 나는 아내와 결혼할 수 있었다. 마지
막으로 마음을 결정하고는 아내 집을 방문해 "따님을 제게 주십시오.
따님의 행복을 제가 책임지겠습니다. 반드시 행복하게 살겠습니다!"
하고 명함을 놓고 나올 때가 스물아홉이었으니 벌써 40년이 훌쩍 넘
은 이야기다.

결혼 생활은 행복했지만 가시밭길이었다. 나와 아내는 사이도 좋
았고 행복했지만, 아내는 내 어머니와 교회 때문에 힘들어했다. 나의

어머니는 조금 특별하신 분이었다. 아버지는 내가 국민학교 1학년 때 돌아가셨다. 이후 5남 1녀를 어머니 혼자 키워내셨다. 어머니 말씀에 따르면 내가 제법 총명했던 모양이다. 그래서 어려서부터 아버지와 어머니의 편애를 받았다. 게다가 다른 형제들이 결혼하여 분가한 이후에도 당신께서 데리고 있었던 아들이기 때문에 나는 분명 어머니께 특별한 아들이었다. 그 특별함이 아내에게는 까다로움으로 다가왔을 것이다.

결혼 전에 아내에게 어머니의 특별함에 대해 미리 이야기를 했지만, 아내는 그다지 크게 개의치 않는 눈치였다. 듣기로, 아내는 어려서부터 할머니는 물론 증조할머니까지 한집에 살아 시어머니를 모시는 것이 너무 자연스럽고 당연했던 것이다. 그런데 막상 결혼해보니 생각했던 상황과 달라도 한참 달랐던 모양이다. 특별히 고부 관계가 좋을 것이라고는 기대하지 않았지만, 아내가 받았을 스트레스를 나는 제대로 가늠하지 못했다. 한 세월 흐른 뒤에야 신혼 적 이야기를 웃으며 나눌 수 있었지만, 그때 남자가 할 수 있는 이야기는 그리 많지 않다. 기껏해야 "말하지 그랬어" 정도.

아, 미안한 마음이 태산 같다.

신앙 역시 아내에게는 큰 스트레스였을 것이다. 나는 모태신앙이기도 했지만 대학 시절 신앙에 대해 수많은 고민과 회의 끝에 신앙을 받아들였다. 하지만 아내는 특별히 죄짓지 않고 하루하루 성실하게 살자는 주의여서 신앙의 필요성을 그다지 느끼지 못했다. 아내가 무서워했던 어머니는 신앙심이 무척이나 깊으셔서 결혼의 첫 번째 조건이 교회에 나가는 것이었을 정도였다. 직장 생활을 하면서 임신해 몸이 무거울 때에도 일요일 하루 쉬고 싶은 마음이었을 텐데, 아내는 어머니와 함께 꼬박꼬박 교회에 나갔다. 단순히 교회에 나가는 것뿐 아니라 우리 집을 찾는 교회 손님들을 맞아야 했다.

지금 아내는 착실한 기독교 신앙을 가지고 있다. 그 계기는 역시 대현이의 죽음이었다. 아내는 "마음이 너무 힘들고, 세상이 너무 무서워서…… 그리고 아무리 잘해도 내 뜻대로 안 되는 게 있는 것 같다"고 했다. 듣는 마음이 참 안타까웠다.

엄마의 행복

아내는 홍콩에 살던 시절이 힘들었어도 가장 행복한 시절이었다고 말한다. 그 당시, 우리 집에는 늘 손님이 차고 넘쳤다. 일반적으로 만남은 밖에서 이뤄지지만 친근한 출장자가 오거나 직원들 회식 때에는 집에서 식사하는 경우가 많았다. 넓지 않은 집에 많은 손님이 모이다 보니 자연스레 뷔페식으로 상이 마련되어야 했고, 아내는 그 많은 요리와 세팅을 혼자서 해냈다. 그 많은 손님들이 썰물처럼 빠져나간 후의 뒷감당 또한 만만한 일이 아니지 않겠는가. 지금 생각해도 아내는 존경스럽다.

그럼에도 아내가 그때를 가장 행복하게 기억하는 이유는 바로 대현이 때문이다. 물론 그때는 결혼한 후 처음으로 시어머니와 떨어져 생활한 때이기도 하다. 홍콩 파견이 결정되었을 때 형제들은 "강연네, 방학이네" 했다. 더불어 교회로부터도 조금은 자유로워졌다. 편안한 분위기에서 마음이 맞는 사람들과 함께 가끔씩 교회에 나가곤 했다. 언젠가 아내는 그 시절을 이렇게 떠올렸다.

"남편은 회사에서 일 열심히 하고, 아이들은 밖에만 나가면 인사 잘한다, 공부 잘한다, 칭찬이 자자하고, 나 역시 '어쩌면 애를 저리 잘 키웠느냐', '어쩜 요리를 이렇게 잘하느냐'는 칭찬을 듣고……. 당신이 워낙 바빠 시간을 내기 어려워서 그렇지, 틈이 생기면 온 가족이 홍콩 여기저기 다니며 즐거웠죠. 그러니 당연히 행복했죠."

아내는 아이들 교육을 남의 손에 맡기지 않았다. 아이들에게 영어를 직접 가르친 건 영문학을 전공한 데다 대사관에서 근무했기에 잘할 수 있었을 테고, 다른 과목도 아이들과 함께 앉아 머리 싸매고 공부해가며 아이들을 가르쳤다. 자기계발을 위해 뭔가를 새로이 배우는 일을 즐겼다. 손끝도 여물어 한 번 배우면 제대로 배웠고, 한번 손에 쥔 것은 잃어버리거나 훼손하는 일이 좀처럼 없었다. 지금 우리가 집에서 사용하는 가구나 장식장에 있는 액세서리, 하다못해 사용하는 그릇들도 거의가 홍콩에 살 때 마련한 것들일 정도다.

그즈음 나는 가정을 돌보는 일에는 소홀했지만 회사 일로 정신없이 뛰어다니며 당시 평균적인 남자들이 원했을 법한 아비의 행복을 느끼고 있었고, 내가 보기에 아내는 '저런 게 한 남자의 아내이자 두 아이의 엄마로서 누릴 만한 행복이구나' 싶을 정도로 행복했다. 홍콩에는 5년 반 머물렀다. 어쩌면 길지 않은 시간이었기 때문에 더 행복하게 느껴질 수도 있겠다 싶다.

아내는 아들을 유난히 예뻐했다. 나는 아들에 대한 아내의 애정을 질투하지 않았다. 질투라는 표현도 우습지만, 나 역시 대현이를 참으로 많이 좋아했기 때문이다. 하지만 대현이에 대한 사랑은 나보다 아내가 더했다. 대현이를 볼 때마다 가슴이 울렁이고 벅차올랐다고 말할 정도다.

대현이는 밝고 명랑하면서도 수선스럽지 않았다. 홍콩의 한국학교 선생님들은 대현이가 영국 신사 같다며 칭찬을 아끼지 않았다. 아마도 그래서 귀국 후 다시 어머니를 모시게 되었어도, 오래 지나지 않아 어머니께 치매가 와 더욱 힘든 상황이 되었어도, 아내가 버틸 수 있지 않았을까 생각한다. 그런 아내에게 대현이의 죽음은 청천벽력이라는 말이 부족할 정도로 충격이었다.

후회하고 그리워하며

아내에게 가장 미안한 것은 나의 출장 때문에 그 충격을 온전히 혼자 감당해야 했다는 점이다. 시간이 지나고 생각해보니 아내를 힘들게 했던 것은 그뿐이 아니었던 것 같다. 아들을 잃은 후에 나는 그 바빴던 시간의 일부라도 아들과 함께 시간을 보냈더라면 혹시나 사고를 막을 수 있지 않았을까 안타까워했다. 하지만 집에서 아이들을 깨우고 먹이고 도시락을 손에 들려 보내며 그 모든 시간을 함께한 아내가 얼마나 힘들었을까에 대해서는 크게 생각하지 않았다. 아내의 이야기를 들은 건 한참 시간이 지난 뒤에, 그것도 다른 사람을 통해서였다.

대현이는 부모의 말을 거역하지 않는 아이였다. 누나와도 거의 싸우지 않았다. 그런 대현이에게 사춘기가 왔다. 아내는 대현이의 변화를 느꼈지만, 그간의 '착한 대현이'로만 여기고, 적절히 대응하지 못한 것을 뒤늦게 깨닫곤 가슴을 쳤다. 그 무렵 어떤 여자아이한테 대현이를 찾는 전화가 걸려 왔고, 아내는 바꿔줄까 말까 잠시 고민하다가 바꿔줬다고 한다. 사춘기에 아직 정식 이성교제도 아닌 것을 무조건 막기만 하면 더 엇나갈까 걱정했기 때문이다. 전화를 끊은 후에 누구냐고 물어도 대수롭지 않게 대답하고 넘어가기에 그러려니 했는데, 지나고 보니 그 여학생은 대현이 친구의 여동생이었다. 당시 중학생이던 그 여학생이 오빠의 졸업 앨범에서 대현이를 봤던 것 같다. 세화여자중학교에서 제일 예쁘다고 소문이 난 그 여학생이 대현이에게 관심을 보이자 당시 사귀고 있던 남학생이 발끈했단다. 그래서 대현이가 졸업한 반포중학교를 나온 친구들과 함께 대현이를 괴롭혔던 것이다.

그 무렵 대현이는 제 엄마한테 머리가 아프다거나 배가 아프다는 이야기를 간혹 했다고 한다. 아내는 그저 배탈이나 두통이겠거니 하면서 약을 먹거나 심하면 병원에 가보라고밖에 말하지 못했다며 마음 아파했다. 각목 등으로 맞아 아픈 거라고 누가 상상이나 할 수 있었을까. 그 어떤 것도 제 부모에게 털어놓을 수 없었던 아이를 이해하지 못했다는 후회와 안타까움. 대현이가 떠나기 두세 달 전인 고등학교 1학년 초, 아내는 뭐라고 확실하게 말할 수는 없지만 불안불안한 조바심 같은 것이 느껴졌다고 했다. 대현이 표정이 밝지 않은 것도 아내를 불안하게 만든 이유였다. 이는 바쁜 나도 어느 정도 눈치채고 있었다. 그 불안의 징후들을 바로 옆에서 느끼면서도, 끝내 불행을 막지 못했다는 자괴감이 지금까지 나를 따라다닌다. 아내는 아이를 자신이 잘 지키지 못해 잃었다고 생각해 평생 가슴을 앓았다.

엄청난 불행을 겪은 아내를 볼 때마다 나는 가슴이 아프고 저리다. 항상 미안하다. 아내는 그 이후로도 몇 년간을 너무 울어서 눈병이 나 요즘은 조금만 울어도 눈에 트러블이 생기곤 한다. 그렇게 큰 아픔을 감추고, 청예단에 자원봉사로 상담 활동을 하기도 한 아내가 애틋하고 사랑스럽고 존경스럽다. 진심이다.

대현이는 죽기 전에 스스로 모든 것을 말끔히 정리했다. 사진, 일기장, 수첩, 메모 모두가 치워져 있었다. 대현이가 떠난 후, 아내는 대현이의 모든 흔적을 간직하고 싶어 했다. 하지만 나는 그럴 수 없었고 최대한 대현이의 흔적을 없앴다. 아내는 못내 서운해 했다. 원래 함께 시간을 보낸 물건들에 대한 애정이 큰 성격인 데다, 돌아올 수 없는 아들의 유품이니 그 서운함이야 오죽했을까. 나는 아내의 마음을 충분히 알았지만 치우기로 했고, 아내 역시 나의 마음을 충분히 이해하면서도 내키지 않아 했다. 그나마 다행이랄까, 빨랫감으로 내놓았던 대현이 옷가지 몇 벌은 아직까지 남아있다. 아내는 지금도 그 옷을 고이 간직하고 있다.

사고가 남긴 후유증

대현이 사고가 아내에게 남긴 후유증은 컸다. 늘 뭔가 새로 배우면서 발전하던 아내의 모습은 많이 변했다. 예전 같은 활기찬 생활과는 아무래도 거리가 있었다. 나 역시 청예단 활동을 하면서 몸과 마음을 추슬러 다시 일상으로 돌아왔지만 그 상처는 깊었다. 그 후유증과 상처가 만든 에피소드가 있다. 미리 이야기하자면 해프닝이니 조금 편안한 마음으로 읽기를 권한다.

대현이 사고가 났을 때 누나 강연이는 고등학교 3학년이었다. 공부에 집중이나 제대로 할 수 있었겠는가. 그러니 우수했던 딸의 성적이 점점 하락하는 것을 보고도 다그칠 수 없었다. 그렇다고 재수를 시키기도 싫어 합격한 한국외대에 그냥 보내기로 했다. 대학생이 된 딸은 다시 공부에 열의를 갖기 시작해 1996년인가 1997년 어느 날 어학연수를 가고 싶다는 이야기를 했다. 한창 감수성 예민할 때에 큰일을 겪게 한 미안함에 미국으로 어학연수를 보냈다. 기간은 6개월.

한 달쯤 지났을 때, 딸한테 연락이 왔다. 기숙사가 마땅치 않아 방을 얻어 다른 곳으로 옮길 생각이라고 했다. 말리려고도 했지만 친구들도 다들 그렇게 하고 있고, 딸이 집을 보러 다니며 더욱이나 외국에서 혼자 계약까지 한 것이 기특하기도 해서 알았노라고 했다. 그런데 거기서 사달이 난 것이다. 이후 전화를 받지도 전화가 오지도 않는 채로 연락이 끊긴 것이다.

하루나 이틀에 한 번씩 통화하던 딸에게서 연락이 오질 않았다. 하루, 이틀, 사흘……. 연락 두절 일주일이 다 되도록 강연이에게선 전화가 없었다. 방값이 좀 더 싼 데라면 치안 등 주변 환경은 당연히 더 열악할 것이다. 계약을 하고 보니 우범지대여서 밤에 귀가할 때는 지하철로 오지 않고 택시를 이용한다고 했던 딸의 말이 가슴에 확 박혀 아내는 더 불안해했다. 제발 전화 좀 해달라고 아무리 메시지를 남겨도 답이 없어 아내는 나날이 초조해했다. 나에게 어떻게든 연락을 취해보라고 하던 어느 날, 갑자기 춘천에 있던 내게 전화해 고함을 지르며 대성통곡을 했다.

"당신은 딸이 무슨 사고를 당했는지 모르는 판국에 골프는 무슨 골프야!"

글로 옮기자니 무슨 코미디 같고 시트콤 같지만, 그때는 정말 심각했다. 집에 돌아와 보니 아내는 침대에 쓰러져 "내 딸마저 없으면, 난 어떻게 살아? 난 못 살아!" 하며 엉엉 울고 있었다. 아들 잃고, 미국에서 딸 잃고, 그러면 아내도 분명 버틸 힘이 없을 테니 평생지기 마누

라까지 잃게 생겼다. 급하게 우선 보스턴 행 비행기를 두 좌석 예약했지만, 이대로 가다가는 비행기 타기 전에 아내가 죽을 판이었다. 나도 정신이 없어졌다.

오히려 그 덕분에 평상시라면 도저히 생각 못할 일을 시도하게 됐다. 밤이 깊었는데 경찰청에 전화해서 미국 연방수사국 번호를 알려 달라고 했다. 영화나 드라마에서 보는 FBI다. 전화번호를 받아 곧바로 미국 FBI로 다이얼을 돌렸다. 누군가 전화를 받았다. 채 말이 끝나기도 전에 소리를 질렀다. 요약하면 이렇다.

"나는 한국의 VIP다. 지금 내 딸이 행방불명되었다. 긴급 상황이다. 딸의 주소는 어디이고, 나의 연락처는 이렇다. 확인 후 즉시 회신 바란다."

두 시간이나 지났을까, 전화벨이 울렸다. 받자마자 미국 보스턴 경찰청이라며 Mr. Kim을 찾았다.

"Everything is OK! Your daughter is safe. Don't worry."

나는 그저 "Oh, Thank You"만 연발했다. 온몸이 갑자기 나른해졌다. 아내 얼굴에도 어느새 화색이 돌았다. 정신을 가다듬어 비행기 예약부터 취소했다.

다음 날 아침 공중전화로 연락해 온 딸이 오히려 화를 냈다. 대뜸 첫마디가 "엄마는, 창피하게!"였다. 딸의 이야기인즉, 이사를 하면서 전화 이전신청을 했는데, 미국은 우리나라와 달리 통신 사정이 안 좋아 이전 작업에 보통 일주일이 걸린단다. 그런데 새벽에 갑자기 누군가 문을 부서져라 쿵쾅쿵쾅 두드리더란다. 그때 딸과 친구는 불량배들이 쳐들어온 줄 알고 너무 무서워서 집에 아무도 없는 척, 더욱 이불 속 깊이 숨어들었다고 한다. 그러자 마치 현관을 부셔버릴 것 같은 기세로 문을 두드리는데, 그 와중에 '경찰'이라는 소리가 들렸단다. 반신반의하다 밖을 보니 여자 경찰관도 있고 해서 문을 열어줬더니, 그 경찰이 하는 말이 "아무 일 없는가? 안전한가? 한국에서 부모가 찾고 있다. 즉시 연락하라!"였다고 한다.

결국 해프닝으로 끝나 천만다행이었지만, 그 며칠간은 정말 악몽 같은 시간이었다. 지금은 웃으면서 그 이야기를 하지만, 당시는 완전히 비상이었다. 아내의 조급함과 상심에 마음이 안쓰러우면서도 쓴웃음이 나오고, 나의 기상천외한 순발력이 도대체 어디서 나왔는지 헛웃음도 난다. 어떻게 FBI를 생각해냈으며, 그 친구들은 신원도 확인되지 않은 '자칭 VIP'의 전화 요청을 어떻게 경찰력을 동원해 그렇게 신속하게 처리하고 한국에 회신까지 했는지. 그것이 미국이니까 가능했지 만약에 다른 나라였으면 어림없는 일이 아니었나 싶기도 하다.

'궁즉통'이라고 비행기를 타기도 전에 아내마저 가버릴 것만 같은 절박감에서 나온 비상처방이 아내와 나를 살린 것이다. 어쨌거나 이것은 대현이를 잃은 아내의 충격과 트라우마를 잘 보여주는 해프닝이다.

그리고 또 하나, 이 황당한 해프닝을 통해 아내가 얻은 게 있다면, 이젠 딸만 무사히 건강하게 살아 있다면 정말 행복하겠다는 생각, 그리고 이제 딸이 더욱 소중하다는 생각, 그러니 이제 더 이상 떠난 아들에게 연연해서는 안 되겠다는 생각이었다. 첨언하자면, 그 일로 인해 딸은 바로 어학연수를 중단하고 엄마 곁으로 귀국해버렸다.

남겨진 가족의 소중함

2011년은 아내가 환갑이 되는 해였다. 1975년에 만나 이듬해에 결혼했으니 함께 산 지 37년. 동고동락이라는 말 그대로 행복하고 기쁜 날도 있었고, 말도 못할 정도로 힘든 나날도 꽤 길었다. 아내의 환갑을 맞아 아내에게 쓴 편지에도 적었지만 결코 만만하지 않았던 세월을 함께해준 아내가 무척이나 고맙다. 그간 표현을 자주 하진 않았지만, 단 한시도 그리 생각하지 않은 적이 없다. 하지만 아내가 나에게 참으로 고마운 존재라는 걸 깨달은 계기가 있었다.

2002년 12월의 일이다. 새벽에서 아침으로 넘어가는 7시 정도, 영동고속도로 용인나들목 못미처 있는 마성터널 부근이었다. 늘 차가 밀리는 터널을 피해 에버랜드 방향으로 접어들었는데, 갑자기 정면에서 상향등을 켠 차가 100km 이상의 속도로 역주행해 오고 있었다. 순간 무의식적으로 핸들을 오른쪽으로 틀었고, 그 차는 내 차와 아슬아슬하게 비껴갔다. 나는 오른쪽 가드레일을 살짝 스치며 겨우 피할 수 있었다. 서로의 속도가 워낙 빨랐고 아직 어둑한 새벽녘이었기 때문

92

에 차 색깔은 물론 차종도 알 수 없었다. 짐작하건대 나는 0.1초도 안 되는 지극히 찰나의 차이로 목숨을 건졌다. 아니, 눈 깜짝할 사이에 살아 있었다. 만약 내 뒤에 차가 있었다면 분명 역주행한 그 차와 부딪혀 큰 사고가 났을 것이다.

그 찰나의 순간, 나는 죽음을 보았다. '아, 죽었구나' 하는 생각이 번개처럼 뇌리를 스치면서, 동시에 어쩌면 그렇게나 빨리 초고속 필름처럼 과거에서 현재까지 내 생애가 스쳐갔는지 말로는 설명하기 어렵다. 그러나 사실이다. 초고속 영상이 뇌리를 스치면서 가장 강하게 보인 것은 세상의 다른 어떤 것도 아니었다. 미안하지만, 어머니도, 형제도, 친구도 아니었다. 그것은 내가 사랑하고 책임지고 있는 아내와 딸의 얼굴이었다. 그리고 그 일이 내게 가장 소중한 것이 무엇인지를 다시 한번 깨닫게 하는 계기가 되었다. 가족, 특히 아내의 소중함은 그 무엇과도 비교할 수 없다.

너무 늦지 않았기를 바랄 뿐이다. 부디 지금부터라도 내가 아내에게 상처를 주거나 힘들게 하는 일이 없기를 소원한다. 유난했던 시어머니를 모신 27년 세월 동안 참고 못했던 일들, 힘닿는 데까지 해주면서 즐겁게 살고 싶다. 아픔은 어쩔 수 없지만 최선을 다해 서로 위로하고 격려하면서 살고 싶다. 기대수명이 계속 늘고 있으니 어쩌면 90세까지 살 수도 있지 않을까. 그 시간 동안은 행복하게 살고 싶다.

아들을 잃고 새로 얻은 자식들

―――――――◖―――――――

영안실에 넘쳐난 학생들

대현이를 잃은 직후 나의 아픔과 허전함은 이루 말할 수가 없었다. 그 자리를 그 무엇도 대신할 수는 없겠지만, 커다랗게 뚫렸던 구멍은 조금씩 메워져갔다. 아내와 딸 강연이를 더 배려하고, 사랑하고 챙기면서 느끼는 가족의 소중함이 가장 큰 요인이었고, 바쁘게 돌아가는 청예단 활동도 큰 몫을 했다. 그리고 또 하나는 아들 같은 대현이 친구들이었다. 그러나 그것은 또 다르게 아련한 아픔의 연장이기도 했다.

대현이의 반포중학교 친구들은 사고 후 장례식장으로 몰려왔다. 강

남성모병원 영안실 일대에 덩치 큰 고등학생들이 마치 까마귀 떼처럼 몰려와 웅성거렸다고 한다. 당시 세화고등학교 등 반포 일대 고등학교에서는 너무 많은 학생들이 수업을 빼먹고 나가버리자, 학교에선 무슨 일이 벌어졌나 고심하다가 한 학생의 죽음으로 병원 영안실로 찾아갔다는 사실을 알고는 적당히 외면 내지 묵인했다는 이야기를 나중에 들었다. 그 정도로 많은 학생들이 몰려왔다. 그러나 나는 오후 늦게야 귀국해 영안실로 갔고, 아무에게도 알리지 않은 영안실은 차갑고 쓸쓸했다. 조화도 없이 그저 대현이 사진만 외롭게 세워졌었다. 그날 밤을 대현이 사진 앞, 영안실 바닥에서 보냈다.

대현이는 친구가 많았지만 그중에도 이재용 군과 특히 친했다. 학군제 때문에 함께 같은 고등학교로 진학하지는 못했지만 서로가 좋아하는 '절친'이었다. 민감한 고등학교 1학년 때 친구를 잃은 충격이 얼마나 컸을까. 재용이도 귀공자처럼 잘생기고, 공부도 잘하는 모범생이었다.

그런데 절친인 대현이가 그렇게 모질게 죽어 속초 바닷속으로 사라지자, 재용이도 흔들렸다. 장례식 후, 재용이가 대현이 사진을 책상에 붙여놓고 매일 바라보며 마음을 다잡지 못하고 방황하니 재용이 엄마가 대현이 사진을 더 크게 해서 붙여줄까 제의를 했다고 한다. 재용이의 방황이 깊어질수록 재용이 부모님의 걱정도 비례해서 커져갔다. 그 잘하던 공부도 안 하고 우울해 하기만 하니 부모로서 얼마나 걱정이 크셨을지 공감이 간다. 혹시나 자기 아들에게도 무슨 일이 벌어질

지 몰라 그 부모님도 좌불안석이었을 것이다.

재용이를 비롯해 많은 대현이의 친구들이 어느 날 속초 바다를 찾아가려고 하자 그 어머니들도 서로 연락하여 몰래 뒤쫓아갔다는 말을 나중에 대현이 친구들을 통해서 들었다. 그 바쁜 어머니들이 왜 그리하셨겠는가. 사춘기 무렵 민감한 아이들의 심리적 충격은 어쩌면 평생을 따라다닐지도 모른다. 그즈음 친구 부모님들이 모두 불안에 떠셨다고 하니 정말 죄송한 마음 이루 말할 수가 없다. 그리고 재용이 부모님은 아들에게 심리적 안정을 주기 위해 무당을 사서 진혼굿까지 벌였다. 대현이가 이승을 떠나 편히 저승으로 가 잘 쉰다는 안정감을 주기 위함이었으리라.

어려운 시기를 함께 겪어서인지는 몰라도, 이 친구들의 우정과 의리가 매우 깊고 진하다. 친구의 아버지인 나를 대하는 마음도 그렇다. 명절마다, 대현이 생일마다 찾아오곤 하는 것이다. 설날에도, 추석에도 어김없이 찾아온다. 내 환갑날을 어떻게 알았는지, 녀석들이 돈을 모아 환갑 선물을 마련해왔다. 컬럼비아 춘추용 등산복이었다. 하늘색 상의에 회색 바지. 지금도 녀석들이 사준 등산복을 가장 즐겨 입고 또 아낀다. 그건 대현이가 사준 등산복이나 다름없기 때문이다.

그 친구들 대부분이 대현이의 중학 시절을 함께했다. 앞서 말했듯, 아내는 대현이에 대한 기록을 만들고 있는데, 그 가운데 대현이 친구들에 대한 부분도 있다. 늘 곁에서 아이들을 지켜보는 섬세한 엄마의 눈은 거칠고 성긴 아빠의 시각과는 달랐다.

대현이의 친구들

반포초등학교

6학년 2반 김형숙 선생님

이재용, 김승모, 성시경, 이장우, 이주현, 이종석, 김경록, 김진욱

반포중학교

김형수, 명기준, 김진완, 민홍준, 송한섭, 이준택, 심은택,

조인수, 이정우, 이용규, 권형규, 장영수, 한원종

집이 학교에서 가까운 관계로 많은 친구들이 갑자기 우르르 몰려오곤 했다. 남자아이들이라 화장실에 들어가서 건성으로 손을 씻고 수건에다 구정물을 다 묻혀놓고 나오기 일쑤였다. 그럴 때면 손 좀 깨끗이 씻고 나오라고 잔소리를 할 때도 있었고 나중에는 아예 짙은 색깔의 수건으로 바꿔 걸어두기도 했다.

이런 사소한 일들도 지나고 나니 미안하게 느껴진다. 나는 지금도 그 짙은 색의 수건을 버리지 않고 장롱 속에 간직하고 있다.

인수는 대현이가 떠나던 날 정말 많이 울었다. 지금은 서울대학교에서 교직원으로 근무하면서 수시로 청예단 자원봉사자로도 일한다.

이젠 어느덧 사회인으로

대현이 사고가 1995년이었으니, 그때 열여섯이던 대현이 친구들은 이제 장성하여 사십 대 중반으로 한 집안의 가장이자 어엿한 중견 사회인이 되었다. 이 녀석들은 고등학교 상급 학년이 되어서도 연말연시나 명절이 되면 우리 부부를 찾았다. 햄버거도 먹고, 통닭집도 가고, 대학에 들어간 이후로는 감자탕 집에서 소주 한 잔씩 하기도 했다.

가장 친한 친구였던 이재용 군은 친구들 중에 가장 늦게 취업이 되었다. 공대와 대학원을 졸업하고 지금은 세계적인 반도체 회사에서 설계 일을 하고 있다. 재용 군은 대현이와 성격이나 성향이 많이 비슷했다. 서른 중반에야 결혼한 이후 예쁜 딸을 낳아 아내와 함께 집으로 데려왔다. 너무나 예쁘고 부러웠다. 나를 친아비처럼 마음으로 대해 준다. 김승모 군은 무역 회사에서 영업을 하며, 명기준 군은 은행에서, 이주현 군은 증권회사에서 영업을 맡아 제 몫을 다하고 있다. 조인수 군은 서울대 의과대학에서 사무총장으로 있고, 이상엽 군과 이종석 군은 개인사업을 성공적으로 하고 있다.

특히 대현이의 죽음 전날까지 대화를 나눴던 장영수 군은 카오스 사업을 성공적으로 잘 하고 있다. 영수 군 부인도 반포중 동기로, 우리 대현이를 같이 좋아해 늘 못 잊어 하며 대현이와의 새로운 추억들을 들려주기도 한다. 그래서 부부가 남다른 애정을 가지고 푸른나무재단에 후원을 아끼지 않으며 등기이사로 들어와 활동하고 있다.

'발라드의 황제'라는 별명을 가진 가수 성시경 군도 대현이와 아주 가까웠다. 최고 인기가수로 바쁜 일정 중에도 푸른나무재단의 홍보대사로 활동하고 있고, 대현이 20주년 추모식에도 추모사를 보내 참석한 모두가 눈시울을 붉혔다. 홍콩 주재 시절 나는 삼성전자 홍콩 법인장이었고, 시경이 아버지는 삼성물산 홍콩 법인장이었다. 집도 앞뒤로 살았다. 귀국해서도 가까이 살아 아이들끼리 무척이나 친했다. 지금도 홍보대사이지만, 청예단 초창기에 지체 장애 학생들과 국토 순례를 할 때에도 강원도 구간을 함께 걸었다. 그 마음이 참 고맙다. 내가 〈유퀴즈〉에 출연한 직후 시경 군은 〈라디오스타〉에 나와 가슴속 깊은 곳의 이야기를 꺼내 감동을 전했다. 유명 연예인이지만 어디서도 이야기를 꺼내지 않았고, 아비인 내가 이야기를 하니 그제야 속마음을 표현한 거다.

평생직장이 없는 요즘 시대에 그때와 조금 다른 길을 가고 있을지도 모르지만, 사십 대 중반이면 조직에서 뼈대 역할을 할 나이이고, 개인사업을 한다고 해도 한창 정신없이 뛸 나이다. 그래서 다 같이 모여서 밥을 먹거나 차를 마시거나 하는 일은 많이 줄었다. 연말연시나 대현이 기일에 한 번씩 만나곤 한다. 만나서 특별한 이야기를 나누거나 의미 있는 일을 하는 건 아니다. 그저 여느 아버지와 아들처럼 건강 이야기, 주변의 대소사 이야기, 아니면 농담을 하기도 한다.

대현이 친구들이 우리를 찾아오면 '아주아주' 반가우면서 '너무너무' 힘들다. 기분 좋게 웃고 즐겁게 이야기를 나누면서 맛있게 밥을 먹고 신나게 소주도 들이키지만, 그 이면에서는 마음이 무척 힘들다. 그건 대현이 친구들 탓도 아니고 그 누구의 탓도 아니다. 그저 순전히 우리가 감내해야 할 몫이다. 오히려 친구들의 마음도 심란할 것이다. 그 친구들에게도 마냥 편하기만 한 자리는 아닐 것이다. 친구들도 나나 아내를 보면 어쩔 수 없이 대현이를 떠올려야 하기 때문이다. 게다가 이제 나이를 먹었고 배려심 깊은 녀석들인지라, 자기들을 보면 우리가 대현이를 떠올릴 수밖에 없다는 것도 잘 알고 있을 것이다. 이 친구들을 보내고 나서는, 아내가 늘 조용히 눈가를 닦는 것을 본다. 그래도 연락이 오면 반갑고, 또 보면 즐겁다.

나는 미안하기도 하고 녀석들도 점점 바쁘게 생활하는 것을 잘 알기에, 전화나 메일로 안부를 나누고 각자 열심히 살자고 제안하기도 했었다. 이제는 중년이 되어 바쁜지, 찾아오는 것이 좀 뜸하다. 자주 보진 못하지만, 만나면 반갑고, 녀석들이 기다려지기도 한다. 이제는 컸다고, 혹은 사회생활 한다고 꼭 과일바구니 같은 선물을 사오곤 한다. 미안하고 대견하다.

이 녀석들아, 나는 너희 얼굴, 전화 목소리만으로도 무척 행복하단다.

아이들의 마음

　나는 대현이 친구들이 우리를 찾는 이유를 대충 헤아릴 수 있다. 비록 대현이가 열여섯 짧은 생을 마감했지만, 그 후로 27년이라는 시간이 지나버렸지만, 세월이 지나도 잊을 수 없는 친구였고, 대현이 대신 아들 노릇을 해주고 싶은 갸륵한 마음에서이리라. 그래서 우리에게 '대현이가 없어도, 아들들이 많으니 든든하구나' 마음먹도록 하고 싶어서일 것이다. 나는 이 아이들의 그런 마음 씀씀이가 무척이나 고맙다.

　예전에 내 홈페이지에서 게시판을 통해 글을 주고받을 때도 있었지만, 우리 내외는 대현이 친구들을 보면 가슴 깊은 곳에서 쓰디쓴 고통이 느껴진다. 녀석들도 알고 있다. 그래서 언젠가 친구들끼리 모였을 때 이런 이야기도 했단다. 우리 내외를 찾아오는 것이 도리어 우리 마음을 아프게 하는 건 아닌지 고민하다가, 이제 각자의 형편에 맞추기로 합의했다는 것이었다.

　그 말을 전해 들으며 나는 녀석들이 더 대견하게 느껴지고 뿌듯하기까지 했다. 그러나 재용이는 여전히 '마음이 아프시더라도, 그래도 찾아뵙는 것이 옳은 일이고 예의에도 맞는다'고 생각한다며 찾아오는 것을 멈추지 않고 있다. 나는 이 아이들이 멋지게 장성한 모습을 보면 흐뭇하고 기분이 좋다. 내 소중한 아들의 친구들이니까. 그래서 그 녀석들에게 그랬다. 앞으로 좋은 일이 있거나 슬픈 일이 있을 때, 그 언제라도 찾아오라고. 그 이유는 간단하다. 우리에게 녀석들은 대현이를 잃고 새로 얻은 자식이나 다름없으니까.

몇 년 전 대현이 초등학교 때부터 친구였던 김승모 군으로부터 편지가 왔다. 승모 부모님이 보낸 승모 군의 청첩장이었다. 청첩장을 받고 생각해보니 이 친구들 나이가 서른이었다. 남들은 잊으라고 쉽게 말하는 내 아들은 여전히 열여섯 앳된 모습으로 가슴속에 남아 있는데, 녀석의 친구들은 벌써 장성하여 결혼을 하고 가정을 꾸릴 때가 된 것이다.

봉투의 수취인은 '대현 아빠'라고 되어 있었다. 대현이 아버지라…… . 아들의 친한 친구를 잊지 않고 안부와 소식을 전하는 마음은 고맙지만, 그것은 솔직히 너무나 괴로운 표현이었다. 결혼식에서 대현이 친구들을 만나면 나는 대현이 생각에 마음이 아플 것임을 알았지만, 결혼식장을 찾아갔다. 무너져 내리는 가슴을 억누르고 승모 군 부모님과 인사를 나눴다.

"안녕하십니까. 대현이 아버지입니다."

승모 부모님은 깜짝 놀라시는 기색이 역력했다.

나는 대현이가 앉아 있어야 할 신랑 친구 테이블에 아들 친구들과 함께 앉았다. 대현이가 살아 있었으면 결혼을 했거나 곧 하겠지 싶어 그 모습을 가슴 아프게 상상하니, 마주치는 눈들에 웃음 지으려 해도 마냥 어색하기만 했다. 대현이 친구들도 차례로 와서 인사를 하고, 중학교 때 선생님도 한 분 오셔서 인사를 하신다. 그들은 내 마음을 아느지 모르는지 반가운 얼굴로 인사를 건넨다. 나는 가슴이 미어졌지만, 겨우 참고 간신히 미소를 짓고 있었다. 하지만 도저히 오래 있을 수가 없어 결국 자리를 먼저 떠났다.

그해 가을 두 녀석이 더 결혼했다. 다음 해 어떤 날은 하루에 두 번이나 아들 친구의 결혼식장에 들렀다. 어떤 결혼식에서는 대현이 친구 성시경 군이 축가를 부르기도 했다. 모두 동창이고 친구이기 때문이다.

어떤 결혼식에서는 축가를 대현이 친구들이 합창으로 부르기도 했다. 그 젊음이 한여름의 빗줄기처럼 싱싱하고 멋지게만 보인다. 그럴 때면 내 마음속에는 눈물이 흥건하게 고인다. 그렇게 대현이 친구들을 만나거나, 누군가의 결혼식에 다녀온 날이면 대현이가 너무 보고 싶어 견디기 힘들다. 그러면 사진 속의 대현이를 물끄러미 쳐다본다. 영정 속 대현이는 세상에서 가장 행복한 아이처럼 환하게 웃고 있다.

그 사진은 중학교 1학년 때 촬영한 사진이다. 고등학교에 올라간 이후에는 나보다 키가 더 컸지만, 이때만 해도 나보다 키가 좀 작았다. 우리는 매년 가족사진을 찍거나 하지는 않았다. 그냥 일상 속에서나 여행 가서 찍은 사진을 앨범에 넣어두었을 뿐이다. 그러다 어느 날 처가에서 가족사진을 찍자고 해서 사진관에 가서 찍었다. 거의 27년 전이니까 나도 무척 젊은 모습이다. 그렇게 찍은 가족사진이 나왔고, 대현이가 사고를 당한 후 장례 절차를 돕던 신원 기조실 직원들이 그 사진에서 대현이 부분을 따서 영정사진으로 썼다.

사진 속 모습은 학교폭력을 당하기 전이라 표정이 무척 밝다. 그래서 그 사진을 볼 때마다 아프다. 사진 속 중학교 시절의 행복한 대현이 모습과 그 사진이 영정사진으로 놓여 있던 장례식장과 그 일련의 시간이 함께 떠오르기 때문이다. 이런 감정은 시간이 흘러도 덜어지지 않는다.

난 요즘 마음을 바꿨다. 명절이면 찾아오는 대현이 친구들은 반기지만 이제 더 이상 그들의 결혼식장에는 안 가고 축의금만 보내기로 작정했다. 너무 힘들기 때문이다. 취직하고, 연애하고, 결혼하고, 아기 낳고, 그렇게 친구들이 각자에게 주어진 삶을 조금씩 완성해가는 동안, 대현이는 먼 곳에서 조용히 내려다보고만 있다.

솔직히 대현이 친구들 이야기를 적으면 조금 밝아질 줄 알았다. 그런데 꼭 그런 것만은 아니다. 대현이 친구들을 볼 때, 내 마음에 기쁨보다 아픔이 조금은 더 컸던 모양이다. 하지만 분명한 건, 녀석들을 만나면 반갑고 고맙다는 사실이다.

사랑하는 아들아, 나를 용서해다오!

대현아! 내 사랑하는 아들 대현아!
한창 꽃다운 나이 열여섯에 꽃잎처럼 네 몸을 던져
이 모진 세상을 떠나버린 지 어언 3년.
그토록 싱싱했던 너의 몸매, 그토록 아름답던 너의 얼굴을
한 줌의 재로 바꿔 속초 앞바다에 흩날리며
목메어 외쳐대던 네 이름 대현아!

너는 너무도 비정하게 우리를 슬픔과 고통 속에 남기고 떠나버렸구나.
아무리 잊으려 해도 잊을 수 없는 너.

산 위에 오르면 구름 속에, 들꽃 사이에 피어났다 스러지는 네 얼굴,
너는 항상 내 가슴속에 살아 숨 쉬고 있지.
포도를 좋아했던 너는 포도알과 함께 살아나고

파파이스의 닭요리를 좋아했던 너는 파파이스 간판과 함께 살아나고,
유난히 모자를 좋아했던 너는 네 또래의 모자 쓴 학생만 봐도 되살아나고,
내 생일 선물로 사준 내의를 입을 때마다 너의 싱그러운 미소가
함께 살아난단다.

어쩌다 너를 꿈속에서라도 보고 싶어 기다리지만

정작 너를 만난 다음 날은 그렇게 우울할 수가 없어,

꿈 이야기를 안 하고 지나는 날이 많단다.

지금도 네 생일이면 잊지 않고, 찾아오는 수많은 네 친구들.

설날이면 세배 오는 네 친구들.

가슴이 찢어지는 6월 8일 네 영혼을 위로하는 날마다

찾아오는 네 친구들을 볼 때마다

네 엄마나 나는 너를 대하듯 반갑기는 하지만

목이 메어 할 말을 다 못하면서 이렇게 살고 있단다.

지금은 의젓한 대학생이 되어 한창 바쁘게 휘젓고 다닐 네가 없는

이 부모의 마음은 항상 응어리져 피멍이 맺혀 있단다.

무엇이 그토록 너를 방황하게 했던가?

무엇이 너를 죽음까지 몰고 가게 했던가?

나는 과연 너를 위해 무엇을 했던가?

나는 얼마나 너를 이해했었던가?

나는 얼마나 너를 믿고 사랑했었던가?

대현아! 이 못난 아비를 용서해줄 수 있겠니?

나는 세상의 헛된 명예와 돈만을 위해 살아왔었구나.

미친 듯 회사 일에만 쫓겨 살았지 내가 너를 위해 무엇을 해주었던가?

네가 힘들어 할 때 친구가 되어주고 위로가 되어준 적이 몇 번이나 있었던가?

네 인격을 존중하고 네 취향을 이해하려고 얼마나 노력했던가?

나는 내 방식대로 네게 너무 무리한 것만 요구했었지?

운동도 잘하고 반장까지 했던 너를 자랑하고 만족하지 못하고,

"1등 해라, 저것 해라!" 하고

계속 내 방식대로만 요구했었지.

대현아! 네 넋이라도 나를 용서해다오.

그리고 네 엄마를 지켜다오.

네 엄마가 이렇게 버티며 곱게 살아가고 있다는 것이 감사할 따름이란다.

엄마는 너를 정말 사랑했었어.

네 엄마는 너를 위해 매일 기도하며 봉사 활동도 시작했단다.

너를 잃은 뒤, 우리 남은 가족에겐 바뀐 것이 많지만

그중 하나가 하나님을 의지하고 살게 되었다는 것이란다.

대현아! 내 목숨보다도 귀한 사랑하는 내 아들아!

만약 인간의 목숨을 바꾸는 것이 가능하다면,

나는 당장이라도 너를 대신 살려내서

나보다 값있고 멋있게 살아가도록 하고 싶구나.

내 마음을 받아주고 용서해다오.

대현아, 뒤늦게나마 택한 이 길이다.

세상의 모든 욕망은 모두 던져버리고

너와 같은 애들을 위해 헌신하며 살겠노라고 택한 이 길이구나.

물론 힘들지. 나 혼자서는 세상의 모든 것을 바꿔놓을 수도 없어.

그러나 너 때문에 택한 가시밭인데 어찌 후회하고 물러설 수 있겠니?

힘이 들 때마다 지갑 속의 네 모습을 대하면서 '힘을 다오' 속삭이면서

지금껏 열심히 해오고 있단다.

지난 3년 동안 세상 사람들이 많은 관심을 갖고 노력하고 있어서

그동안 변한 것도 많단다.

넌 지켜보고 있겠지?

그래서 이 땅에 다시는 너처럼 아까운 죽음이 없고,

이 못난 아비처럼 피맺힌 아픔이 없는

좋은 세상이 왔으면 좋겠구나.

대현아, 너를 사랑한다.

하늘나라에서 만날 날까지 편히 쉬거라. 내 아들아!

— 대현이 3주기에

대현이가 11살이었던 홍콩 한인학교 시절 모습.
한복을 입고 UNICEF에 우리나라 대표 어린이로 참가했다.

아내는 조용한 성품으로 살림을 잘하고 나를 잘 보필하고 아이들을 극진히 사랑했다.
아내가 없었다면 NGO 운영도 사실 어려웠을 것이다.

반포중 2학년 시절의 대현이와 마흔여섯의 나. 이 사진을 찍던
순간의 기분과 느낌이 며칠 전처럼 생생하다.

활짝 웃고 있는 대현이. 많은 사람에게 사랑을 받을 만큼 잘 생기고 성격도
좋았고 운동도 잘했다. 이 사진을 볼 때마다 나는 가슴이 찢어진다.
이 멋진 아들을 지키지 못한 아비의 통한은 세월이 흘러도 가시지 않는다.

심신이 밝고 건강했던 대현이는 고등학교에 가면서 몹시 힘들고 고독한 외톨이로 변해갔다.
홀로 생각에 빠져있는 이 사진은 대현이가 떠난 다음에 발견됐다. 얼마나 힘들었을까?

건강하고 멋있었던, 사랑하는 대현이가 갑자기 싸늘한 시신이 되어
성남화장터 화구로 들어가는 순간, 나는 관을 붙잡고 몸부림쳤다.

나는 깊은 상처를 감추지 않고 아들의 한을 달래기 위해 기자회견을 자청했다.

1995년 8월 8일 〈경향신문〉 〈매거진X〉가 전면에 크게 보도하면서 학교폭력 문제는 급물살을 타기 시작했다.

대현이가 그렇게 가던 1995년 6월 8일 나는 베이징에서 평양 관계자들을 만나고 있었다. 신원그룹 기조실장이던 나는 북한 금괴 수입과 의류공장 운영을 진행하고 있었고, 이를 위해 당시로서는 금단의 땅이었던 평양을 94년과 95년 초 두번 공식 방문했었다. 이상한 예감에 그날 밤새 뒤척이다가 새벽에 아내에게 전화를 걸었다. 청천벽력의 비보를 듣고 땅이 무너지는 것 같았다. 내가 회사를 떠나면서 해당 사업은 유야무야되었다.

지금도 대현이 추모식이나 명절이면 찾아오는 대현이 친구들.
지금은 모두 가정을 꾸리고 중견 사회인이 되어 다들 열심히 살고 있다.

광화문 사거리에서 임직원들과 학교폭력 예방 캠페인을 펼치며_2008년 7월 29일

2장

이름하여, 청예단

대현이가 죽음을 선택한 건 학교폭력 때문이었다.
나와 내 가족의 일이 되리라고는,
단 한 순간조차 떠올린 적 없었던 학교폭력.
대현이는 괴로워하다가 마지막 저항으로 죽음을 택했다.

학교에서는 학생들이 폭력에 시달리고 영혼이 병들어도,
세상은 조용하게 흘러갔다.
학교폭력의 맨얼굴을 알리기 위해 나는 청예단을 만들었다.

새로운 길, 가야만 할 길

학교폭력의 실체

푸른나무재단의 뿌리는 청예단 즉, 청소년폭력예방재단이다. 이름에 나타나 있듯 청소년폭력예방재단은 학교폭력을 예방하기 위해 설립된 단체라는 사실을 누구라도 쉽게 이해할 수 있다. 그만큼 우리 청예단은 설립 목적도 분명하고, 활동 방향도 명확하다.

하지만 구체적으로 학교폭력을 예방하기 위해 우리가 어떤 일들을 하는지에 대해서는 잘 아는 분이 거의 없는 것이 현실이다. 청예단의 구체적인 사업 배경과 각 사업별 목표와 방법, 문제점과 극복 방안 등에 대해서는 이 책에서 다루는 것이 적절하지 않다. 왜냐하면 그 내용 자체가 워낙 방대할 뿐만 아니라, 이 책은 한 개인이 지난 세월 겪은 경험과 그 소회를 남기기 위한 것이고, 청예단의 사업은 재단의 임직원들이 머리를 맞대고 고민하면서 기획하고, 협조를 구하고, 실행한 것들이기 때문이다. 청예단이 걸어온 길과 현재 하고 있는 일들, 앞으로 해야 할 일들에 대한 저간의 이야기들은 따로 모을 기회를 만들생각이다. 다만 부득불, 이 책을 쓰게 된 배경도, 내 지난 세월 동안 온정성을 다한 것도 오직 청예단이고, 앞으로 남은 내 삶도 바로 이 일이기에 어느 정도 언급하지 않을 수 없다.

어렵고 딱딱한 이야기보다는, 지난 27년이란 짧지 않은 세월, 청예단이란 민간 비영리단체를 설립해 지금까지 운영해오면서 있었던 감추어져 있던 에피소드나 비화, 애환들을 주로 담고자 한다. 이 기록은 분명히 우리나라 학교폭력 역사와 NGO 활동에 의미 있는 한 페이지가 될 것이다. 지금 되돌아보면 말도 안 되는 일이건만, 당시에는 엄연한 현실이었다.

청예단의 정식 명칭은 청소년폭력예방재단이다. 그러나 단체명에 들어 있는 '폭력'이란 단어가 너무 어둡고 무거우며 부정적인 이미지를 주고 있다. 또 너무 길어서 그런지 '예방'이란 단어를 빼먹고 '청소년폭력재단'이라고 말하는 경우가 비일비재했다. 일을 시작한 지 10년이 넘어가면서 이런저런 도움말과 충고를 많이 들었는데, 그 가운데 대표적인 것이 단체명에 관한 것이었다. 대부분 새로운 이름을 짓기를 권했다. 그래서 내부적으로 수시로 논의했고, 직원들이 많은 이름을 제안했다. 청소년평화재단, 청소년희망재단, Y.H.F(Youth Hope Foundation) 등이 그것이다. 그러다가 전경련, 경실련, 전교조처럼 약자로 만드는 것이 좋겠다고 해 중간의 한 자씩을 뽑아서 '청예단'이라는 이름을 만들었다. 이 청예단을 10년 이상 공들여 홍보했지만, 의미를 몰라 무슨 연예단인 줄 착각하는 사람들도 많고, 정체성 즉 무슨일을 하는 단체냐는 문의가 많았다. 할 수 없이 명확히 하고자 '청소년폭력예방재단'이란 원래 명칭도 함께 병행 표기했다.

좀 더 자세히 설명하자면 청예단의 전신은 '학교폭력 예방을 위한 시민의 모임'이었다. 1995년 8월 8일 〈경향신문〉 보도가 나간 뒤 각계각층에서 정말 놀라운 반응이 일어났는데, 신문과 방송 등 언론 매체보다는 현장의 반응이 더 빠르고 뜨거웠다.

"저희 아들도 또래 아이들에게 시달리다가 죽었습니다."

"제 딸아이도 수도 없이 맞고 돈을 빼앗기다가 학교를 자퇴했습니다."

"저희 아이가 왜 자살했는지 몰랐는데, 알고 보니 바로 학교폭력 때문이었습니다."

"우리 애가 학교폭력으로 너무나 힘들어 합니다. 뭘 어떻게 도와야 할까요?"

"학교폭력은 막아야 하지 않겠습니까? 무슨 일이라도 일단 시작합시다."

"어떻게 해야 할까요? 할 일이 있다면 자원봉사라도 하겠습니다."

현장의 목소리는 당사자들의 것이었기에 절실함이 있었다. 이 사연의 접수창구를 맡은 YMCA 한 간사는 서울올림픽 때 청소 캠페인을 벌일 당시보다도 더 많은 전화와 사연들이 밀려왔을 정도로 반응이 뜨거웠다고 한다.

나는 그 소리들을 외면할 수 없었다. 내가 사회에 던진 학교폭력이라는 화두에 대해 세상이 그 정도의 반응을 보일 줄 몰랐기 때문에 놀랍고 기쁘면서도 당황스러웠다. 함께 무언가 해야 한다는 적극적인 의사를 전달해 온 사람이 300명이 넘었다. 아무런 반응 없이 혼자만의 외침으로 끝났다면 나는 아마 더 괴로움과 절망에 빠졌을 것이다. 하지만 다르게 생각하자면, 그만큼 학교폭력이 흔하게 일어나고 있으면서도 그동안 철저하게 외면당했다는 사실을 반증하는 것이었으니, 참 슬픈 일이기도 했다. 중요한 것은 화두를 던진 사람으로서 그러한 성화와 같은 열기를 바탕으로 무엇인가 의미 있는 일을 해야 한다는 부담감이었다. 그래서 학부모, 법조계, 교사, 경찰 등 주요 분야별로 다섯 명씩을 임의 선정해 모두 30여 명을 모이도록 했고, 기조실 홍보팀 박광옥 부장에게 주요 신문 기자를 부르라고 지시했다. 이때가 8월 말, 대현이가 떠난 지 두 달이 지났을 무렵이었다. 이 모임의 이름이 앞서 말한 '학교폭력 예방을 위한 시민의 모임'이었다. 그 자리에 내가 검찰 조사를 의뢰했던 당시 신승남 부장검사도 시민의 한 사람으로 참석해 "이 일은 아주 중요하다. 아이들의 학교폭력 피해를 세상에 알리고, 우리들부터 학생들을 잘 지키자!"라고 따뜻한 축사를 해주었다. 그리고 이러한 비용도 우리 참석자들이 함께 분담하자며 지갑을 열어 30만 원을 내놓으셨다. 참석자들은 이 모임을 일시적 친목 모임이 아닌 지속적인 활동으로 이어가기로 결의했다. 그 내용은 홍보팀 박 부장이 수고해준 덕분에 다음 날인 1995년 8월 30일 자 주요 신문에 보도되었고, 특히 기자회견에 참석했던 〈경향신문〉은 사회면 톱기사로 보도했다.

전국 각지에서 전화가 빗발쳤다. 사무실에는 사람들이 아침부터 북적북적했다. 해병대전우회에서는 '피해 학생을 지켜주겠다'고 연락해왔고, 50여 명의 시민이 후원회원이 되어주었고, 10여 명은 자원봉사자로 활동하겠다며 사무실에 몸소 찾아오기까지 했다.

그러나 문제도 많았다. 가슴이 뜨거운 자원봉사자들이었지만 실질적인 업무에 대해서는 거의 아는 바가 없었다. 또 당시엔 학교폭력에 대한 아무런 기초 자료가 없었을 뿐더러 전문가 역시 찾아볼 수 없었다. 설상가상으로 각자 개인의 약속이며 제사, 동창회, 집안일 등 여러 이유가 겹치고 이어지면서 출퇴근이 들쭉날쭉했고, 그러다 보니 제대로 일을 할 수 없었다.

시민의 힘으로 일어나다

그래서 조금이라도 책임감을 가진 정식 직원을 뽑아 월급을 주면서 체계적으로 일하고자 방침을 바꿨다. 그러나 사람이 없었다. 학교폭력이란 개념조차 없던 시절에 무슨 전문가가 있겠는가? 한마디로 난감했다. 그래서 YMCA 한명섭 간사에게 부탁하고, 시민모임에 참석했던 분들 중에 열의가 많은 분들을 참여시켜 급여를 책정하고 사무국장을 비롯해 다섯 명의 직원을 정식으로 선정했다. 우선 상담과 시민운동, 출판, 회계총무 파트로 나누었다. 그러나 지금의 청예단에 비하면 완전 중구난방이었다. 그래도 걸려 오는 전화 받으랴, 취재에 협조하랴, 사례 모으랴, 설문조사지 만들랴, 눈코 뜰 새 없이 바빴다. 그러나 역시 문제는 많았다.

단체의 성격이 임의 단체인지라 관청에서건 어느 단체에서건 공식적인 단체로 인정받지 못했고, 아울러 활동도 지지부진했다. 최소한 법인 등록이 필요하다는 것을 느꼈다. 그래서 신원 기조실 직원에게 조용히 법인 설립 방법을 검토하도록 했다. 재단법인이냐 사단법인이냐부터 제반 여건을 조사하도록 했는데, 그 보고서에서는 신속히 효과적으로 설립하기에 재단법인이 좋겠다고 했다. 그 기본 요건은 자본금 1억 원과 정관 작성 그리고 이사진 구성과 사무실이었다. 법인 형태를 정식으로 갖추고 본격적인 활동을 시작하는 D-DAY를 1995년 11월 1일로 잡았다.

나는 자금을 마련하는 한편, 신원그룹 사옥과 가장 가까운 곳에 오피스텔을 얻었다. 그곳이 바로 삼창플라자 오피스텔 1702호실이었다. 25평을 얻어도 공유공간 빼고 실평수는 17평 정도였다. 넓진 않았지만 당장 재단법인을 만들어야 하는 형편이어서 이것저것 재고 따질

겨를이 없었다.

한편 언론에서는 계속 학교폭력을 이야기하고 있었다. 〈경향신문〉에 내 이야기가 대서특필된 이후 그것이 몰고 온 파장은 엄청났다.

"한국에도 이지메가……."

온갖 매스컴들이 일제히 포문을 열고 주야로 방송을 내보냈다. 당시는 낮 방송이 없던 시대다. 그러나 낮까지 연장해서 각 방송사가 경쟁적으로 낮에도 대학로, 여의도에서 생방송을 해댔다. 나도 그들 때문에 바빴다.

나를 아는 사람들은 모두 나를 걱정했다. 일종의 동정심과 충격으로 나를 보호하고자 하는 분위기가 일어났던 모양이다. 삼성의 동료와 후배들도 사무실 임대부터 나를 적극 도왔다. 특히 관리책임자였던 최도석 상무는 임대보증금을 대납해주었다. 그 뒤로도 최 상무는 계속 사무실 컴퓨터 교체, 광고 등 굵직한 도움을 많이 주었다. 매번 '마지막', '마지막' 하면서 받은 도움에 지금도 볼 낯이 없다. 삼성 후배들은 컴퓨터를 비롯해 TV, 냉장고, 전화기 등 회사가 생산하는 비품을 모두 들고 왔다. 그것을 보고 신원 직원들은 뒤질세라 책상, 의자나 덩치가 큰 집기류를 날랐다. 창고에 잠자고 있던 것들을 밤에 몰래 가져다 놓은 것이다.

신원 기조실의 공인회계사 최채봉 부장은 시민단체가 운영할 회계관리 시스템을, 최원영 과장은 그 회계관리를 위한 전산 시스템을 퇴근 후나 공휴일에 나와서 개발해주었다.

작은 오피스텔은 그렇게 사랑의 물품으로, 재능기부로, 자원봉사자들로 훈훈하게 채워졌다. 지금 생각해도 고맙고 놀랍다.

세상이 메말라 보여도, 분명 보이지 않는 정의와 선과 사랑이 존재함을 느낄 수 있는 대목이었다. 하지만 정작 암초는 전혀 생각하지 못했던 곳에 있었다. 아마 더위가 한풀 꺾였을 때니 10월 중순쯤으로 창립 행사를 보름 남짓 앞두었을 때로 기억한다.

"이사장님, 서울시에서 인가를 안 내줍니다. 어떻게 하죠?"

가장 확실한 방법은 직접 몸으로 부딪히는 것. 당시 서울시 문화국 청소년과를 찾았다.

"설립 인가를 안 내주는 이유가 무엇입니까?"

"이 단체의 배경이 뭡니까?"

"네?"

"재단은 아무나 만드는 게 아닙니다. 돈 많은 재벌이나 정치인들이 만들죠. 개인이 이런 재단을 만들려는 배경이 뭐냔 말입니다."

"배경? 전혀 없습니다. 다만 제 아들을 잃고 남들을 도와주려고……."

"네, 그 이야기는 알고 있습니다. 하지만 진짜 이유가 있을 거 아니에요? 제가 말씀드려볼까요? 지금 다니시는 회사 회장 재산, 편법으로 빼돌리려고 그러는 거 아닙니까?"

그때의 황당함과 답답함과 분노는 아직도 지워지지 않는다. 그런 내 마음은 아랑곳하지 않고 담당자는 의심의 눈초리를 거두지 않았다. 설명을 해도 들을 생각이 아예 없었다. 우리는 출범식 장소 섭외와

초대장 제작 등 출범식과 관련된 실무는 차근차근 진행하고 있었지만, 가장 중요한 재단 설립 인가는 해결될 기미가 보이지 않았다. 입이 바짝바짝 탔다.

어느새 날짜는 10월 29일. 출범식 날짜로 잡은 11월 1일까지는 단 이틀을 남겨두고 있었다. YMCA 대강당을 예약하고 간단한 다과와 음료까지 주문한 출범식은 엄청난 부담으로 다가왔다. 한완상 총장에게 요청한 축사며 당일 준비물은 또 어찌할 것인가?

이대로 창립식을 거행하고, 인가는 추후에 받자는 의견도 있었으나, 그렇게 되면 창립총회는 불법집회가 된다. 그렇다고 출범식을 미루자니 공신력에도 문제가 생기고 첫걸음부터 웃기는 꼴이 될 지경이었다. 나와 직원들은 매일 담당자에게 전화했고, 한명섭 간사나 김준호 교수 등 일을 돕고 있던 이들도 설득에 나섰지만 요지부동이었다. 답답한 건 내 속사정일 뿐이었다. 창립식을 이틀 앞두고도 인가가 나지 않자 속이 까맣게 타들어갔다.

나는 다시 서울시 청소년과 담당 과장을 찾아갔다. 그는 전직 영관 장교 출신 김모 씨였다.

"진짜 다른 배경 없습니까?"

"아니, 몇 번을 말씀드렸습니까? 꼭 배경을 대라면, 제 죽은 아들이 배경입니다."

김 과장은 그간의 이야기와는 조금 다른 이야기를 했다. 이제는 그도 다른 의도나 배경은 없다는 내 말을 믿는 눈치였다. 그는 설립 인가가 나지 않는 다른 이유를 말했다. 핵심은 서울교육청의 거센 반대였다. '학교폭력'이란 말이 학교 이미지를 안 좋게 한다는 것. 더 구체적으로 물으니 '학생들이 학교에서 겪는 폭력은 전체 학생 가운데 극히 일부이고, 대부분 학교 밖의 불량청소년에 의한 것이니 학교폭력이란 말을 인가해줄 수 없다'는 속내를 이야기했다. 어이없어 하는 나에게 김 과장은 스치듯 말했다.

"'학교폭력'이라는 말 대신 '청소년폭력'이라고 바꾸면 될 수도 있는데……."

학교폭력예방재단? 청소년폭력예방재단!

순간 고민하지 않을 수 없었다. 학교폭력이나 청소년폭력이나 그게 그것 아니냐고 쉽게 생각하는 사람도 있겠지만, 그것은 엄연히 다른 것이다. 학교폭력의 본질은 공교육의 현장인 학교에서 일어나는 학생 사이의 문제다. 이를 왜 학교를 안 다니는 일부 청소년들의 문제로 치부하고 학교폭력이란 용어부터 거부했는지 지금 돌이켜보면 정말 말도 안 되게 수치스러운 일이다. 그것이 1995년 당시 청예단 출범 시기 교육행정가들의 편협한 생각이었다.

하지만 계속 고집하면 설립 인가를 받을 수 없는 것이 나에게 주어진 현실이었다. 일단 재단을 출범시켜야 하는 상황에서, 마지못해 양보해야만 했다. 돌아가는 길이라도, 주저앉는 것보다는 낫다고 스스로 위로하면서. 10월 31일 오후 3시, 시 청사 건물의 온갖 소음을 마시며 한편에 서서 내 손으로 '학교'를 두 줄로 긋고 그 위에 '청소년'이라고 수정하고 서명했다. 이것이 '청예단'이란 명칭이 탄생한 배경이고 비화이다.

그것이 현실이었다. 그 뒤로도 8년간, 교육 당국은 학교폭력이란 용어를 계속 완강히 거부해왔다. 그때의 보도 자료만 봐도 '학교폭력'이란 단어는 눈을 씻고 찾아도 없다.

학원폭력을 추방하자!

학교 주변 폭력을 몰아내자!

학교 밖 폭력으로부터 우리 아이를 보호하자!

계속 언론에서 '학원, 학원' 하니까 내 동창이자 전국학원총연합회 문상주 회장은 그때 '학원이란 용어를 쓰지 말라. 학원은 학생들이 선택적으로 배우러 왔다 가는 곳이다. 폭력과는 무관하다. 학원폭력이 무슨 말인가?' 이런 내용의 항의 성명서를 발표할 정도였다. 그러자 교육 당국이 학원이란 그 사설 학원(學院)이 아니라 학원(學園)을 뜻한다고 해명하는 웃지 못할 해프닝도 있었다.

교육부가 학교폭력이란 용어를 처음으로 공식 인정한 것은 바로 2004년 3월경 소위 학폭법을 제정하는 과정에서부터 비롯된다. 우리 청예단이 1년 6개월에 걸쳐 47만 명의 서명을 받아 국회에 청원하여 국회 교육분과에서 '학교폭력예방 및 대책에 관한 법률'이 다뤄지기 시작할 때, 당시 국무총리실 청소년보호위원회와 이 법률을 관장할 주무부처로 힘겨루기를 하다가 비로소 교육부 최병갑 연구관이 '학교폭력'을 법률용어로 수용하면서 변화를 가져오게 된 것이다.

그렇게 무려 9년 만에 교육부라는 공룡이 몸을 뒤척여 힘들게 인정하면서 제도적 변화도 시작되었다. 그동안 아이들은 정신적으로 병들고 죽어가도 학원폭력은 있었지만, 학교폭력은 없었던 것이다. 2004년 여름부터 비로소 교육부의 모든 공문이나 자료에 학교폭력이란 단어가 정식으로 등장했다. 그런 의미에서 최병갑 연구관은 교육부 내에서 의식이 깨어 있었고 정책 변화의 물꼬를 튼 분으로, 그 후에도 중요 정책 변화의 중심에 있었다.

다시 '학교폭력'이 '청소년폭력'으로 바뀐 1995년 10월 말 이야기로 돌아가서, 어쨌거나 이를 수정한 덕분에 예정된 창립식은 진행할 수 있었다. 플래카드와 안내문에 인쇄된 명칭은 급하게 수정했다. 인쇄물은 자원봉사자들을 동원, 학교란 단어 위에 청소년이란 새로 만든 작은 종이를 풀로 덧붙였다. 두 이름의 차이를 별것 아니라고 생각하는 이들도 있었고, 우리처럼 민감하게 받아들이는 이도 있었다. 우리는 축사를 위해 당시 방송통신대학교 한완상 총장을 초청했다. 한 총장은 축사에서 말했다.

"오늘은 교육사에 길이 남을 날입니다. 학교폭력을 고발하고 치유하기 위한 우리나라 최초의 민간법인이 출범하는 매우 뜻깊은 날입니다. 그런데 나는 이 이름이 청소년폭력예방재단이라는 것이 마음에 안 듭니다. 학교폭력예방재단이라고 해야지요!"

얼마나 웃기는 상황인가? 나는 한 총장에게 설명조차 하기 싫었다.

청예단이 출범할 때 우리 사회는 학교폭력에 대한 관심이 꽤 환기된 상태였다. 8월에 특종으로 보도된 후 학교폭력에 대한 기사가 많이 다뤄졌기 때문이다. 하지만 정작 청예단의 정식 법인 출발은 언론의 주목을 받지 못했다. 애당초 원했던 재단의 이름을 쓰지 못한 것과 더불어 참으로 운이 없었다고밖에 할 수 없다.

그날 바로 고 전두환 전 대통령이 구속된 것이다. 전직 대통령의 구속! 그것은 엄청난 역사적 사건이었다. 1995년 11월 1일 전 신문, 전 언론이 마비됐다. 호외가 온 거리를 뒤덮었다. 후일 교육부 장관이 된 한완상 총장이 한 '역사적인 청예단 출범'이란 축사는, 신문은커녕 그 어디에도 단 한 글자 나올 구멍이 없었다. 전두환 대통령 구속은 우리 청예단 출범 날짜를 영원히 기억하게 만들기에 충분하고도 남았다.

출발은 그토록 힘들고 어렵게, 우여곡절 속에 시작되었으나 학교폭력 이슈는 계속 중요한 비중으로 사회면을 떠나지 않았다. 이미 말했듯, 당시 김영삼 대통령이 학교폭력 기사에 크게 노해 '학교폭력 근절'을 지시했다. 이것도 전 일간지 1면 톱기사로 올랐다. 각 정부부처가 분주해졌다. 덩달아 우리 청예단도 바빠졌다. 그때만 해도 학교폭력 문제에 대한 이렇다 할 전문가가 없었으니 자문을 구하기 위해 우리를 찾은 것이다. 게다가 아들을 잃은 아버지가 꾸린 단체이니 기삿감으로 얼마나 좋은가? 많은 사람들이 내 이야기를 듣고 싶어 했다. 말랑말랑한 아침 방송부터 딱딱하고 심각한 심야의 정책토론 방송까지 나는 단골 출연자였다. 첫해 그러니까 1995년부터 1년 동안 최소 500번은 내 이야기가 이곳저곳에 보도되었을 것이다. 물론 내가 직접 인터뷰를 하지 않은 기사도 많았는데, 인용하거나 인터뷰를 한 것처럼 쏟아져 나왔다.

학교폭력 현황에 대한 것이야 얼마든지 이야기할 수 있었지만 많은 이들의 관심은 내 개인사를 향해 있었다. 사전 섭외 단계에서 아들에 대한 이야기를 하지 않는 조건으로 출연을 승낙해도 현장의 진행자들은 으레 슬며시 나의 아픈 가족사를 물었다. 녹화야 거부하면 되지만, 생방송은 도저히 벗어날 구멍이 없었다. 어쩔 수 없이 하기 싫은 말을 해야 했고, 그때마다 대현이의 아픈 기억이 되살아났다. 그래서 대현이에게 말할 수 없이 미안했고, 용서를 구했다.

'대현아, 미안해. 용서해줘.'

사장에서 무일푼으로

청예단은 갈수록 바빠졌다. 물론 신원그룹의 기조실 역시 숨가쁘게 돌아갔다. 일과 시간에는 도저히 짬을 낼 수 없어 점심시간과 퇴근 이후에 사무실에 들러 그날의 일을 살피고 다음 날의 일을 도모했다. 당시 신원의 사무실과 '학교폭력 예방을 위한 시민의 모임' 사무실은 걸어서 2~3분 거리에 불과했다. 직원들에게는 무척 미안했지만, 상황을 아는 직원들은 괜찮다며 "여긴 걱정하지 마세요. 이사장님은 돈이나 많이 가져오세요"라며 농을 건네곤 했다. 나 또한 회사 업무에는 지장을 주지 않으려 최선을 다했다. 청예단 이사장과 신원그룹의 기조실장, 어차피 동시에 다 잘할 수 있는 일이 아니라는 것은 본능적으로 예감하고 있었다. 그러나 그 선택의 시간은 생각보다 빨리 찾아왔다.

11월 중순 어느 날, 비서실 인터폰이 내 책상에서 급하게 울렸다. 회장실로 오라는 것이었다. 비서실 직원들이 나에게 걱정스러운 눈빛을 보내는 것을 느끼면서도 여느 때처럼 조용히 회장실 방문을 밀었다. 회의 탁자 밑에는 종이가 찢어져 흩어져 있었고, 김상윤 부회장과 박성철 회장이 심각하게 경색된 얼굴로 마주하고 있었다. 분위기는 차가웠다. 박 회장은 무척이나 열이 나 있었다.

"지금 회사가 몇 개인데 김 전무가 정신을 딴 데 팔고 있는가? 24시간을 다 써도 부족할 판에!"

무서운 말이었다. 뒤이어 나온 말은 간단명료했다.

"내일부터 사장을 할 것인가? 아니면 거지가 될 텐가? 사흘 안에 택일하게!"

순간 수많은 생각이 번개처럼 스쳤다. 내 방으로 돌아와 소파에 몸을 던지니 나른했다. '드디어 올 것이 왔구나.' 차라리 후련하다는 생각이 들었다. 어차피 두 가지 일을 제대로 병행하는 것이 힘들다는 점은 이미 잘 알고 있었다. 오히려 내가 먼저 결단하지 못한 것이 후회됐다.

그러나 그동안 휴일도 없이 한날한시도 안 쉬고 온 정열을 쏟아 키워온 회사를, 갑자기 쫓겨나듯 떠나야 한다는 사실이 마음 아팠다. 아들이 죽을 지경으로 힘들었어도 아무것도 못 해준 내가, 365일을 몸 바쳐 뛴 그간의 시간들이 야속하고 허무했다. 후계자란 부추김 속에 정신을 못 차리고 뛰어다닌 내가 부질없고 바보같이 느껴졌다. 사장과 거지의 단순한 차이 때문이 아니라, 그동안 내 아들을 잃을 정도로 그토록 열심히 일했는데, 나를 이해하고 지원해주지는 못할망정 거지가 될 것이라는 그 말에 큰 상처를 받았다.

마음을 바로 정했다. 부회장실로 걸음을 내디뎠다. 김상윤 부회장은 문학을 좋아하고, 마음씨가 착한 분으로 역시 중학교 선배이시다. "사흘 생각할 것도 없이 바로 회사를 떠나겠다"고 말씀드렸다.

"청예단 이사장을 박 회장에게 맡겨야 하는데 내가 해서 그럴 거야. 자네가 그럴 줄 알았네, 그리하소. 미안허이!"

그 말은 청예단을 설립할 때 초대 이사장 이름을 김상윤으로 했기 때문에, 나중에 이를 안 박 회장이 섭섭해서 화가 난 것 같다는 뜻이었다. 사실 재단법인을 설립하면서 신청서에 내가 이사장으로 등재되는 것이 어쩐지 회사에 불경스럽기도 한 것 같고, 좀 미안하게 생각되어 성격이 유한 김상윤 부회장과 상의해 승낙을 받아 그렇게 올렸던 것일 뿐이었다.

결심은 어렵지 않게 했지만, 그 정확한 이유는 아직도 모르겠다. 어찌 됐건 나는 운명적으로 청예단에 몸 바치게 되어 있는 팔자라고 받아들였다. 바로 책상 정리를 시작했다. 그리고 퇴근 무렵 회장실로 찾아갔다.

"회장님, 사장을 맡을 사람은 많지만, 이 일을 할 사람은 저밖에 없습니다. 그동안 감사했습니다!"

그러자 박 회장이 또 버럭 화를 내면서 "이 사람, 고집이 참 세네. 그럼, 사람을 구해놓고 떠나게!" 하고 고함을 지르셨다. 박 회장은 나를 무척 아꼈고, 나를 붙잡고 싶으셨던 것이다.

이튿날, 주변 정리를 하고 있는 내게 박 회장이 직접 전화를 걸어오셨다. 그리고 갑자기 누군가에게 전화를 바꿔주었다. 전화 속 주인공은 김장환 목사였다. 김장환 목사는 극동방송 대표로도 유명하지만 우리나라 기독교계에 영향력이 매우 큰 인물이다. 박 회장이 내가 어찌어찌한 일로 신원을 떠나게 되었다고 말하니, 나를 잘 아는 김장환 목사가 "놀랍다, 대단한 결정"이라고 말하면서 "앞으로 하는 일에 하나님의 축복이 있기를 기도하겠다. 아주 유명해질 것이니 건강 조심하라. 내가 쓴 책을 두 권 보내겠다"고 말했다.

하지만 기조실 분위기는 물론 그룹 전체 분위기가 싸늘했다. 정리를 신속히 진행했다. 항상 떠날 때는 말없이 신속히 떠나는 것이 맞다고 생각해왔기 때문이다. 사흘째 되던 날, 박 회장께 마지막 작별 인사를 드리러 갔다. 박 회장은 2천만 원이 든 봉투를 건네며 "쓰소!" 간단히 한마디 하셨다.

생각하면 한 그룹의 회장으로서 그렇게 믿었던 핵심 경영자가, 어쩌면 후계자가, 그렇게 훌렁 떠난다니 얼마나 마음이 아팠을까. 역지사지로 헤아려보면 나 역시 죄송하고 마음이 아프다. 누군가 박 회장이 나를 내보낸 것은 큰 실수라고 하기도 했었다. 말인즉, 신원의 기독교 정신, 사랑실천을 나를 통해 적당히 지원하고 홍보하면, 신원에 엄청난 효과가 있을 텐데 '굴러온 호박'을 놓쳤다는 것이다. 그러나 항상 이상과 현실은 다르다. 그것은 이상이고 바람일 뿐이다.

참고로, 김장환 목사는 9년 후, 2004년 아주대학교 법인이 매년 수여하는 유집상 수상식장에서 만났다. 그분은 선교 활동을 이유로 유집상 대상을 받으시고, 난 봉사상을 받는 자리였다. 세상은 넓고도 좁다. 날 보고 깜짝 놀라며 반가이 악수를 청했다. 변함없이 강하고 열정적이고 말씀을 잘하셨다.

그렇게 나는 회사 '밖'으로 나왔다. 이제는 내 든든한 뒷심이 되어주던 조직도, 내게 주어졌던 막강한 힘도 온데간데없이 사라지고 말았다. 그러나 그걸 아쉬워하거나 회사를 그만둔 내 결정을 후회하거나 한 적은 한 번도 없다. 그때 내게 중요한 것은 학교폭력의 심각성을 세상에 알리고 도움을 요청하는 사람들에게 도움을 주는 것이었다.

그것은 나의 숙명이었다. 박 회장께서 그런 것이 아니고, 하나님이 이미 만들어놓은, 도저히 거역할 수 없는 운명의 길이었다. 난 이미 그렇게 받아들이고 있었다. 도저히 거역할 수 없는 십자가. 그렇게 여기니 마음이 한결 편했다. 그러나 그리움은 늘 가슴속에 스며있다.

청예단과 함께한 시간들

교육부의 냉대

청예단 설립은 말 그대로 '맨땅에 헤딩' 하는 식이었다. 우선 학교
폭력의 심각성을 세상에 알려야 한다는 것, 그리고 필요한 전화 상담
도움이라도 해주기 위함이 출발의 전부였다. 물론 그 당시에 이 분야
의 전문가도 없었다. 내가 교육계나 청소년 분야, 시민운동계에서 일
한 것도 아니었고, 정치적 배경이나 수완도 없었다.

무엇보다 교육공무원들의 외면과 비협조, 심지어 반대가 가장 힘든
장벽이었다. 관련 법률이나 제도도 당연히 없었다. 아니, 학교폭력 존
재 자체를 부인하면서 용어조차 못 쓰게 했는데, 더 말할 필요가 있겠

는가. 지금 와서야 교육부 김영윤 당시 국장은 과거 교육부가 했던 잘못을 알고 있기에 "우리가 지나쳤다. 그러면 안 되었다"고 사과도 하고 개인적인 후원도 한다. 그래도 그분은 양심과 양식이 있는 분이다.

처음 단체 설립 인가마저 안 내줘서 '학교폭력'을 지우고 '청소년폭력'이라고 수정한 후에야 인가를 받았던 아픔은 앞서 말했다. 그러나 그보다 더 큰 모욕감을 준 공무원도 있었다. 1996년 초 교육부로 회의 차 간 내게, 학교폭력이 어디 있느냐면서 "부모가 잘못하니 아이가 자살하지!" 하고 내 면전에 내뱉듯이 모욕적인 말을 하면서 의자를 뒤로 돌린 그 공무원을 나는 평생 잊을 수 없다. 그 느글거리던 얼굴과 이상한 눈빛을 또렷이 기억한다. 그게 교육자로서 할 말인가? 공무로 찾아간 당사자 면전에서 차마 할 말인가? 그 뒤 몇 번이나 그 책상을 뒤엎어버릴걸 하는 후회도 했다. 그러나 그런 대가는 하늘이 내리는 법. 나는 그도 언젠가 삶의 쓴맛을 보리라 치부하고 잊기로 했다.

그렇게 학교폭력은 없었다. 학교폭력 설문조사 하나 하려고 해도 모든 학교들이 약속이나 한 듯 대문을 닫아걸고 "우리 학교는 폭력이 없다"고 조사 자체를 거부했다. 신고를 받고 돕기 위해 찾아가도 "들어오지 마세요! 우리가 알아서 할게요" 하고 문전박대하는 학교 역시 부지기수였다.

청예단은 그렇게 거대한 구조적 철옹성에 대항하며 싸워왔다. 학교에 학교폭력은 절대로 없었다. 당연히 교육부 안에 전담자도 없었고, 전담부서는 더욱 없었으니, 예산이 무일푼인 것은 말할 필요도 없다. 아무리 대통령이 말했어도 그때뿐이었다. 국회가 열리고 뭐라 떠들어도 그 순간뿐이었다. 그런 웃지 못할 상황은 늘 마찬가지였다. 민간조직은 죽어라 전문적으로 일해왔지만, 정작 국민의 세금으로 국민의 안전과 행복을 위해 일해야 할 정부는 학교폭력 문제를 적당히 얼버무리면서 대충대충 해온 것이다. 말할 필요도 없이, 당시엔 학교폭력과 관련된 아무런 법률도 없었다. 학교폭력을 예방하고, 발생 시 처리 절차를 규정하는 관련 법률이 필요하다는 내용의 보고서, 신문 사설이 나오기 시작하면서 우리 청예단도 바빠졌다.

2001년 여름, 마침 성동구 모 여자중학교에서의 학교폭력이 MBC 뉴스에 보도되며 '학교 가기 싫어'라는 청소년 카페가 등장했다. 그 카페지기를 우리 직원이 찾아가 "일본대사관 앞에서 매주 수요일마다 집회를 하는 위안부 할머니들처럼, 우리도 힘을 합해 법 제정 토요집회를 하자"고 제안했더니 흔쾌히 동의해, 격주마다 집회를 갖기 시작했다.

이 집회에 학부모와 청소년들, 특히 학교폭력 피해 학생들이 참여하기 시작하였다. 평균 100여 명이 집회를 주관했고, 장소도 대학로에서 서울역, 시청 등으로 확대되어, 1년 반 동안 서명한 사람만도 47만 명에 이르렀다. 결국 2004년 학폭법이 의원입법 형태로 국회를 통과했다. 그런 의미에서 이 학폭법은 사실 청예단의 피와 땀으로 만들어진 것이다. 시민 서명운동을 통한 학폭법 법률 제정은 우리나라 최초로 학교폭력 관련 처리 기준을 만들었다는 의미도 크지만, 민주주의의 국민청원 권리를 청예단이 리드하고 성공시켰다는 면에서도 대단히 값진 NGO 시민운동의 쾌거라고 할 수 있다.

또한 2011년 12월, 대구 권 군의 자살 이후 연이어 네 건의 학교폭력 자살 사건이 보도되었다. 특히 권 군의 유서는 모든 진실을 너무나 생생히 밝혀주었고, 그것은 그토록 나태하고 교육자치 운운하며 방임하던 교육부를 강하게 질타하는 상황으로 발전했다. 직설적으로 말하면, 가장 열심히 대책을 마련하고 일해야 할 당시의 정부가 가장 형식적으로 일한 대가를 지금 정부와 국민이 받고 있는 것이다. 못난 정부, 무능한 정부 탓에 공교육이 제 길을 못 잡고, 학교폭력이 만연해진 상황을 어찌 통탄하지 않을 것인가? 결국 학교폭력의 부메랑이 교육부를 친 것이다.

참고로 교육부에 정식으로 '학교폭력근절과'가 신설된 것이 2012년 8월 8일이니, 〈경향신문〉 〈매거진 X〉 특집 보도 이후 무려 17년이 지나서였다.

무모한 도전일지라도

청예단 출범 불과 1년 반 만에, 우리는 중대한 도전을 감행했다.

1997년 5월 당시 전국 최대 규모의 서울시립 노원청소년수련관에 대한 위탁기관 공모에 도전한 것이다. 당시 사무국장은 직원들과 꼬

박 일주일간 사무실에서 새우잠을 자며 밤샘작업을 강행했다. 아내는 식사와 라면을 나르고, 직원들은 자원회수시설에 걸맞은 주민친화적인 청소년 활동과 주민문화 활동 전략을 짜내면서, 획기적인 내용의 운영체계도를 포함한 운영 전략을 제시하고, 이전에 보기 드문 컬러 브리핑 자료를 만들었다.

그 공모전에는 당시 우리나라 굴지의 청소년단체 10여 곳이 참여해 치열한 경쟁을 벌였다. 그런데 기적 같은 일이 벌어졌다. 최종 수탁자로 청예단이 결정됐다는 통보가 날아온 것이다. 우리 직원들은 어려운 여건에서 일궈낸 결과에 감격해, 사무실 앞으로 나와 덩실덩실 얼싸안고 춤을 추기도 했다. 출범한 지 2년도 안 되는 신설 단체가 오랜 유명 단체들과의 경쟁에서 이겼다는 사실은 우리를 거리에서 춤추게 만들고도 남았다.

당시 학교폭력이 계속 사회적 이슈로 요란한 가운데 청예단 설립의 순수성과 학교폭력을 예방하자는 치밀한 전략, 남들이 미처 생각지 못한 멋진 브리핑 자료가 빛을 발해서 청예단 설립 1년 반 만에 엄청난 쾌거를 이뤄낸 것이었다. 청예단의 수탁 결정은 역사가 오래되고 규모가 컸던 기존 청소년단체들에게는 놀라운 일이었고, 우리에게 큰 관심을 갖게 하는 계기가 되었다.

그 무렵 또 놀라운 일이 벌어졌다. 우리나라의 모든 청소년정책은 문화체육부에서 관장하고 있었는데, 당시 김순규 청소년정책실장은 상당히 개방적이고 진취적인 관료였다. 그는 우리나라도 유럽이나 미국처럼 청소년에게 문화적으로 접근해, 그들에게 알맞은 놀이문화와 여가 활용, 인터넷카페 등의 개념이 포함된 청소년문화의집 설치가 필요하다며 대상지역을 물색하고 있었다. 마침 박 국장이 그러한 정보를 알아냈고, 직원들과 함께 수차례에 걸친 기획회의 끝에 관련 자료를 제시하는 한편, 최상의 장소까지 제공하겠다고 제안했다. 김 실장 일행은 즉각 노원청소년수련관을 방문했고, 결정도 빠르게 내려졌다. 문화체육부로부터 3억 원이 추가로 지원되면서, '청소년문화의 집' 1호가 바로 노원청소년수련관 4층에 설치되어 수련관 개관 시점과 거의 동시에 출범하게 된 것이다. 서울시도 당연히 환영했다. 중앙정부에서 모든 비용을 내서 시설을 한결 좋게 만들고, 운영비까지 지원하니까 금상첨화였던 것이다.

서울시립 노원청소년수련관은 1998년 1월 22일 자로, 문화체육부의 '청소년문화의집'은 1998년 1월 30일 자로 정식 개관되었으니, 청예단은 한 공간에서 중앙정부와 지방정부 2곳의 지원을 동시에 받는 진기록을 만들기도 했다.

우리가 그다음 시도했던 무모한 도전은 서울시립 청소년미디어센터였다. 이 기관은 청소년들이 미디어를 통해 창의적이고 적극적으로 자기성장의 경험을 할 수 있도록 도왔다. 더불어 청소년 기관들이나 관련 프로그램 등 모든 정보를 접할 수도 있는, 당시로서는 획기적인 최첨단 인터넷 방송 시설이었다. 지금은 유튜브 방송 등 흔한 일이지만 당시로서는 인터넷 방송이란 용어가 주는 영향력과 기대감은 엄청

났다. 지금은 '스스로넷'이라는 이름을 사용하고 있다.

청소년미디어센터와 처음 인연을 맺은 것은 1999년 7월이었다. 서울시에서 위탁기관을 선정하기 위해 공고를 내고, 운영을 원하는 기관들의 응모를 받아 입찰을 통해 운영할 기관을 결정했다. 1999년 3월 무렵, 서울시 청소년과에서 회의 후 저녁 식사할 기회가 있었다. 그 직원도 아들이 하나 있는데, 학교폭력 때문에 속 썩은 경험이 있어서 그런지 청예단에 무척 호의적이었다. 이런저런 이야기를 하다가 지나가는 말로 한 이야기가 내 귀에 쏙 들어왔다.

"서울시에서 청소년미디어센터 위탁기관 입찰을 하는데, 청예단이 운영하면 잘할 것 같아요. 한번 응모해보세요."

다음 날 아침 회의. 나는 청소년미디어센터 위탁기관 입찰 공고가 있다는 사실을 말하고, 센터 활동이 중요하기 때문에 우리 청예단이 도전해보자고 제의했다. 미디어센터는 불가피한 추세이고, 청예단이 그것을 잡으면 모든 기관의 청소년 정보를 한눈에 파악하고 조정할 수 있는 힘이 생기는 것이었다. 더구나 새로운 사업에 도전하는 것 자체가 새로운 도전이기도 했다. 하지만 직원들의 분위기는 내 기대와 달랐다. 또한 청소년미디어센터 위탁기관 입찰 공고 내용도 다 알고 있었다. 하지만 신청할 생각은 전혀 없는 듯했다.

"청소년미디어센터는 Y 청소년단체가 위탁해서 운영하도록 되어 있습니다."

"무슨 소리야? 아직 입찰도 하지 않았는데, 그걸 어떻게 알아?"

"Y 청소년단체에서 1년 동안 준비하고 있고, 거기로 가게 되어 있답니다. 이미 파다하게 퍼진 소문인데요, 뭐."

내 이야기가 무모하다는 식의 반응과 대꾸에 기운이 빠져, 일단 회의를 마무리했다. 오후에 혼자 길을 걷다 생각해보니 은근히 약이 올랐다. 담당자가 아직 결정된 내용이 없다고 했는데, 지레 겁을 집어먹고 포기하는 게 말이 되나 싶었다. 되건 안 되건, 도전하는 것만으로도 가치가 있는 일 아니겠는가. 이튿날 다시 회의를 소집했다.

"우리에게 신청을 권한 것은, 분명 사전 합의가 없으니 그런 것 아니겠어? 왜 도전해보지도 않고, 미리 포기할 생각부터 하지? 젊은 사람들이 뭐 그래?"

"그럼 한번 해보지요!"

사실 직원들의 분위기는 의기투합이라기보다는 마지못해 하는 답변에 가까웠다. 이사장이 저렇게 강력하게 나오는데 '안 되는 일이라고 말씀드렸잖습니까?'라고 답할 직원은 없기 때문이다. 그래서 다른 말이 나오기 전에 그 자리에서 못을 박았다.

"그래, 한번 해보자. 이왕 할 거면 제대로 하자!"

그 결과는 성공이었다. 우리가 1차를 통과한 것이다. 1차 통과자는 우리와 역시 1년 동안 준비했다는 Y 청소년단체, 그리고 어느 대형 교회에서 운영하는 복지재단이었다. 이제 남은 건 2차 심사. 심사를 위한 서류 분량이 심사위원 한 사람당 대형 여행 가방으로 하나 가득이었다. 그리고 그 결과는 놀랍게도, 모두가 놀랍게도 우리 청예단에게 돌아왔다.

당시 심사위원 중 한 사람이 오후 5시경 몰래 전화를 해주었다.

"축하해요. 청예단이 되었습니다. 당분간 비밀입니다!"

나는 거리를 걷다가 말할 수 없는 기쁨에, 체면 불구하고 거리에서 "얏호~!" 하고 훌쩍 뛰었다. 우리의 도전과 수고가 헛되지 않은 것이다. 짧은 준비 기간이었지만 열심히 최선을 다했고, 결국 성공시킨 그 쾌감, 성취감은 하늘을 찌를 듯 좋았다.

그런데 며칠 뒤 한겨레신문에 '서울시 청소년미디어센터 운영주체 선정 과정에 청와대 외압설'이라는 기사가 났다. 서울시청이 발칵 뒤집혔다. 나중에 전해 들은 이야기는 이렇다.

당시 고건 시장에게 갑자기 온갖 채널로 압력이나 다름없는 요청들이 들어왔다. 청와대, 국회의원들, 기타 여러 곳에서 청소년미디어센터 운영권을 달라는 청탁이었다. 당시 고건 시장은 관련 국, 과장을 불러 심사위원 전원을 교체하고, 완전히 투명하게 하지 않으면 앞으로 큰 문제가 될 것이라고 엄중 경고를 내렸다고 한다. 그러자 당시 청소년과 정상문 과장이 공고된 일정이 현실적으로 촉박하고, 심사위원을 바꾸기 위한 절차도 복잡한 상황인지라, 투명하게 심사할 모든 안전장치를 갖추는 조건으로 책임을 지겠다고 고건 시장에게 약속했다고 한다. 모든 심사위원들에게 객관적이고 양심적인 심사를 하겠다는 각서를 다시 받았다. 그리고 심사과정을 모두 녹음, 녹화하는 진풍경이 벌어졌다.

바로 서울시 청소년과에 서울시 특별감사가 진행되었다. 정상문 청소년과장은 자리를 걸고 그간의 자초지종을 증거물과 함께 설명했다.

결과는 당연히 투명하고 공정했다. 한 서울시 의원이 이 보도를 했던 신문기자를 만나 어찌된 일인지 확인하는 과정에서 K 부장 이야기가 나왔다. Y 청소년단체에서 청소년미디어센터 관련 업무를 총괄했던 K 부장이, 허탈해선지 무슨 이유에선지는 모르지만, 한겨레신문 기자에게 억울하다고 울면서, "분명 청와대에서 민 것이다. 1년 동안 준비한 우리가 탈락한다는 것이 말이 되는가?" 하고 하소연했다는 것이다.

평지풍파가 해프닝으로 판명되고 그 여파가 가라앉는 데 3주 정도의 시간이 걸렸다. 새로운 소문이 돌았다. '청예단이 손대면 다 된다. 청예단이 신청했다면 아예 피해 가라!' 이런 소문은 다른 이들의 입을 통해 직접 듣기도 했다. 그러면 나는 이렇게 대꾸했다.

"우리가 왜 백이 없어. 우리는 진정성과 실력이 백이다."

마지막으로 청예단의 무모한 도전 하나를 더 소개하려고 한다. 2007년 문용린 이사장 시절, 나는 명예 이사장이었지만 이사회 멤버로서 주요 사항은 늘 논의하면서 일하고 있었다. 그해 초, 새해 사업승인 정기이사회에서 청예단의 UN 가입에 대한 이야기를 꺼냈다. 마침 해외사업을 추진하는 마당이어서, 대외 이미지와 신뢰도도 좋아지면 사업하기가 조금은 수월해지지 않겠느냐면서 여러 장점을 들어 가입 신청을 제안했다.

그러나 반응이 없었다. 우선 UN이라니 무언가 부담이 되고, 우리가 그럴 만한 큰 단체가 아니라고 생각했기 때문이었으리라. 당시 문 이사장의 반응부터 좀 별로였으니, 자연히 다른 사람들도 조용했다. 이사회를 마치고 엘리베이터 안에서 문 이사장이 "그거 UN 부담금만 있지 않나요?" 하고 내게 말했다. 나는 "오히려 UN 기금을 받을 방법을 찾아야지요" 하고 말했지만, 엘리베이터가 1층에 서자 대화는 끝났다.

그로부터 시간이 아무리 지나도 어떻게 진행되고 있는지 알 수가 없었다. 모두가 '처삼촌 뫼에 벌초하듯' 건성으로 하는 듯 보였다. 내 말이 말 같지도 않은가 싶어 너무 화가 났고, "도대체 뭐 하는 거야?" 버럭 소리도 질렀으나 본부에서는 어정쩡한 태도로 머뭇거리기만 했다. 그래서 나는 산하 시설인 청소년미디어센터에 지시했다.

당시 스스로넷의 유형우 부장이 그때부터 바쁘게 뛰었다. 굿네이버스에 찾아가 절차와 요령도 물어보고, 외교통상부도 찾아다니면서, UN NGO 분과에 연락해 기본신청서 양식도 받았다. 그 뒤 정관, 사업 목표 및 실적, 설립 이후 연혁, 증거 사진, 간행물 60여 종류 등도 열심히 챙겼다. 11월 말에야 겨우 서류를 완성했다는 보고가 들어왔다. 그러나 또 하나 중요한 절차가 남았다. 보고서 내용을 죄다 영어로 옮기는 일. 유 부장이 알바생들을 동원해 번역까지 천신만고 끝에 마쳤다. 라면박스 세 개 분량의 자료를 UN으로 발송한 것이 2007년 12월 27일이었다. 60여 권의 출간 도서와 각종 간행물은 제목과 주된 내용만 메모 형식으로 번역해 책 표지에 붙였다. 2007년 초 정기이사회에서 내가 처음 거론한 이후, 서류 발송까지 무려 11개월이 걸린 긴 작업이었다.

직원들에게, 아니 사람들에게는 묘한 점이 있다. '설마 우리가 UN에 정말 가입되겠나?' 하는 의구심이 먼저였으리라. 그다음이 설립자인 내 지시보다는 현 이사장 눈치 보기였다. 내 지시를 받아 움직이는 것도 좀 그렇고, 또 '되지도 않을 텐데 공연히 헛물만 켜는 게 아니냐' 하는 망설임과 안일함이, 그렇게 무려 11개월이란 긴 시간을 허비하게 만든 주요인이었던 것을 나는 잘 안다.

이듬해 2008년 UN 측 심사가 진행되었다. 한국 외무부는 물론, 주한 미대사관, 한국청소년단체협의회 등에 공식 조회하고, 그 회신을 받는 기나긴 터널을 통과하고 있었다. 이듬해인 2009년 2월, UN 특별심사위원회로부터 1차 심사가 통과되었다는 연락이 왔다. 접수 후 무려 1년 3개월이 걸렸다. 한국의 여러 기관에 청예단에 대한 질문들이 쏟아졌다고 한다. 단체의 성격부터 재정 투명성, 활동 내용 등 모든 것을 다시 확인했던 것이다. 우리를 겪었던 기관들은 하나같이 우호적인 답변을 했을 것이라고 믿었다. 근거는 단 하나, 우리 스스로 떳떳하기 때문이었다. 아울러 8월 7일 열리는 경제사회이사회 총회에서 정식 안건으로 상정된 후, 최종 승인을 받아야 된다는 단서를 달았다.

8월 7일. 그날도 청예단 후원자들을 만나고 이동하는 길이었다. 휴대전화가 와서 받았더니 유부장이 "드디어 총회 승인이 났다"고 보고했다. 참으로 감격스러웠다. 그 어려웠던 과정이 떠올라 울컥했다. 처음 제안한 2007년 2월부터 최종 승인 2009년 8월까지 무려 2년 6개월이 걸린 대장정이었다.

잠깐의 감회가 밀려가자, 예상하지 못했던 다른 감정이 북받쳐 올랐다. 우리 청예단이 한국 관료의 무시와 방해 속에서 시작해, 아무도 신경 쓰지 않았던, 혹은 말로만 외치고 돌아서면 외면했던 학교폭력 문제를, 끈질기게 제기하고 상담해주며 이리저리 뛰던 지난 세월을, 국제적으로 인정받았다는 생각에 가슴이 벅찼다. 우리처럼 경제사회 이사회에 가입한 단체들이 우리나라에도 있지만, 청소년 관련 단체로는 우리나라에서 최초였다. 어찌 벅찬 감정이 솟구치지 않을 수 있을까. 스스로 감회가 깊었다. 내가 가장 잘한 것 중의 하나가 바로 삼성 근무 시절 세계 각국을 돌고, 홍콩 주재원으로서 얻은 국제감각을 살려 청예단을 UN에 가입시킨 일이라고 자부한다.

청예단이 UN에 가입한 이후 모든 면에서 공신력이 커진 것이 사실이다. 이후 신입직원을 1명 뽑는 공고에 무려 200여 명이 몰려들었다. 단순히 경쟁률이 높아졌다는 의미가 아니라, 하나같이 학력과 경험이 아까운 재원들이었다. 어디 가서든지, 특히 관공서에 가서 UN 가입 단체라고만 말해도 태도가 부드럽다. 다른 청소년 단체들도 청예단의 진정성과 전문성, 투명성 외에 이러한 국제성까지도 높이 존중해주는 것을 자주 느낀다.

할 일은 더 늘어났다. UN 경제사회이사회 특별협의지위를 가졌으니 그에 준하는 활동상을 보여야 한다. 한국을 넘어 전 세계 청소년이 행복하고 평화로운 세상을 만들 수 있도록 해외의 여러 NGO와 협력하여 나아갈 것이다. 최근에는 UN 경제사회이사회 산하 위원회 중 사회개발위원회와 인권위원회에 우리 직원들이 직접 참여하여 국제 네트워

킹을 만들고 보고서를 제출한다. 본격적으로 국제무대에 진출해 우리가 추구하는 가치, 나아가는 방향을 공유하다니, 얼마나 놀라운 일인가.

자선행사의 진실

1996년 6월 초, 내가 마포 삼창플라자에서 청예단 일을 시작한 지 채 1년도 안 되었을 때인데, 당시 신원에벤에셀 합창단에서 소프라노로 활동했던 K 교수가 비좁은 내 사무실로 찾아왔다.

그 합창단 역시 내가 신원 기조실장으로서 관장했기에 평소 잘 알고 있었다. K 교수의 제안인즉, '아들 추모음악회'를 열자는 것이었다. 그 수익금을 모두 주겠다고 하니 마다할 이유가 없었다. 바로 문화일보 등 몇 신문에 사회면 톱으로 K 교수와 내가 손을 맞잡고 있는 모습을 연출한 사진이 실리고, 감동스러운 기사가 이어졌다. 그때 그녀는 숙명여대 음대 교수였다. 중앙 일간지 톱기사로 아래와 같은 제목의 기사들이 실렸다.

학원폭력 예방기금 마련 헌신 : 자선음악회 갖는 K 교수

K 교수, 감동의 자선음악회

학교폭력 예방에 앞장선 K 교수 자선음악회!

소년의 죽음을 애도하는 K 교수 자선음악회

K 교수는 나에게도 티켓을 판매하라고 했다. 그리고 팸플릿에 광고도 붙이면 좋겠다고 했다. 수익금은 모두 나를 줄 테니 다다익선이라는 것이었다. 원래 일을 앞에 두면, 물불 안 가리는 성향 때문에 내가 바빠졌다.

친구들에게 티켓도 팔고, 광고도 유치했다. 삼성전자 시절 상관이셨던 원종섭 사장, 당시 CJ제일제당 사장에게 찾아가 말씀드렸더니, 그 자리에서 바로 2천만 원짜리 광고 협찬을 결정해주셨다. 그렇게 음악회는 다가왔다. 드디어 예술의전당 메인 홀에서 소프라노 K 교수의 무대는 막이 올랐다.

사람들도 적당히 찼다. 1부가 끝나고 중간 휴식 시간에 무대 뒤 대기실로 갔다. 그리고 약속했던 멘트를 다시 부탁했다. '학교폭력으로 인한 안타까운 청소년들의 죽음을 예방하는 좋은 일에, 여러분들이 동참해주기 바란다!'는 간단한 멘트였다. 메모지를 건네고 자리로 돌아왔다. 곧 2부가 시작되었다. 그러나 멘트는 실종되고 없었다. 그 자리에선 어쩔 도리가 없었고, 그렇게 음악회는 끝났다. 그때 전해준 멘트가 고스란히 내 홈페이지에 올라가 있다. 예술의전당 메인 홀 출입구에 특별히 제작해 가져다 놓은 플라스틱 투명 모금함에는, 천 원짜리 단 한 장도 없었다. 허무했다.

그다음 날 K 교수에게 전화해 왜 멘트를 안 했느냐고 물었다. 그러나 원래 그런 멘트를 못하게 되어 있다는, 전과는 완전히 다른 말과 함께 "죄송해요, 전무님이 판 티켓 대금은 돌려드릴게요!"라고 했다. 사실 친구와 지인들에게, "음악도 들으면서 살라"고 권유 아닌 강매로 판매한 티켓 대금도 350만 원이었다. 광고비 2천만 원까지 모두 2,350만 원이 모두 K 교수에게 갔던 것이다. 그러나 결국 우리에게는 단 1원도 돌아오지 않았다. 아니 모금함을 여덟 개 제작하는 데 50만 원이 들었으니 결과적으로 2,400만 원 손해만 생겼다.

며칠 후에 만난 K 교수는 계속 죄송하다면서, 음악회가 적자가 나서 그랬다는 말만 되풀이하면서, 자기 아버지가 큰 교회 장로인데 교회 후원자를 모아 청예단에 후원금을 드릴 테니 후원카드를 많이 달라고 했다. 나는 순진했다. 그래도 화사한 옷을 입고, 천사같이 멋진 노래를 하는 사람이 설마 거짓말을 하랴 싶어 또 믿은 것이다. 그리고 다시 후원카드를 400매 주었다. 그러나 단 한 장도 돌아오지 않았다. 완전 바보짓만 되풀이한 것이다. 2천만 원을 협찬해준 원종섭 사장 얼굴이 아른거렸다. 내 친구들에게 공연히 미안했다.

얼마 후, 그녀는 숙명여대에서 서울대 음대 교수로 옮겼다. 사회공헌 점수를 잘 받아 유리했으리라는 말을 신원에벤에셀 합창단 그녀의 동료들로부터 들었다.

그 후 4년이 지난 2000년, 월드비전 연말 모금 행사에 참석했다가, 우연히, 너무나 우연히 K 교수를 만나고 말았다. 그녀는 그 행사에서 어깨와 가슴이 훤히 드러나는 화려한 무대의상을 입고 축하곡을 부르고 나서, 하필 내 테이블 옆으로 오다가 나를 본 것이다. 외나무다리도 아닌데 그렇게 만났다. 그녀가 먼저 호들갑을 떨었다.

"아이고 이사장님, 오랜만이에요! 이번에 정말 제대로 된 음악회 한 번 해요! 그때는 정말 죄송했어요, 제가 만회할게요!"

그녀의 짙은 향수 냄새가 불편했다. 난 무겁게 말했다.

"됐습니다."

그런데 그녀가 TV에 나타났다. 2011년 KBS〈아침마당〉생방송에 고정 패널로 나와 막무가내로 말하는 모습이 너무 보기 힘들어 바로 채널을 돌려버리곤 했다. KBS〈아침마당〉진행팀에 전화를 걸어 진정성에 이의를 표할까 생각한 적이 한두 번이 아니었다. 그러나 덕스럽지 못한 일이라 참고 참았다. 아침에 어쩌다 그 방송만 보면 밥맛이 떨어질 지경이었다. 그런데 놀랍게도 얼마 되지 않아 문제가 터졌다. 공의로운 하늘이 심판을 한 것일까. 교수가 해서는 안 될 과도한 과외비를 받았느니, 제자들을 상습 폭행했느니 어쩌느니 하는 보도가 연이어 터지면서, 바로 TV에서 그녀의 모습이 사라졌다. 아이러니하다. 폭력으로 숨진 대현이를 추모하자던 그녀가 티켓 판매료와 광고비 모두를 독식해버리더니, 결국 폭력이라는 이유로 파면까지 당했다. 세상 이치는 참 오묘하다. 가끔 무섭다.

그 자선음악회와 관련해 또 희한한 일이 벌어졌다. 그로부터 약 1년 후, 삼창플라자 오피스텔에서 일할 때, 1996년 11월 K 교수 자선음악회에 대해서 음악전문 잡지에 평론을 썼던 음악평론가 T 씨가 나를 찾아왔다. 한마디로 그 음악회는 완전 엉터리였다는 것이다. 가창력이 어떻고, 목소리 끝이 어떻고 하면서 그 평론이 실린 잡지를 보여

췄다. 나는 어이가 없었다. 읽기도 싫었다. 그러면서 자기가 세종문화회관에서 음악회를 하는데, 내가 무대 축사를 해주면 청예단에 3백만 원을 기부하겠노라고 제의했다.

나는 후원금이라면 현혹이 잘 되기도 하지만, 그다지 어려운 일도 아니어서 동의했다. 그리고 전 직원들에게 세종문화회관에 가서 가족이랑 음악회를 관람하고 행사도 돕도록 권유했다. 물론 내가 무대에 나가 축사도 했다. 그러나 기부금 3백만 원은 실종되었다. 결과적으로 직원들이 티켓만 사준 셈이 되었다. 그 후로 또 한 번 T 씨는 지난번 일은 죄송하다며, 음악회 팸플릿에 축하 글을 써주십사 요청했다. 그러나 난 정중히 사양했다.

음악을 하는 분들은 선과 미를 추구하는 사람들인데 왜 그랬을까? 그 뒤로도 KBS 국악단장 등 여러 음악인들에게서 비슷한 공연 제안을 많이 받았지만, 나는 조용히 거절했다. 피곤했기 때문이다.

어떤 테너가 스스로 이런 말을 했다. 원래 음악 하는 사람, 특히 테너나 소프라노처럼 고음을 지르는 사람들은 뇌파장이 특이해서 비범하거나 문제가 많다고. 본인 스스로 "돌아이"라고 자평하는 것을 들었다. 모두 그런 것은 아니겠지만 나쁜 경험을 연달아 겪고 보니 어느 정도 일리가 있는 말이 아닐까 하는 생각도 든다.

이외에도 후원의 밤, 바자회, 1일 호프집, 자선 물품경매, 자선 패션 쇼 등 후원금 마련을 위한 다양한 자선행사가 있었다. 우리가 독자적으로 추진하는 행사, 즉 바자회나 1일 호프집 행사, 음악회 등은 99% 성공이다. 그러나 다른 기관이 주관하는 행사에 우리가 피후원자로 참여하는 경우엔 문제가 많았던 걸로 기억한다.

국회 출마 유혹

내게는 모두 다섯 번의 국회의원 출마 권유가 있었다. 그 첫 번째 권유의 주인공은 신원그룹 박성철 회장이시다. 2000년 1월, 명동성당 어느 결혼식장에서 우연히 만난 박 회장은 단독직입으로 내게 말했다.

"자네 이번에 출마하소! 이번이 딱이네. 모든 비용은 내가 댈 것이고, 교회와 동문들도 내가 다 알아서 할 테니, 자네는 기도만 하소! 알았는가? 알았제?"

난 갑자기 어안이 벙벙했다. 박 회장은 그래도 나를 많이 생각하고 계셨던 모양이었다. 나를 보자마자 그렇게 말씀하시는 것으로 미루어 평소에 그 말씀이 하고 싶었던 것이 아닌가 생각했다. 그러나 정중히 "감사합니다만 전 소질이 없어서……"라고 대답했다. 그러나 그분은 전혀 물러설 기미가 없이 "아, 참! 이 사람아! 나오면 된다니까! 기도해." 박 회장은 성결교회 장로로서, 믿음이 투철한 것으로 유명한 분이다. 국회의원도 다 체질이 있는 법인데 나는 거북했다. 내가 조용히 있자 박 회장은 먼저 가면서 "알았제?"만 연발하셨다.

그다음 2004년 17대 국회의원 선거철에도 그랬다. 내가 워낙 언론에 많이 노출되다 보니, 모두가 내가 국회의원에 출마하면 쉽게 되리라 생각하는 것 같았다. 특히 사업으로 큰돈을 번 대학동창 이필승 사장이 가장 강력하게 권했다. 사실 과거에도 몇 차례 권유한 적이 있었다. 돈은 자기가 댈 테니 출마하라는 것이었다. 그는 정치인들을 후원하고 있었고, 공천도 자기가 알아서 해주겠다고 지역까지 거론하면서 강력히 권했다. 그는 성균관대학교 행정학과 동창회에도 장학금으로 5억 원을 쾌척한 아주 담대한 사업가였다. 나를 볼 때면 가끔 지갑을 꺼내 1백만 원짜리 수표를 건네면서 일하는 데 보태라고 하던 친구였다. 그의 권유를 따르지는 않았지만, 그에 대한 고마움을 간직하고 있었는데, 그 친구가 2008년 6월 췌장암으로 갑자기 죽었다. 회사 정리는커녕 유언도 제대로 하지 못한 채, 저세상으로 떠났다. 참으로 아깝고 좋은 친구인데 너무 아쉽다.

그 밖에도 여러 번의 정치 입문 권유가 있었다. 우리 청예단 대구지부에 있던 김모 정치 지망자도 새벽같이 집으로 찾아와 당시 한나라당으로 출마하라는 말을 했다. 나는 한마디로 정신 차리고 일이나 잘하라고 나무라서 보냈다. 2007년 노무현 대통령 시절에는 청와대 민정실에 근무하던 최모 비서관이 국회 진출을 집요하게 권유하기도 했다. 지난 19대 총선 때도 당시 새누리당으로부터 제안이 왔으나 가볍게 사양했다. 내 소신과 상관없이 어느 제안을 받아들이느냐에 따라 소속 정당이 갈릴 뻔했다. 결과적으로 나는 그러한 권유를 받아들이지 않은 것에 대해 전혀 후회가 없고, 오히려 아주 잘했다고 생각하고 있다.

빈번한 언론 노출의 영향일 텐데, 내 생각이나 성향과 무관하게 정치에 입문을 권유하는 경우가 대부분이었다. 물론 나에 대해 호의적으로 생각하고 더 큰 뜻을 펼치도록 하기 위한 경우도 있겠지만, 때로는 자신의 이해타산에 맞추는 경우도 없지 않았다. 선거철만 되면 내 등을 떠밀며 부추기는 이들은 그럴싸한 명분을 늘어놓았다. 당선 가능성 역시 빼놓지 않았다. 내가 하는 일이 학생과 학부모를 위하는 좋은 일이라 공감대가 크고, 이미지도 깨끗할뿐더러 특히 마침 호남 출신이 필요한데 내 고향이 목포라 여러모로 딱 조건이 맞는다는 것이었다. 하지만 내게는 그다지 와 닿지 않았다.

난 NGO다. 아들을 잃고 이 길을 선택해 여기까지 왔는데, 새삼 공연히 정치판에 뛰어들어 내 의지와 무관하게 가는 것은 있을 수 없다. 나 자신에게도 문제가 되지만, 무엇보다 내 생명 같은 우리 청예단에 큰 타격이 올 것이 뻔하다.

'제도권 진출도 필요하다' 운운하지만, 다 빛 좋은 개살구다. 정치를 할 요량이었다면 처음부터 그쪽으로 갔어야 한다. 뒤늦게 제도권에 들어가면 한순간 폼이 날진 몰라도, 금방 변색될 것이 너무 뻔하다. 한국 정치권, 특히 국회가 폭력적이고 낙후된 것은 이미 전 세계가 다 아는 일이다. 내 지인들 중에 괜찮던 사람인데 국회의원 2선쯤 하고 나니 얼굴색과 웃는 모양이 변해버린 사람도 있다. 내가 보기에 한국의 정치판은 아직 그렇다.

우리 사회가 그래도 이만큼 발전한 것은, 정부나 국회가 제대로 하지 못하는 사회적 순기능을 민간단체에서 그나마 열심히 감내하고 있기 때문임을 어찌 망각하겠는가? 시민운동가는 그 자체로 존귀하다. 태양처럼 빛나지는 않지만, 조용한 바람이기를 거부하지 않는다. 바람처럼 가벼운 마음이나, 바위처럼 산처럼 무거운 존재이다. 누군가는 말한다. 정치판으로 가지 않은 시민운동가는 죽은 후, 동상을 만들어줘야 한다고. 그렇다. 동상까지는 아니더라도 석상이라도 만들어줘야 한다.

난 산을 무척 좋아한다. 내가 정말 힘들 때 불쑥 배낭을 메고 혼자서 오른 산이 몇인지 모른다. 대현이가 떠난 해에는 유독 산을 많이 찾았다. 청예단 일로 고심할 때면, 나도 모르게 발길이 우면산으로 향했다. 그리고 아예 나만의 등산로를 만들기도 했다. 산에 가만히 누워 땀을 식히며 '나뭇잎 사이로 하늘 쳐다보기'를 그리 좋아한다. 그래서 그런지 호도 어느 스님이 지어준 덕산을 가장 좋아한다. 덕산(德山), '어질 덕'에 '뫼 산'이다. 산에서 보면 저 밑 세상의 자잘한 변화들이 참 부질 없게 느껴진다.

산에 한참 빠져들었던 2008년 무렵, 그런 생각을 담아 시 한 편을 지어본 적이 있다. 나는 이 시를 가장 좋아해서 때때로 혼자 웅얼거리기도 한다.

나는 산이로소이다

덕산 김종기

질풍노도의 드세던 암벽도
풍상세파에 씻겨나가고
불타던 야망의 숲도
들불과 함께 스러져갔다

그 섧고 애절한
폐부를 찌르던 통한의 눈물도
비바람과 함께 녹아내리고

포효하던 야생의 신음소리마저
하얗게 숨죽인

원래가 그런 것처럼
오랜 세월 속에

미미한 의식마저

고요히 침잠해가는

나는 침묵의 산이로소이다

곱게 누운 자락 사이로

흰 구름과 솔바람

풀벌레, 작은 시냇물만

무심히 흐르는

나는 고요의 산이로소이다

-2008년 가을산에서

청소년보호대상이 남긴 씁쓸함

청예단 일을 하면서 의외로 놀랍고 경이로운 경험을 많이 했다는 이야기를 몇 번 했다. 청소년보호대상을 제안했던 당시도 그랬다. 학교폭력 예방 활동을 위해 제안한 것이고 멋지고 가치 있는 큰 상찬사업으로 청보위(청소년보호위원회) 분위기를 일신하자는 것이었다.

당시 IMF가 엄청난 위력으로 우리나라를 휩쓸어, 거리는 을씨년스러웠고, 금모으기 운동 등을 펼치며 사회 전체가 정말 죽을 고비를 넘기려 애를 쓰고 있었다. 그 무렵 동양화재 박종익 사장이 나를 만나자고 연락해왔다. 동양화재가 사회를 위해 좋은 상찬사업을 하고 싶으니 좋은 아이디어를 가져오라고 했다. 박 사장과는 평소 학연, 지연이 전혀 없는 생면부지였는데, 내 신문 기사를 보고 공동 사회공헌 활동을 제안한 것이다. 청소년을 학교폭력 등 각종 폭력으로부터 보호하자는 의미의 '청소년보호대상'이라는 상찬사업이었다. 동양화재에서 자금은 나오니, 우리만 할 것이 아니라 청보위와 함께하면 청보위에도 큰 힘이 될 것이라고 생각했다.

동양화재와 청예단, 청보위는 바로 협약식을 체결했다. 그리고 앞으로 이 상을 노벨상처럼 발전시켜 청소년이 행복한 나라를 만들기 위해 민관이 협력하겠노라고, 정부청사 회의실에서 기자회견도 규모 있게 했다. 뒤이어 동양화재는 그 어려운 시기에 사업비 3억 원을 내놓아, 백범 김구 선생 존안을 디자인한 포스터를 전국 학교와 전국 주요 공공시설에 붙였다. 우리도 활발한 활동을 전개했다. 그리고 강영훈 전 총리를 위원장으로 모시고 각계의 명망 높은 어른들을 위원으로 하는 '청소년보호대상위원회'를 구성하여 상의 권위를 높였다.

시상식장에는 고 김대중 전 대통령의 영부인 고 이희호 여사께서 직접 나와 시상하고 KBS가 생중계함으로써, 청소년보호대상은 당초 기획한 대로 아주 성공적으로 출발했다. 지금 그 사진을 보아도, 무대가 온통 우리 청예단 CI로 디자인되어 감회가 더욱 깊다. 그때 제1회 수상자로는 한국어린이보호재단의 이배근 이사장이 개인 자격으로 선정되었고, 상금도 1천만 원을 주었다.

이듬해, 예상하지 못했던 아픔이 따라왔다.

제2회 청소년보호대상 공고가 나갈 무렵인 1999년 4월, 청보위에서 청예단은 빠지라고 조심스럽게 통보해왔다. 아니, 이게 무슨 말인가? 처음에는 내 귀를 의심했다. 어떻게, 왜 시작한 일인데. 어이가 없었다. 그러나 청보위 강지원 위원장과 전화도 연결되지 않고 직원들은 죄송하다고만 말할 뿐 아무런 설명도 하지 못했다. 결국 청소년보호대상을 중심으로 한 1년 전 합의는 깨지고 말았다. 아무런 합의나 협의도 없이 우리 청예단이 제외된 것이다.

어처구니가 없었다. 못내 서운했다. 내부적으로 직원들의 격앙된 반응이 나오기도 했다. 청예단을 잘 아는 기자들은 어찌된 영문이냐며 우리에게 상황을 물었다. 하지만 되돌릴 수도 없는 일이고, 유쾌하지도 않은 내용이어서 인터뷰를 피했다. 사실 나는 그 내막을 알고 있었다. 당시 고 김종필 국무총리가 결재 과정에서 '대통령 영부인이 참석하는 매우 주요한 정부 행사인데, 옆에 공동주관하는 청소년폭력예방재단이라는 이름은 무엇인가? 모양새가 이상하다'고 한 것이다. 그래서 청보위에서 갑자기 우리 청예단을 제외시켰다. 굳이 말하지 않은 건 실망감, 배신감 이전에 상처받은 자존감이 더 아팠기 때문이다.

후원사 동양화재에는 그 내용을 통보해야 해서 앞뒤 상황을 전달했다. 박종익 사장은 크게 노하시며 "청예단을 보고 한 것인데, 그 무슨 변고냐?"며 상찬사업 자체를 철회해버리셨다. 그러고는 다른 것을 기획하라고 말씀하셨다. 최근에 우리가 다시 한 번 좋은 상찬사업을 해보자고 이사회 때 제안했을 때, "정부랑은 하지 말자"라고 반대하는 임원들이 많았던 것도 그 영향 때문이다.

결국 그 청소년보호대상은 2004년 제7회 시상을 끝으로 아예 사라지고 말았다. 원래대로 해왔으면 지금은 우리나라를 대표할 만한 아주 훌륭한 민관 상찬사업이 되어 있을 텐데, 생각할수록 마음 아프다. 정부를 믿고 무슨 큰일을 도모한다는 것이 얼마나 조심해야 할 일인지를 잘 알게 한 일이었다.

상찬 상금의 마술

당연한 말이겠지만, 각종 수상으로 받은 상금을 단 한 푼도 개인적으로 쓴 일이 없다. 그러나 내가 그런 일로 술 살 일은 많았다. 상금과 관련된 좀 웃기는 일화가 있어 소개하려고 한다.

1999년 문화방송에서 '좋은 한국인 대상'을 받았다. 이 상은 2002년까지 '좋은 한국인 대상'이었지만 이후 '사회봉사대상'으로 이름이 바뀌었다. 방송 출연이 잦아지면서 당시 MBC 은희현 문화국 국장을 알게 되었고, 좋은 프로그램도 몇 개 함께 기획하고 방영했었다. 어느 날, '좋은 한국인 대상'에 신청해보라는 전화를 해왔다. 당시 서류 작성할 사람이 없어서 지금 생각하면 어설픈 상태로 제출하였는데, 의외로 수상자로 결정되었다는 통지가 왔다. 상금은 1천만 원이었다. 당시 1천만 원은 오늘날의 1천만 원과는 비교도 할 수 없이 컸다. 더구나 IMF 직후라서 그 상금의 가치는 청예단에게는 마른하늘에 단비 같은 존재였다. 그런데 막상 입금된 실수령액을 보니 7백만 원이었다. 아, 소득 있는 곳에 세금 있다더니, 불로소득에 대해서는 세금을 더 많이 떼는구나 싶었다.

그런데 같은 해, 청예단에서 상찬사업을 하면서 세금 관계를 알아보니 전혀 달랐다. 동양화재 협찬으로 청보위와 시행한 '청소년보호대상' 역시 상금 1천만 원. 하지만 법적으로 떼는 세금은 50만 원이 채되지 않았다. 차이가 너무 심했다.

경리 직원에게 다시 한 번 확인하도록 했다. 회계사에게 문의한 결과도 마찬가지로 우리가 맞았다. 그렇다면, 나는 왜 세금을 그리 많이 뗐을까? 갑자기 의구심이 났다. 바로 MBC 해당 사업부에 그때의 공제 내역에 대해 전화로 물어보니, "야근 식대도 있고 그런 것인데, 굳이 알아야 하느냐?"며 담당자의 퉁명스러운 대답만 돌아왔다. 즉 MBC 해당 직원들이 '임의로' 떼어간 것이다.

사실 운영비 등 총 사업 비용을 한국전력에서 부담하고, 상금은 거기에 따로 책정되어 있으니, 직원들이 명목을 만들어 일방적으로 공제해 쓴 것이다. 아마 한국전력은 MBC에게 4~5억 원 정도의 총 비용을 낼 것이기 때문이다. '상금을 준 것만도 고마워해야지, 뭐 공제 내역까지 따지겠는가?' 하는 사고방식에서 나온 것이리라.

시간이 한참 지나 모 신문사 기자들과 밥을 먹으면서 우스갯소리로 이야기했더니, 다들 말도 안 되는 소리라고 성토했다. 신문사는 방송과 달리 그런 큰 사업이 없다면서, 자기들끼리 난리였다. 그래서 내가 "한번 보도합시다" 하고 제의하니, 웃으면서 "같은 언론사끼리 어떻게 그럽니까?"라고 해서 넘어간 일이 있다. 지금은 그런 일이 없겠지만, 수상자는 약하고 언론사는 강하다.

상을 받으며

"저와 청예단은, 더욱더 무거운 짐을 지었음을 국민 앞에 고백합니다. 그리고 이 상의 영광을 그동안 저희를 믿고 성원해주신 수많은 회원님들과 자원봉사자들, 그리고 시민에게 바칩니다. 앞으로도 불광불급의 정신으로, 혼신의 힘을 다하겠습니다. 항상 초심을 잃지 않고, 더 열심히 헌신해서 상의 권위를 발전시키고 이 고마움에 보답하겠습니다. 감사합니다."

2002년 11월 23일 아산재단에서 제정한 아산상을 받으면서 했던 수상 소감의 마지막 부분이다.

우리나라 대기업의 상징이 삼성과 현대이듯, 사회복지 분야의 상 역시 호암상과 아산상이 가장 권위가 있다고 할까, 상금이 크다고 할까 모두 부러워하는 상이다. 현대그룹 고 정주영 회장의 호를 딴 상으로, 정 회장 타계 후 각 곳에서 수고하며 봉사하는 단체와 개인을 찾아 수여하며 그분을 기리고 있다. 놀라운 것은 해방 이후 청소년단체가 이런 큰 상을 받은 것이 처음이라는 사실이다. 얼마나 청소년문제가 사회적 관심에서 멀어져 있는지를 반증하기도 한다. 한편 90년 가까이 일해온 한국스카우트연맹이니, YMCA 같은 큰 기관에서는 부러워하면서 비결을 묻기도 했다.

아산상은 우리나라 최고 권위자들의 엄격한 4단계 심사과정을 거쳐 선정한다고 했다. 정몽준 이사장도 전혀 개입할 수 없는 구조라고 했다. 우리가 이런 큰 상을 받게 된 비결은 무엇일까? 나는 비결이라면 오직 임직원들이 진심으로 열심히 뛴 것밖에 없다고 생각한다. 그리고 우리 사회에 학교폭력이 심각하다는, 반갑지 않은 현실 때문이 아니겠는가. 나는 수상 소감을 말할 때 "이 상금은 단 1원도 헛되이 쓰지 않고 더 높은 가치로 사회발전에만 쓸 것을 약속드립니다"라고 밝혔다. 사실이고 진심이다. 오직 옳은 일, 가치 있는 프로젝트 이외에는 단 1원도 사용하지 않았다. 참고로 아산재단이 준 아산상 상금은 2억 원이었지만, 단 1원의 세금공제도 없어 너무 감사하고 좋았다. 비영리 공익법인에게 주는 상금은 세금공제가 없다고 한다. 어찌나 좋은지 직원들과 큰 박수를 쳤다.

시상식에서의 내 수상 소감이 모든 참석자들, 특히 아산재단 정몽준 이사장에게 진한 감동을 주었는지 분위기가 숙연해졌다. 내 소감문 낭독이 끝나자마자, 정 이사장은 자리에서 벌떡 일어나 내게로 다가와 두 손을 내밀며 악수를 청했다. 그날 정 이사장은 트위터에 직접 "찡~한 감동이었네요"라고 행사를 술회하면서 청예단 직원들과 찍은 사진을 올렸다. 새삼 몇 배로 고마웠다.

상 이야기라 좀 쑥스럽지만, 기록 차원에서 남겨야 할 이야기가 있는 것만 고르겠다. 2004년 유집상과 이듬해인 2005년 한국피스메이커상이 그것이다.

아주대학교에서 시상하는 유집상은 그 전신인 아주공업초급대학 등 여러 학교를 세운 교육자이자, 1960년 경기도지사를 지낸 고 박창원 장로님을 기리는 상이다. 그 상 자체를 몰랐는데 한 신부님께서 전화로 심사를 신청해보라 하셔서 잘 모르는 상태에서 신청을 했다. 나는 봉사 부문 은상을 받았다. 재단 이사장의 인사말에서 하도 길게 내 이야기를 해서 금상인 줄 알았지만, 은상이어도 상관없었다. 상금은 없었다. 하지만 상만으로도 나는 청예단의 명예가 높아졌다고 생각해 흐뭇했다.

시상식 자리에서 반가운 얼굴을 만났다. 내가 신원그룹을 떠날 때 용기를 주면서 책을 보내주신 그 김장환 목사가 유집상 대상을 받기 위해 오셨다. 9년 전과 다름없이 매우 자신감 넘치고, 목소리도 쩌렁 쩌렁했다. 여전히 나를 축복해 주셨다.

이듬해인 2005년 한국피스메이커상은 내가 집사로 재직 중이던 반포의 남서울교회 피스메이커가 주관하는 상으로, 평화를 도모하고 이 세상에 빛과 소금의 역할을 하는 사람에게 상금 1천만 원과 함께 수여하는 상이다. 그 심사위원들이 쟁쟁하다. 그 당시 명지대 정근모 총장, 이만열 전 국사편찬위원장, 노승숙 국민일보 사장, 안국정 서울방송 사장, 정정섭 기아대책회장 등이 심사위원이었다. 정근모 총장은 "청예단은 남이 하지 않는 일을 하면서 아이들에게 삶의 진정한 가치를 심어주고 있다"고 치하했다.

이철 담임 목사님은 기념촬영을 하면서 문용린 이사장 외에도 굳이 나를 불러내서 같이 찍었다. 사실 다음 날 국민일보에 나를 중심으로 기사가 나와서 좀 멋쩍었다. 큰 상금을 부상으로 받았으니, 돌아오는 주일에 감사헌금을 냈다.

2010년 7월, 국민훈장 동백장을 받고 감개무량했다. 국민훈장 같은 것은 공무원들이나 기업가들이 받는 것이지, 감히 내가 받으리라고는 단 한 번도 기대하지 않았기 때문이다. 그때 청예단 사무실로 현장 조사를 온 여성가족부 담당 사무관이 자료 확인 차 이야기를 듣다가, 급기야 울음을 터뜨리고 말았다. "자기도 자식을 키우는데 어떻게 이리 사는가" 하는 것이 그녀의 질문이었다. 상을 받는 날에야 실감이 났다. 대통령을 대신해 여성가족부 장관이 내 목에 훈장을 걸어주면서 축하 악수를 할 때, 비로소 얼굴이 상기되었다.

대현이에게 '이제 됐니?' 하고 조용히 물어도 봤다. 책임감도 목에 걸린 훈장의 무게만큼 무거워짐을 느꼈다. 상금은 없지만 주위 분들로부터 축하도 많이 받고, 그만큼 술도 많이 샀다. 그래도 좋았다. 내 홈페이지에는 온갖 축하 메시지가 쏟아져 들어왔다.

친한 사람에게서는 "이 정도면 됐으니, 이제 그만 쉬라"는, 축하인지 위로인지 모를 인사도 많았다. 어떤 기자의 질문에 "이런 훈장보다 일을 할 수 있도록 지원을 해주면 더 좋겠다" 하고 웃으며 말했는데, 그것이 현실이기도 하고 진심이기도 하다. 그래서인지 후원자도 늘었다. 참 기이한 일이다. 언젠가 내 손주들이 크면, 할아버지의 훈장이 무엇이고, 이것을 왜 받았는지 알게 될까?

훈장이라는 게 물론 좋지만 요술 같아서, 본의 아니게 엉뚱한 방향으로 작용하기도 한다. 오랜만에 만난 친구 녀석들은 "훈장까지 받았으니 뭐라고 불러야 하나", "죽어서 국립묘지 묻히나?", "연금도 나오나?" 하고 놀리기도 한다. 아내도 내가 자칫 잘못하면 모범을 보이라고 핀잔을 주곤 한다. 덕분에 나의 행동거지는 더 조심스러워졌고, 어지간한 소리는 농담으로 받아넘길 줄도 알게 되어 성격도 조금은 부드러워진 듯하다.

그즈음에 나는 대현이 생각이 많이 났다. 나는 늘 대현이에게 사죄하는 마음이었는데, 대현이가 나에게 "아버지, 힘내세요"라고 말하는 것만 같았다. 눈을 감으면 대현이가 그 환한 웃음을 지으며 다가와 훈장을 내 목에 걸어주는 것 같았다.

대현이와 함께 그즈음에 부쩍 많이 생각난 분은 어머니다. 앞에도 적었듯, 나의 어머니는 나에 대한 애정이 각별하셔서 나를 위해 새벽부터 기도하는 삶을 사셨다. 부족한 내가 청예단을 이 정도까지라도 이끌어올 수 있었고, 그리고 삶을 빗나가지 않고 열심히 살게 한 힘은, 8할 이상이 어머니의 기도 덕분이라고 생각한다.

별난 만남, 귀한 인연

대도 조세형, 주먹 이육래, 사기 장영자

일을 하다 보면 많은 사람들을 만나게 된다. 그중에는 새로운 사람들도 있다. 그건 어떤 일을 해도 마찬가지일 것이다. 나 역시 학창 시절 친구들과는 다른 사람들을 회사에서 만났고, 청예단에서도 다양한 사회단체 사람들을 만났다. 하지만 청예단에서 만난 사람들은 좀 특별했다. 어떤 이와의 만남은 황당한 해프닝 같았고, 또 어떤 만남은 우연치고는 기이한 인연이라 여겨지기도 했다. 청예단이기에 어쩔 수 없이 운명처럼 만나는 이들도 있는데, 정말 가슴 아픈 이들도 있었다.

내 또래의 사람들은 모두 알 것이다. 1980년대 물방울 다이아몬드 사건으로 유명한 '대도' 조세형. 검거되었다가 탈주하기도 했던. 부유층과 고위 권력층의 저택만 골라서 금품을 털었다는 이유로 '홍길동'입네, '대도'입네 하는 별명이 붙었다. 그 조세형이 어느 날 청예단을 찾아왔다. 1990년대 후반 무렵이었을 것이다. 청예단 이야기를 신문에서 보고 자기도 돕고 싶어서 찾아왔노라고 했다.

조용히 후원금으로 50만 원을 내놓고는 직원들을 모두 점심에 초대했다. 부근 순두부 식당은 직장인들로 몹시 붐볐는데 조세형 씨는 정말 우렁찬 목소리로 식당 한가운데 서서 식기도를 시작했다. "주여! 이 수고하는 직원들에게 하나님의 사랑과 은혜로 큰 힘을 주시옵소서!" 식당 안 모든 사람들이 그 기세에 놀라서 조용해지고 '웬일이야?' 하는 표정들이었다.

사무실로 돌아와 차 한잔하면서 나온 핵심 요지는 "대도 조세형이가 학교폭력 가해 학생들을 대상으로 강연하면 효과가 크지 않겠소? 열여섯 살부터 소년원을 들락거렸던 사람이니 학생들도 뭔가 느끼는 바가 있겠지."

듣고 보니 그럴듯했다. 하지만 '그래도 도둑인데' 싶은 마음이 있어 알아봤더니 15년간 수감 생활을 마치고 나와 경비업체에서 자문위원으로 활동하기도 하고 대학에서 범죄 관련 특강을 하기도 한다는 기사가 나왔다. 이 정도면 가해 학생들에게 충분한 메시지를 줄 수 있지 않을까 생각했다. 마침 그의 집이 노원구 쪽이라고 해서 우리가 위탁 운영하던 노원청소년수련관에 강연회를 준비하라고 했다. 팸플릿을 찍고 현수막까지 만들어 걸었다.

강연회는 제법 성공적이었다. 인물이 인물인 만큼 그 당시 신문에도 났다. '대도 조세형, 청소년 선도에 나서다'. 그의 경험과 유명세에 우리의 뜻과 지향이 더해지면 학교폭력에 대한 메시지를 보다 효과적으로 전달할 수 있을 것 같았다.

하지만 얼마 지나지 않아 그는 일본에서 절도를 벌이다가 현지 경찰에 검거되었다. 신앙 간증 차 간 일본에서, 본인 말에 따르면 일본의 경비 시스템을 테스트해보기 위한 것이라고 하지만, 말도 안 되는 소리라고 생각했다. 참 허무했다. 청예단을 찾아와 했던 이야기들이 진심이 아니었다고 생각하니 힘이 빠졌다. 지금 와서 생각해보면 별 의미 없는 해프닝이었다.

시간은 다시 거슬러 올라가 청예단 설립 초기 때의 일이다. 마포의 조그만 오피스텔에서 여러 명이 머리를 맞대고 회의하랴, 전화 받으랴 정신없을 때였으니 1996년 초 무렵이다. 사무실 문이 열리더니 환갑이 넘어 보이는 노신사 한 명이 손가방 하나 달랑 들고 들어왔다. 별말도 없이 사무실을 한 번 휙 둘러보더니 나와 눈이 마주쳤다.

"안녕하십니까? 실례지만 어떻게 오셨는지요?"

"좁구만. 차나 한잔합시다."

커피 한 잔을 나누는 사이, 방문 이유를 묻는 질문에는 답하지 않고 있다가 "여긴 재떨이도 없소?" 하며 재떨이를 찾았다. 좁은 공간에서 담배를 태우는 그를 직원들이 흘겨보았다. 그러다가 그가 자리에서 일어섰다. 느린 전라도 말씨에 말끔한 양복을 입고 별 내용도 없이, 커피 한잔하고 담배 한 개비를 피우더니 일어섰다.

"고생들 많네요. 힘들 텐데, 보태쇼."

그러고는 두툼한 봉투와 명함 한 장을 탁자에 놓고 나갔다. 봉투엔 무려 2백만 원이 들어 있었고, 명함에는 일본과 한국 주소를 가진 생경한 회사 이름과 '이육래'라는 이름이 쓰여 있었다. 나와 직원들은 생각지도 못했던 후원금에 환호했다. 서너 달 후, 이름도 희미해질 무렵, 또 불쑥 나타났다.

"잘 있었소? 차 한잔 주쇼."

"……."

"학교폭력, 그거 없애는 것 시방 간단헌디……."

"아니, 어떻게요?"

"나, 왕주먹 이육래다. 너희들 나처럼 살면 안 돼야! 결국 후회뿐이여! 남들 패고 주먹 쓰면 결국 망하는 것이여!' 이렇게 말하면 끝나요. 특히 소년원생 모아놓으쇼. 부르면 즉시 달려올 테니까!"

당시는 인터넷이 지금처럼 광속으로 통하던 때가 아니어서 그저 '왕년에 주먹깨나 썼나 보네' 하고 말았다. 그의 제안을 크게 생각하지 않고 있다가 언젠가 우연히 다른 사람과 이야기를 나누는데 '전설의 주먹 이육래'라는 말이 들렸다. '어디서 많이 들었는데…… 분명 귀에 익은데……' 싶었다. 재떨이 찾던 그 양반이 아닌가? 도대체 그 사람이 누구냐고 캐물으니 상대방이 그랬다. 우리나라 주먹의 전설이라고. 김태촌이니 조양은이니 그런 거물들도 이육래 앞에서는 기도 못 편다고. 그의 표현을 빌면 '나라에서 관리하는 사람'이라고 했다. 그러고 보니 이육래 씨가 검사니 검찰청에 대해서 아주 손바닥처럼 꿰뚫고 있노라고 자랑하며 제목이 '검찰청'인가 하는 책을 놓고 간 것이 생각났다. 그 저자가 본인 이육래였다.

2년쯤 지나, 청예단 운영이 무척 힘들던 어느 날, 힘들면 찾아오라던 그의 말이 떠올랐다. 그가 불쑥 나타났듯이, 그의 말도 그렇게 불쑥 떠올랐다. 돈이 필요했다. 월급 날짜가 다가오고 있었다. 책상을 뒤져 그의 명함을 찾아내서는 그의 사무실을 찾아갔다. 염치 불고하고 큰 도움을 한 번 받을 수 있다면 바랄 것이 없는 심정이었다. 찾아가보니 고속버스터미널 근처 좁은 골목에 작은 사무실이 있었고, 학생과학신문이라는 간판을 걸고 있었으나, 직원들은 없었다. 명함과 메모를 문틈에 꽂아놓고 돌아왔는데, 그 후에는 연락이 없었다.

또 이런 일도 있었다. '단군 이래 최대 금융 사기 사건'을 일으킨 장영자, 이철희 부부를 기억하는가. 1982년에 수익금만 1400여억 원이라는 엄청난 사기극으로 징역 15년형과 엄청난 벌금을 선고받고 금융실명제 도입의 단초를 제공했던 장영자는 너무나 유명하다. 그녀는 앞서 말한 대도 조세형이 훔친, 당시 호가 1억 원 짜리 물방울 다이아몬드의 실제 주인으로도 유명하다.

2018년 가을 그녀의 비서실장이라는 사람에게서 연락이 왔다. '장 회장님이 한번 만나고 싶어 한다'는 것. 난 호기심도 발동하고 큰 손이라 후원금을 주려나 싶어 약속을 잡았다. 1944년생으로 그때 74살인데도 숙대 메이퀸 이력답게 매력과 자신감이 넘쳤고 향수 내음이 짙었다. 나를 찾은 이유는 본인이 나와 같은 목포 태생이라 목포에서 좋은 사람을 골라 좀 돕고 싶다는 것이었다. 쉼 없는 달변으로 장황하게 세계문화를 동서고금으로 종횡하더니 대만 도자기 이야기로 진입했다. 난 대꾸 없이 듣기만 하다가 사무총장을 불러서 옆에 배석시켰다. 이야기가 대만 장개석 총통의 부인 송미령 여사와의 친분에 이르고 본인과 함께 찍은 사진도 보이면서 이야기가 길어졌다. 난 일이 있어서 자리를 떴고 사무총장과의 만남은 다음날 오전에도 계속되었다.

사무총장에게서 전해들은 결론은, 돈이었다. 송미령 여사에게서 선물 받은 도자기류가 자기 집 벽 속에 많은데 그것을 수집가들에게 팔면 거액이 들어온다, 그 작업을 위해 3억 원이 먼저 필요한데 도자기를 처분해 한 달 이내 6억 원으로 늘려 재단을 후원하겠다. 그러니 돈을 빌려달라.

난 그렇지 않아도 전날 장영자의 이야기 전개와 도자기 사진이 마음에 걸려서 사무총장에게 혹시 도자기 건이 아니냐고 단도직입적으로 물었더니 "맞다!"라는 것이었다. 난 단칼에 "우리는 아직 가난한 단체라고 말하고 끊어버리라"고 했다. 몇 달 후 장영자가 또 언론에 등장했다. 도자기 사기로 또 구속되었다는 것이었다. 기가 막혔다.

청예단을 운영하면서 다양한 사람들을 만날 수밖에 없지만, 세상 사람 모두가 아는 유명한 도둑 중의 도둑과 깡패 중의 깡패, 사기꾼 중의 사기꾼이 스스로 찾아와 여러 가지 사업이라며 제안을 한 것이 놀라울 따름이다. 난 정말 특별한 경험도 많이 하면서 살고 있다. 세 분 모두 부디 노후에 건강하고 평안했으면 좋겠다.

사우나에서 시작된 고마운 인연

청예단에는 자랑할 만한 프로그램이 참 많은데 그중 하나가 '학교폭력 SOS지원단'이다. 말 그대로 '살려주세요, 도와주세요!' 하는 SOS 요청에 따라 안타까운 학생들과 그 어머니, 혹은 가해 학생 부모들에게 최선의 도움을 주는 프로그램이다. 그들에게는 불안과 고통과 좌절감, 분노에 심지어 자살을, 때로는 살인을 생각하는 극한 경우가 흔하다. 그러한 문제를 해결하고 정상적인 학교생활을 하도록 돕는 것이 청예단의 SOS지원단 활동이다. 때로는 학교폭력과 관련된 긴급한 상황이 접수되면 사건에 직접 개입해 피해 학생과 가해 학생을 조사하고 둘 사이의 분쟁을 조정하는 역할까지 하는 고도로 어려운 프로그램이다.

2007년 이 조직을 처음 만든 이래 지금까지 1년에 5만여 학생들에게 도움을 주었으니 청예단 활동 중에서도 매우 중요한 목적사업이다. 이 활동은 교육부와 정식으로 MOU를 체결하여 지금도 잘 진행되고 있는데, 그 배경에는 참으로 특별한 비화가 숨어 있다.

지금도 기억이 나는데, 2007년 4월 초 어느 날, 너무 피곤해서 동네 사우나에 가서 멍하니 앉아 있었다. 상황을 타개할 묘안을 짜내고 있었던 것도 아니고, 포기할 생각을 하지도 못했다. 그럴 힘조차 없어 그냥 우두커니 앉아 있었다. 얼마 후, 나이가 지긋하고 깡마른 어른이 물속으로 들어왔다.

그러더니 힘없이 눈을 감고 기운이라곤 조금도 없는 지친 모습으로, 죽은 듯 가만있었다. 그런데 어디선가 본 것처럼 낯이 익었다. 기억을 막 더듬어도 누군지 알 수 없었다. 그러다가, '아, 텔레비전에서 봤구나' 하는 느낌이 들어 자세히 보니 전윤철 감사원장이었다. 틀림없는 현직 감사원장이 지금 완전 그로기 상태로 내 눈앞에 있는 것이었다.

그는 나를 몰랐겠지만, 나는 그를 알고 있었다. 한 나라의 감사원장을 알고 있었다는 뜻이 아니라, 일면식도 없었지만 그는 나의 중학교 선배였다. 감사원장이라는 자리 자체가 원래 무소불위의 권좌이지만, 일처리가 워낙 무섭고 성격도 급하고 무서워 "국장들 쪼인트도 간다"는 '전봇대'란 별명으로 유명한 것을 우리 후배들은, 아니 대한민국 국민 모두가 알고 있었으니, 후배인 내가 어찌 그를 모르겠는가. 하지만 지쳐 있는 모습을 보니 반가운 생각보다도, 고향 선배가 저러고 있으니 안쓰러운 생각이 들어 무언가를 해드리고 싶었다. 조용히 다가가 부드럽게 어깨 안마를 시작했다. 그러자 무거운 눈꺼풀을 들더니 그가 "누, 누구세요?" 하고 물었다.

"네, 저는 목포중 후배입니다. 선배님, 너무 힘들어 보이세요."

말하면서도 계속 목과 어깨를 주물러드렸다.

그는 워낙 지쳐서인지 "아, 그래요?" 하더니 다시 눈을 감고, 가만히 몸을 맡겼다. 내 신상에 대해 묻지도 않았다. 한참이 흐른 뒤에 혼잣말처럼 말을 흘렸다.

"내가 지금 유럽 출장에서 막 돌아오는 길인데, 좀 힘이 들어서……."

나는 무슨 속셈이 있어서가 아니라, 인간적으로, 후배로서 그만한 것은 얼마든지 해드릴 수 있었다. 계속 주무르면서 독백처럼 이야기했다.

"교육부 같은 곳은 없어져 버렸으면 좋겠습니다. 전 정말 이민 가버리고 싶습니다. 세금을 내기도 싫어요."

"왜? 무슨 일로?"

그래서 간단히 대현이 이야기를 했다. 그러고는 10년 이상 교육부와 일해오면서 느낀 나의 진솔한 심정을, 그리고 그들의 방관, 나태, 무능에 대해서 토로했다. 남자가 옷을 홀랑 벗고 있는 그대로의 속살을 보이며, 마음속 이야기를 하는 것에 어찌 거짓이 있을까. 감사원장도 공감이 갔던 모양이다. 그는 조용히 듣기만 했다. 나는 계속 이야기했다.

"학교폭력 없애겠다고 한 개인도 온몸으로 10년 이상 뛰고 있는데 도대체 나라는, 아니 교육부는 무엇을 하는지! 이건 말도 안 됩니다."

이미 나의 말은 푸념에서 한탄을 거쳐 공격으로 변해 있었다. 몸짓도 더욱 격해졌다.

전 감사원장은 고개를 돌려 나를 쳐다보며 말했다.

"자료가 있습니까?"

"자료요? 얼마든지 있습니다."

"나한테 보내줄 수 있어요?"

"네, 즉시 보내드리겠습니다."

사무실로 돌아와 바로 서류를 챙겼다. 거기에 한국일보 임철순 주필이 쓴 사설도 한 장 넣었다. '정부가 반정부 데모를 하는 단체에도 보조금을 주는데, 정부가 해야 할 학교폭력을 예방하는 일을 하는 청예단에는 지원이 한 푼도 없다니 도대체 말이나 되는가?'라는 내용의 사설이었다. 나는 퀵서비스로 감사원장실에 보냈다.

며칠 후 교육부 학교정책실 감사가 진행되었다. 감사팀은 교육부가 청예단을 지원할 근거가 법에 명시되어 있음에도 불구하고, 업무에 태만하며 지원하지 않은 이유를 따졌다. 교육부의 국장과 과장이 특히 조사를 받은 지 얼마 안 되어, 바로 박정희 팀장에게서 만나자는 연락이 왔다. '청예단이 앞으로 교육부와 어떤 활동을 하면 좋겠는지'가, 나를 만나자는 핵심 용건이었다.

검토해 알려주겠다고 말하고 와서 최종 선택한 것이 당시 문용린 이사장이 아이디어를 냈던 학교폭력 SOS지원단 프로젝트였다. 그렇게 교육부와의 사업은 우연히, 그러나 감사원장과의 우연한 만남으로 결실을 맺었으니, 이런 것이 하나님의 도우심이라고 생각한다.

2007년 5월 29일, 교육인적자원부의 김신일 부총리와 실국장들, 청예단 문용린 이사장과 나 그리고 핵심 간부들이 장관실에서 MOU를 체결하고 기념사진을 찍었다. 6월 1일부터 SOS지원단 프로그램은 가동되었다. 그해 유난히 청예단 사정이 힘들었다. '어쩌면 올해가 마지막일지도 모른다'고 생각하며 이를 악물었던 기억이 난다. 그런 상황에서 기적처럼 맺어진 협약이었으니 그 감사한 마음을 어찌 다 표현할 수 있을까.

며칠 뒤인 6월 8일은 대현이 12주기 추모식이 열렸는데, 내가 인사말을 해야 하는 순간에 거의 한마디도 하지 못하고, 계속 흐느껴 울기만 했다. 힘들었던 기억과 서러웠던 기억이 북받쳤던 모양이다. 말문을 열지 못하고, 울다가 끝났던 것 같다. 그때도 대현이의 절친 조인수가 와서 여느 때처럼 많이 울었다. 내 홈페이지에는 MOU 체결 당시의 감격과 자세한 이야기가 기록되어 있는데, 감사하게도 축하 댓글만 백 개가 넘는다.

그 어려운 시기에 사우나에서 감사원장을 만나 새로운 사업의 물꼬가 트이더니, 사업을 진행하면서는 지금까지 내가 알았던 어떤 공무원보다 열심히 일하는, 능력 있고, 추진력 있는 공무원을 만나는 운도 따랐다. 감사원 감사 때 해결의 실마리를 푼 사람이 바로 그녀였다. 이름도 유명한 박정희, 당시 학생생활팀장이었다. 초등교사와 교감, 장학사, 대학 강사, 장학관을 두루 거쳐온 그녀는 아이디어 뱅크이자 추진력이 엄청난 여장부였다. 지금까지 공무원들이 학교폭력을 막기 위해 이뤄온 성과가 10이라면 그중 예닐곱은 박정희 팀장의 몫이라고 생각한다. 현재 전국 200여 곳에서 비행청소년을 위해 주요한 기능을 하고 있는 위센터도 바로 그녀가 기획하고 추진했다.

여담이지만, 전윤철 감사원장에게 뭔가 감사의 표시를 하고 싶어서 직원들에게 방법을 물었다. 아이디어를 모아, 떡과 미니 화분을 직원들의 마음을 담은 감사 편지와 함께 집무실로 보내드렸다. 그리고 지금도 해마다 감사 인사를 드린다.

가슴 아픈 인연, 대구 권 군 부모님을 만나다

2011년 말 우리는 대구에서 일어난 중학생 자살 사건으로 충격에 휩싸였다. 그 이후로 한동안 학교폭력 때문에 온 나라가 들썩거렸던 것을 기억할 것이다. 중학교 2학년 권모 군이 같은 반 친구들의 괴롭힘을 견디지 못하고 스스로 목숨을 끊은 사건이었다. 권 군이 기나긴 유서를 남기고 아파트 7층 베란다에서 뛰어내린 것이 12월 19일이었다.

12월 들어서 자살하자고 몇 번이나 결심을 했는데

그때마다 엄마 아빠가 생각나서 저를 막았어요.

그런데 날이 갈수록 심해져서 저도 정말 미치겠어요. ……

모두들 안녕히 계세요.

아빠, 매일 공부 안 하고 화만 내는

제가 걱정되셨죠? 죄송해요.

엄마, 친구 데려온답시고 먹을 걸 먹게 해준

제가 바보스러우셨죠? 죄송해요.

형, 매일 내가 얄밉게 굴고 짜증나게 했지? 미안해.

하지만, 이제 내가 그런 이유는 내가 그러고 싶어서 그런 게 아니란

걸 앞에서 밝혔으니 전 이제 여한이 없어요. ……

제가 없다고 슬퍼하시거나 저처럼 죽지 마세요.

가족들이 슬프다면 저도 분명히 슬플 거예요.

부디 제가 없어도 행복하길 빌게요.

1년 동안 학교폭력에 시달린 중학생이 죽기 전에 가족들에게 남긴 유서다. 이 편지가 중학생이 가족에게 쓴 편지라고 할 수 있을까. 이 글을 읽은 부모와 형제의 마음은 어땠을까. 뉴스를 보고 견딜 수가 없던 차에 마침 〈여성중앙〉 기자에게 심정을 묻는 전화가 왔다. 함께 대구에 가보지 않겠느냐고 했다. 당연히 그길로 내려가 권 군 부모님을 뵈었다. 어떤 위로의 말도 할 수 없었고, 그냥 손을 잡고 눈물만 흘렸

다. 그리고 '학교폭력으로 사랑하는 아들을 잃은 아버지가, 같은 형편의 부모님께 드리는 편지'를 손에 쥐어드리고 돌아왔다.

어머니, 권 군의 편지를 몇 번이고 읽었습니다. 육체의 아픔보다 더 깊었을 마음의 고통, 오죽이나 힘들었으면 그토록 극한 선택을 했을까. 그것은 고통으로부터의 도피라기보다, 권 군이 할 수 있는 유일한 탈출이자 강력한 저항이었습니다. 그것은 무자비하고 끈질긴 다수의 폭력에 대항해 연약한 한 소년이 할 수 있는 마지막 절규였습니다.

행여 꿈에서라도 만나면, 그 꿈이 깰까 꿈속에서도 조심하고, 긴 밤을 눈물로 지새운 날들이 그 얼마인지요? 못다 한 사랑에 대한 자책감과 괴로움, 원망, 분노, 울화, 비탄, 그리움이 범벅이 되어 숨결처럼 아른거릴 것입니다. 그땐 실컷 우십시오. 소리도 실컷 치십시오.

어머님, 어떻게든지 슬픔을 딛고 의연하게 일어나셔야 합니다. 아드님의 영혼이 이제 하늘나라에서 어머님을 지켜보고 있습니다. 어머님이 사는 길은, 바로 권 군이 좋아할 일을 하시는 것입니다. 온갖 폭력과 횡포에 신음하는 다른 아이들의 고통을 없애주는 길이 바로 어머님이 사시는 길입니다. 저도 먼 훗날 만날 대현이에게 꼭 용서받으리라는 다짐 속에, 모든 것을 참으며 숙명으로 받아들이고 일하고 있습니다. 그것만이 슬픔을 이기고, 정신적으로 승화할 수 있는 유일한 길이지 않나 싶습니다.

권 군의 부모님은 두 분 다 20년 이상을 교단에 서온 교사다. 사고 이후 아버님은 퇴직을 하셨지만, 중학 교사인 어머니는 계속 현직에 남아있다. 그러면서도 가해 학생들이 아무런 반성과 뉘우침 없이 활개치는 현실을 바꾸기 위해 가해자들을 법정에 세웠다. 결국 학교와 교사, 가해 학생의 학부모에게 책임이 있는 것으로 판결이 내려졌다. 가해 학생에겐 실형이, 그 부모에겐 1억 원대의 벌금이 부과되었다. 최근에는 학교폭력 예방을 위한 다큐멘터리 〈이제 네가 말할 차례〉에 직접 출연하여 아들 이야기를 전해주기도 했다. 그건 분명 낯설고 번거로우며 육체적으로도 심적으로도 힘들고 고된 일이다. 하지만 불행하게 먼저 세상을 떠난 아들을 생각하면서 그 모든 것을 잘 감당하고 있을 것이다. 그 오래전의 나처럼 말이다. 그리고 그 두 분의 꿈 역시 다시는 자기와 같은 아픔을 겪는 이가 없는 세상을 만드는 것이다.

그런데 우리 사회에는 의외로 권 군 부모님이나 나처럼 극심한 가슴앓이를 하고 사는 분들이 많다. 다만 드러내놓고 말하지 않을 따름이다. 우리 사회에 얼마나 많은 가정이, 친구들이, 교사들이, 그렇게 울분을 토하며 살고 있겠는가? 우울증 같은 정신질환을 앓고 있는 청소년들과 그 가정은 또 얼마이겠는가?

이향구(가명) 소장의 고백

어느 날인가 오랜 지인에게서 전화가 왔다. 휴대전화 화면에 뜬 이름을 보고 반가웠다.

"오랜만이에요. 이향구 소장!"

반가운 인사에 안부인사 대신 절박한 목소리가 전해졌다.

"도와주세요, 이사장님!"

잠시 후에 이어질 이 소장의 편지에 담긴 이야기를 고통스럽게 전했다.

이 소장의 상황을 수습하면서 나는 청예단의 소중함을 몇 번이고 확인하게 되었다. 많은 사례가 있지만 이 소장의 사례는 내가 청예단 일을 하면서 보람으로 여길 만한 '우수 사례'로 꼽는다. 학교폭력으로 고통받는 사람들의 눈물을 닦아드리는 일이야말로, 바로 우리의 존재 이유이다.

내가 대현이 이야기를 하기 괴롭듯, 이 소장 역시 무척 괴로울 것이다. 그럼에도 무슨 기념일이나 청예단의 주요 행사가 있을 때마다 자리를 함께하고, '어디라도 달려가 청예단이 하는 일을 알리겠다. 그 은혜를 저버릴 수 없다'며 늘 감사 인사를 잊지 않는 이 소장. 마음의 짐을 더시라고 해도 "저희 딸을 살려주셨는데요!" 하면서 손사래를 친다.

다음 글은 2012년 10월 25일에 있었던 청예단 행사에서 이 소장이 발표한 내용을 녹취하여 옮긴 것이다. 내가 알고 있는 이야기를 적는 것도 방법이겠지만, 조금 거칠더라도 당사자의 이야기를 직접 전하는 것이 낫겠다 싶어 옮겼다. 게재를 허락한 이 소장께 감사의 인사를 전한다. 이 소장은 행사장에서 이 글을 읽으면서 닭똥 같은 눈물을 줄줄 흘리며 목이 메어 말을 제대로 잊지 못했다.

안녕하십니까. 저는 1남 1녀를 두었습니다. 사랑하는 아내가 있고 사랑하는 딸은 지금 대학교 2학년입니다. 무척이나 행복한 가정입니다. 날마다 웃음꽃이 핍니다. 이런 저희 가정도 3년 전에 굉장히 어려운 일을 겪었습니다. 옛날이야기 하려니까 너무나 떨립니다. 그 감사한 이야기를 들려드리고자 합니다.

1997년 서초동에 김종기 이사장님께서 건물을 지을 때, 감리를 제가 했습니다. 그때 제 아이들이 6살, 7살이었습니다. 청소년폭력과 아무런 상관이 없는 나이였지요. 큰 관심을 두지 않은 채 공사감리만 했습니다. 내심 '아이들이 자라면서 싸움도 하고 그렇겠지' 여겼습니다. 학교폭력, '나는 아니겠지', '우리 가족은 아니겠지'라고만 생각했습니다.

2010년 2학기 때, 하루는 선생님에게서 전화가 왔습니다. 그때 딸이 고등학교 3학년이었는데, 친구들에게 성폭력을 당했다고 했습니다. 친구네 집에서 친구들과 있다가 같은 또래 남자 학생들에게 성폭력을 당했다는 것이었습니다.

그 이야기를 듣는 순간, 아빠로서 무엇을 어떻게 해야 하는지
전혀 떠오르지 않았습니다. 제가 아내와 함께 선생님을 만나러
작은 카페에 갔을 때, 제 딸은 세상에 아무런 희망이 없는 얼굴로
선생님과 앉아 있었습니다. 선생님이 권하신 대로 안양시 '여성의
전화'를 통해서 수습 방법을 배웠습니다. 먼저 경찰에 고발을 하고
병원에서 검사를 받은 뒤 임신중절 수술을 받아야 한다는 것도
알게 되었습니다. 선생님과 함께 병원에 가서 임신중절 수술을
받고 나오는 아이를 볼 때…… 나는 그것을…… 도저히 감당할
수 없었습니다. 처음에는 창피하고 무서워서 딸과 함께 죽고
싶었습니다. 딸에게 걸었던 기대가 모두 사라졌습니다. 그때 제
솔직한 마음이 그랬습니다.

딸은 불면증과 우울증으로 하룻밤도 편하게 잠들지 못하고 늘
울면서 생활했습니다. 급기야 손목을 칼로 긋는 자해를 했습니다.
상담 선생님은 정신과 치료를 권했지만 너무 먼 곳에 있어
받기가 어려웠습니다. 치료를 포기한 것이 아니라 잠시 미룬다고
생각했습니다. 그때 두 번째 사건이 발생했습니다. 주일 저녁에
전화벨이 울렸습니다.

"아저씨, 저 지영이(가명) 친구인데요, 지영이가 칼로 팔뚝을
그었어요. 119에 신고해서 평촌 한림대 병원 응급실에 실려 갔어요.
빨리 와주세요."

'부디 살아만 있어다오.'

다른 건 아무것도 없었습니다. 어떻게 도착했는지도 모르겠습니다.

응급실에서 만난 딸의 왼쪽 팔뚝에서는…… 그때까지 빨간 피가

뚝뚝 떨어지고 있었습니다. 기도밖에 할 수 있는 게 없었습니다.

'하나님, 제 딸을 살려주십시오, 제 딸이 원치 않는 사고로 이렇게

힘들어 하고 있습니다. 살려만 주십시오.'

저는 딸의 상처를 보고 울었고, 딸은 우는 아빠 품에서

기절했습니다. 선생님들은 딸을 격리시켜야 한다고 했습니다.

감당하기 힘들다고, 잘못하면 아이를 잃을 수도 있다고 했습니다.

덜컥, 겁이 났습니다. 그러다 문득 김종기 이사장님 생각이

났습니다. 5월, 화창한 날이었습니다.

"이사장님, 저 이향구입니다. 제 딸 좀 살려주십시오. 학교폭력으로

자살을 세 번이나 시도했습니다. 이러다 딸을 잃을 것 같습니다.

제발 좀 도와주십시오."

이튿날 SOS 긴급지원팀이 왔습니다. 담당 선생님들은 정말

헌신적으로 노력하셨습니다. 왜 진즉 청예단을 생각하지 못했는지

저 자신이 원망스러웠습니다. 언제부터인가 딸이 차도를 보이기

시작했습니다. 목소리와 표정, 눈빛이 살아나기 시작했습니다.

이후 많은 상담과 치료를 받았고, 선생님께서 이제는 그만 와도

될 것 같다고 말씀하셨을 때 정말 기뻤고 또 불안했습니다. 정말

그만 와도 되는 거냐고, 완전히 다 나은 거냐고 물었습니다.

선생님께서는 그건 아니지만 관심 있게 두고 보면서 믿음을 주면

된다고 했습니다. 상담 내용을 선생님께 여쭈었을 때, 선생님께서는 그건 비밀이라며 알려주시지 않았습니다. '그래도 내가 부모인데' 싶어 조금 섭섭하기도 했지만, 전문성이 느껴져 든든했습니다. 의사는 아픈 사람을 살리지만, 청예단 선생님들은 절망 끝에 선 아이들의 목숨을 살립니다. 그 가족의 목숨까지 살려주었습니다. 우리 딸, 지금은 학교 잘 다니고 있습니다. 이번 학기에는 장학금도 탔습니다. 김종기 이사장님과 우리 딸아이 상담을 맡아주셨던 최희영 선생님께 진심으로 감사의 말씀을 드립니다. 고맙습니다.

후원자와 권유자

'얼굴'보다 '의미'로 하는 후원

내가 처음 청예단을 설립할 당시, 엄청난 기금을, 재벌이나 국가처럼 몇백억 원대의 거대 자금을 출연해서 재단을 설립할 수가 없었다. 그러나 일이 많을수록, 사람이 늘어날수록 돈이 필요한 곳도 늘어나기 마련이다. 시간이 지나면서 우리는 만성적인 자금 부족에 시달렸다. 우리도 다른 시민단체들과 마찬가지로 그 밑천이 주로 일반 시민들의 후원금으로 마련된다. 그러니 나는 이사장으로서 후원자를 늘리는 것이 가장 중요한 업무였다.

후원자를 늘리는 방법은 크게 두 가지다. 주변 사람들에게 후원을 부탁하는 것, 그리고 여러 매체를 통해 청예단을 널리 알림으로써 누군가 스스로 후원하도록 만드는 것. 그러다 보니 나의 가장 중요한 일은 사람을 만나는 것이었다. 학교폭력의 당사자인 가해 학생과 피해 학생을 만나고, 언론 보도를 위해 기자들을 만나고, 활동을 위해 공무원을 만나고, 후원을 해주는 고마운 후원자들도 만나고, 혹시나 생길지 모를 후원을 위해 불특정 다수를 만난다. 솔직한 이야기로, 후원자들이 없으면 우리도 일 못하는 거 아니겠는가. 그래서 새로운 후원자가 생기면 전화를 걸거나 편지를 적어 인사를 드리고, 나를 찾는 곳이 있다면 어디든 달려가서 만난다. 어차피 일이라는 게 사람이 하는 것인지라, 사람을 만나 일을 하다 보면 관계라는 게 생기기 마련이다. 그런데 이 일을 오래하다 보니, 후원을 하는 사람과 후원을 권하는 나의 관계가 참 묘하고 애매하다. 아니, 보다 적나라하게는 후원자와 피후원자의 관계라고 하는 게 맞을 수도 있겠다.

우선 후원자는 일정한 금액의 돈을 특정 단체에 기부하여 그 단체의 활동을 돕는다. 후원을 권하는 사람은 후원의 수혜자이기도 하고 수혜자가 아니기도 하다. 무슨 말인가 하면, 후원금은 우리 사업의 종잣돈이 되니 그 덕분에 내가 활동을 할 수 있다고 생각하면 그만한 수혜도 없다. 수혜가 아니라는 건, 공익사업이기 때문에 활동의 이익이 나에게 돌아오지 않고 다른 누군가 필요한 사람에게 돌아간다는 뜻이다. 감히 말씀드리자면, 나의 바람은, 후원하시는 분들도 공익을 위한 사업의 취지를 동감하고 그 일을 위해 후원해주십사 하는 것이다.

그런데 다른 사람들의 마음이 꼭 내 마음 같지만은 않다. 단체의 설립 목적이나 사업 취지에 공감한 후원이 아니라 누군가의 안면을 봐서 예의상 후원하는 경우가 많기 때문이다. 사실 우리나라 후원 풍토상, 그런 현상을 전혀 이해하지 못하는 건 아니다. 일회성 후원이 아닌 이상, 단체의 활동상을 어떤 매체에서 접하고 정기후원을 하는 경우는 많지 않다. 오히려 단체를 설립한 사람이나 직원들이 주변 인맥을 따라 후원하는 경우가 훨씬 많다. 취지는 잘 모르지만 그 단체에 있는 누군가와 친하거나, 체면 때문에 마지못해 후원을 하는 것이다. 그러다 보니 부작용도 있다. 후원하는 이는 후원을 권유한 이에게 개인적으로 후원한 듯한 느낌을 갖게 되고, 권유자 역시 그렇기 때문에 적극적으로 후원을 권하지 못하게 된다.

물론 그런 후원이 달갑지 않다는 뜻은 아니다. 청예단 초기, 어려웠지만 주변 분들의 도움이 있었기에 우리는 일할 수 있었고, 지금 이 자리가 있음을 너무나 잘 알고 있다. 이들의 도움에 대한 고마움과는 별도로, 욕심을 부리자면, 취지에 대한 공감이 우선 이뤄졌으면 좋겠다.

이런 일이 있었다. 동창생 가운데 상당한 재력가가 있다. 그는 어지간한 재벌보다도 사업을 탄탄히 잘하는 기업가였다. 내가 청예단을 꾸려서 활동을 시작하던 시기, 그 동창이 청예단에 간혹 목돈을 후원하곤 했다. 덕분에 우리에게는 어려운 고비마다 큰 도움이 되었고, 그만큼 나는 그 친구에게 감사한 마음을 가지고 있었다.

그런데 어느 날 친구들 모임 끝에 그 동창이 어디로 모이라고 했다.

그는 동창회 행사 때마다 거금을 희사하고, 수시로 고급 술집에 친구들을 불러 잘 사주는 그런 동창이었다. 난 솔직히 신원 기조실장으로 있을 때부터 몸조심하는 데 익숙했고, 사회사업에 뛰어든 이후로는 더더욱 양주 파는 술집이나 아가씨들이 서빙하는 술집은 안 가는 것을 원칙으로 하고 있었다. 그러나 그날은 분위기도 그렇고 10여 명이 어울리다 보니 나만 빠지기도 어려워 함께 묻혀 가게 되었다. 신나게 폭탄주도 돌리고 노래도 부르며 거나하게 분위기가 무르익었을 때, 그 동창이 나와 눈길이 마주친 순간 "야, 애들아, 오늘은 종기가 낸단다. 박수!" 하고 말해버렸다. 그 말은 도저히 거부할 수 없는, 말하자면 명령이었다.

내게 그것은 적지 않은 금액이었지만 할 수 없이 계산했다. 그날 이후, 후원자와 피후원자에 대한 생각이 내내 머리를 떠나지 않았다. 개인적으로 내게 돈을 준 게 아니라 청예단이라는 공익단체 계좌로 입금을 하는데도, 늘 나 개인에게 준 것으로 생각하는 마음이 항상 후원자의 마음속에 내재해 있다는 사실은, 내게는 너무나 무거운 짐이고 부채인 것을 확실히 확인한 것이다.

아무튼 후원자 앞에서는 나도 모르게 몸을 낮추고, 목소리를 줄인다. 몸이 스스로 작아진다. 애경사도 거의 빠지지 않고 가야 한다. 그 것이 나를 힘들게 만드는 일 중 하나다. 후원을 받기도 힘들지만, 또 후원을 받아도 을의 입장에서 항상 죄송한 마음을 안고 지내야 하는 어쩔 수 없는 심리가, 그 못지않게 힘든 부분이다.

고마운 사람, 아름다운 인연

그러나 후원자라고 늘 그런 것만은 아니다. 오히려 그 반대의 경우, 그러니까 나와는 일면식도 없지만 내 사연을 보고 그리고 사업 취지에 공감해 후원하는 경우도 많다.

2012년 가을 즈음 라디오 프로 〈성경섭이 만난 사람〉에 출연한 적이 있었다. 거의 모든 방송이 청예단의 사업 자체보다는 나 개인의 아픈 이야기에 관심이 많았지만 TV보다는 라디오가 편했다. 나는 성경섭 앵커의 질문에 차분히 대답해나갔다. 이번에도 시작은 대현이 이야기로 시작되었고, 학교폭력 일반에 대한 이야기 등등 많은 이야기를 나눴다. 그런데 그 방송을 듣고 청예단을 후원하겠다는 사람들이 전국에서 여섯 분이나 되었다.

택시기사도 계셨고 평범한 삼십 대 후반의 주부도 계시고, 다양했다. 그 이름과 전화번호를 담당 직원에게 달라고 해, 내가 일일이 감사 전화를 드렸다. 인사하자고 드린 전화에 방송에서 들었던 그 목소리라고 좋아하면서 후원금을 배로 올려주신 분도 계셨다. 놀라운 일은 그렇게 많다. 그렇게 어렵사리 알게 된 소중한 분들을 생각하면 방송 역시 무시할 수 없어 고민이다. 어떤 만남이기에, 하기 싫은 방송 출연을 고민할 정도로 소중하다고 그럴까? 몇 분만 간단히 소개한다.

그중 한 분은 지금도 자주 연락하는, 어느 외교관 부인이신 박지숙 님이다. 박지숙 님은 중앙 일간지에 난 내 기사를 보고 청예단에 전화를 했다. 그때는 대구 권 군이 스스로 목숨을 끊어 온 나라가 들끓었던 때였다. 마침 박지숙 님은 대구 중학생 소식에 너무 마음이 아파서 대구까지 다녀왔고, 얼마 후 신문에서 나와 대현이의 이야기를 봤다고 했다.

"청예단이 너무 고마웠어요. 지금 제가 후원하는 아이들을 만나게 해준 게 청예단이잖아요. 대구의 그 학생을 생각하면 정말 안타깝고 마음이 아파 견딜 수가 없었어요. 그래서 대구에 갔는데, 엄마 앞에 서니 눈물이 하염없이 나더라고요. 하지만 많은 사람들이 학교폭력을 알게 되었고, 저처럼 뭔가 작은 일을 실천할 수 있게 되었다고 생각해요. 하나의 씨앗이 된 거죠. 제가 청예단을 만난 건 제가 전생에 무슨 인연이 있기 때문이 아닐까 생각해보기도 했어요."

말씀은 차분하고 곱게 하셨지만, 이분의 실천은 남다른 점이 있었다. 후원금을 낼 테니 좋은 곳에 써달라는 차원에서 머물지 않고, 일대 일로 인연을 맺어 직접 후원을 하고 싶다고 했다. 그래서 내부적으로 회의를 해서 한 남자 고등학생을 추천했다. 그 학생은 실용음악과에 진학해 음악을 하고 싶어 했다.

박지숙 님이 그 아이와 함께 식사를 하는 자리. 후원자는 후원을 받는 아이에게 소원이 뭐냐고 물었고, 아이는 좋은 기타로 음악을 연주하고 싶다고 했다. 소원 열 개 중 세 번째가 기타였다.

"네가 갖고 싶은 기타가 얼마니?"

"……"

"괜찮아, 얼만데 말을 못하니?"

"300만 원 정도 해요……."

"응, 그렇구나. 알았다. 같이 가자."

박지숙 님은 그날 그 아이가 원하는 기타를 사줬고, 원하는 기타 학원에서 배울 수 있도록 수강증도 끊어줬다. 교통비 조로 용돈도 주었다. 학생의 어머니는 박지숙 님께 전화를 드려 울먹울먹하며 고맙다는 인사를 전했다고 한다. 하지만 박지숙 님은 "고맙다는 인사를 받을 자격이 없다"며 "나에겐 그 아이보다 조금 더 많은 돈이 있었을 뿐, 그래서 도왔을 뿐"이라고 말했다. 그 학생 한 명만 후원하는 것도 아니었다.

누군가는 쉽게 말할 수도 있겠다. 돈이 정말 많으면 그 정도는 그리 어렵지 않겠다고. 물론 박지숙 님이 자신은 끼니 걱정해가면서 아끼고 모은 돈으로 기타를 사 주거나 하지는 않았다. 하지만 정작 본인은 수수한 옷차림에 버스와 지하철을 이용한다. 그 흔한 자가용이 아예 없다. 우리 청예단 소식지에 얼굴을 소개하고 싶었지만 극구 사양하여 그 아름다운 미소는 싣지 못하고 사연만 소개할 수 있었다. 박지숙 님이 본인 사진을 싣지 않는 조건으로 응한 우리 소식지와의 인터뷰에서 이런 말을 했다.

"청예단을 통해서 제가 후원하는 아이들을 생각하면요, 막 흥분돼요. 이젠 손가락이 아프지 않다는 문자를 받는데 얼마나 기뻐했는지 아세요? 아이들에게 진짜 필요한 뭔가를 하고 있다고 생각하면 정말정말 감사해요."

나는 그분을 뵐 때마다 '천사가 바로 이분이구나' 하고 느낀다. 그리고 그런 사람들이 있는 한, 나는 청예단 일을 허투루 할 수가 없다. 우리를 온전히 믿고 후원금과 마음을 내어주는데 어찌 함부로 하거나 소홀할 수 있겠는가? 게다가, 청예단을 후원하시는 분들 중에는 이런 분들이 무척이나 많으니 더 말해 무엇할까?

진정성, 따뜻한 가슴은 살아 있다

고교 동창 허성부 군은 사실 '왕서민'이다. 얼굴만 보아도 그냥 '청렴', '착함'이 쓰여 있는 사람이다. 이 친구는 청예단 초기부터 지금까지 무려 27년 긴 세월을 눈이 오나 비가 오나, IMF가 오나 리먼 형제(미국 금융 위기)가 오나 한결같이 매월 1만 원씩 후원하고 있다. 별 표현도 하지 않는다. 미소만 짓고 '너무 적어서……' 하고 넘어간다. 나는 그런 친구가 존경스럽고, 기가 막힌다. 세상에는 그런 분들이 숨어 있다. 그래서 그런 조용히 숨은 천사 같은 분들에 대한 기대에 결코 어긋나지 않기 위하여 부단히 노력해야 한다고 다짐하곤 한다.

요즘 텔레비전을 보다가 순창 고추장 광고가 나오면 반갑다. 신애라 씨를 만날 수 있기 때문이다. 잘 알려졌다시피, 신애라 씨는 사회봉사 활동차 나갔다가 가여운 아이를 보고 눈물 흘리며 직접 입양해서

호적에까지 올리고 키운 아이가 두 명이다. 그 외에도 약 30명의 어린
이들을 결연 형식으로 후원하고 있다니, 얼마나 착하고 아름다운 사
람인가?

2012년 6월 청정원 순창 고추장과 함께 고추장의 매운맛으로 학교
폭력을 물리치자는 광고 캠페인을 하고, 청정원은 연말까지 그 수익
금의 2%를 청예단에 활동기금으로 후원하는 협약식을 체결하는 자
리가 있었다. 그 자리에서 처음 만난 신애라 씨는 참으로 매력적이고
아름다웠다. 외모도 외모였지만 내면이 더 아름다웠다. 협약서 사인
전에 3분짜리 청예단 홍보 영상이 상영되었다. 그녀는 그 영상을 보
면서 감동을 받았다면서, 우리를 방금 전과는 또 다른 눈으로 보았다.

우리 청예단에도 신애라 씨와 같은 홍보대사가 필요하던 터라 대화
를 하면서 홍보대사를 제안하였다. 이미 신애라 차인표 부부는 사회
에 뜻있는 일을 제대로 하기 위해, 한 회사에 전속되어 활동하고 있기
때문에 아쉽지만 참여하기 어렵다고 하였다. 그렇지만 청예단의 이념
과 활동이 정말 좋기 때문에 어떠한 방법으로든지 돕고 싶다면서 청
예단 동영상 CD를 열 개 정도 보내달라고 하였다.

얼마 지나지 않아 놀라운 일이 생겼다. 우리나라 톱 가수인 윤도현
씨가 우리 청예단 홍보대사를 하겠다고 연락을 해 온 것이다. 그는 신
애라 씨 이웃에 살면서 아이들도 같은 초등학교를 보내고 있는데, 한
번은 신애라 씨가 청예단이 만들어진 사연과 학교폭력을 예방하기 위

해 윤도현 씨가 직접 청예단 홍보대사를 맡아주면 어떻겠느냐고 청해왔다는 것이다. 그 제안에 윤도현 씨가 아무런 망설임도 없이, "당연히 내가 나서야 한다"고 해서 모든 것이 일사천리로 이뤄졌다.

윤도현 씨는 역시 대단한 스타였다. 검정 티셔츠에 검정색 선글라스를 낀 그 모습은 자신감과 에너지가 넘치고, 얼굴에서는 광채가 보였다. 그가 학교폭력 예방을 위해 우리 청예단 홍보대사로 자임한 것은 사연이 있었다.

파주 문산고등학교 시절 그는 밴드부 멤버로 음악 활동을 주로 했지만, 한편 소위 주먹깨나 쓰는 폭력 서클에도 가입해 젊은 혈기에 다른 아이들 위에 군림했었다고 고백했다. 그러던 어느 날, 그렇게 괴롭힘을 당하는 아이들이 대부분 약한 아이들이라는 것을 깨닫게 되자 '내 행동이 너무 치사하고 남자로서 할 일이 아니다'라는 생각이 들었다고 했다. 그 폭력 서클 멤버들에게 "이제 이런 짓을 그만두자"고 말하자, 그들이 윤도현을 학교 뒤편으로 끌고 가 무자비하게 짓밟고 집단폭행하는 바람에 완전 피투성이가 되어 실신해버렸다고. 마침 뒤늦게 밴드부의 한 친구가 나타나 그를 병원으로 데려갔고, 그렇게 이틀을 혼수상태에 있다가 간신히 깨어났다는 것이다.

그때 생긴 이마의 상처 때문에 항상 앞머리를 내리고 있다는 이야기까지 털어놓으면서, 홍보대사 위촉식장에서 "학교폭력은 안 된다. 이 뜻 있는 활동을 열심히 하겠다"던 그의 분명하고도 진솔한 고백이 지켜보는 우리 모두의 마음을 찡하게 만들었다.

그렇지 않아도 다른 몇 곳의 홍보대사를 맡고 있기 때문에, 주위에서는 너무 바쁘니 제발 이 일을 하지 않도록 말렸지만 윤도현 씨는 "이 일은 꼭 내가 해야 한다"면서 나선 것이다. 그 용기와 마음이 얼마나 멋지고 훌륭한가. 가해 학생의 입장과 피해 학생의 마음을 누구보다 잘 아는 윤도현 씨야말로 최고의 홍보대사가 될 수 있을 것이라 믿는다. 그날, 나는 그와 포옹하면서 정말 감격스러웠다. 그를 무척 좋아하는 아내를 위해 사인도 한 장 받았다. 우리는 천군만마를 얻은 기분이었다.

그는 곧 실천에 옮겼다. 우리가 교육부, 현대해상과 함께 진행하는 학교폭력 예방 프로젝트 '아주 사소한 고백(아사고)'의 2012년 11월 16일 콘서트에 바쁜 일정을 쪼개어 참석한 것이다. 또한 '카운슬링 콘서트'에서 자신의 청소년기를 진솔하게 들려주면서, 본인의 히트곡 '나는 나비'를 열창하여 몇 시간을 기다린 300여 명의 청소년들에게 감동을 주었다. 그 가사는 '날개를 활짝 열고 세상을 자유롭게 날아가는 나비처럼 살자'는 메시지를 담고 있었다. 그의 진정성은 우리 사회에 좋은 귀감이 될 것이라 믿어 의심치 않는다. 재단 일을 돕고 싶다는 약속을 지키기 위해 윤도현이라는 거물급 홍보대사를 소개해준 신애라 씨에게도 더없이 고맙다.

얼굴 없는 후원자들

후원금 이야기를 꺼내기가 쉽지는 않지만 막상 하자면 무궁무진하다. 여기서는 그 어떠한 대가도 없이 따뜻한 마음을 건네는 이들에 대한 감사함은 꼭 전해야겠기에, 후원금 이야기를 꺼냈다. 솔직히 자랑하고픈 마음도 없진 않다. '우리 청예단을 후원하는 분들은 이렇게 마음이 곱습니다' 하고 말이다. 이왕 이야기를 꺼냈으니 조금만 더하자.

꽤 전에 월간 교양지 〈좋은 생각〉에 나에 대한 인터뷰 기사가 나온 적이 있었다. 몇몇 분이 나에 대해 더 알아본 뒤에 청예단으로 전화를 했다. 후원을 하겠다는 것이었다. 그런 분들이 무려 다섯 분이나 되었다. 인터뷰 한 번에 후원자 다섯 명이 생긴다면, 나는 열 일 제쳐두고라도 인터뷰를 하러 다닐 것이다. 어쨌든, 지방에 사시는 분도 계시고, 자녀들이 아직 어려 학교폭력과는 그다지 상관이 없어 보이는 분도 계셨다. 끝내 이름도 밝히지 않고 익명으로 후원을 하신 분도 계셨다. 나는 후원자들의 얼굴도 모르는데, 후원자들은 지갑을 열어 돈을 보태주신다. 그나마 다섯 분 가운데 두 분은 연락처를 알 수 있어 고맙다는 인사를 드리기 위해 전화를 드렸다. 포항에 사시는 박영숙 씨와 부산에 사시는 손병순 씨다. 나는 청예단의 뜻에 공감해주신 것에 감사드리고, 후원까지 해주신 데 고맙다는 말씀을 드렸다. 그분들의 대답은 간결했다.

"무얼, 그걸 갖고 그러세요?"

목소리는 부드러웠고, 말투는 수줍은 듯했으며, 말씨는 겸손하고 조용했다. 전화기 너머 저 멀리 있는 사람의 따뜻하고 훈훈한 마음이 가까이 느껴졌다.

사람을 만나다 보면 섭섭한 경우도 있고, 늘 고마워할 일만 생기는 사람도 있다. 사람 사는 일이 원래 그런가보다. 살아가는 일은 새로운 사람을 만나는 일이고, 다양한 사람이 있기 마련이니까. 서운한 사람의 모습에서는 타산지석의 교훈을 발견하고, 고마워할 사람들에게 고마움을 느낄 수 있어야 제대로 사는 사람일 것이다. 청예단 일을 하면서 수많은 사람을 만났고, 덕분에 세상에는 황당무계한 엉터리들만 있는 게 아니라, 참으로 맑고 선한 사람들도 많음을 알게 되었다. 말이 화려한 사람들은 곧잘 드러나기 때문에 쉽게 알아볼 수 있지만 오래가는 경우가 그리 흔치 않다. 하지만 언변이 남루해도 조용히 자기 삶에 최선을 다하고 남의 마음을 헤아릴 줄 아는 사람들은 여간해선 남의 눈에 잘 띄지 않는다. 하지만 인연이 되어 만나게 된 사람에게는 깊은 울림을 준다.

사실 모든 후원자를 내가 직접 찾아뵙고 무릎을 꿇고 감사의 인사를 드려도 모자란다. 내가 뭐라고 어렵게 번 돈, 귀하게 쓰일 돈을 우리 재단에 맡기겠는가. 아이들 살리는 일 하겠다고 노력하는 모습 좋게 봐주시고 보탬이 되고픈 마음에 보내주시는 거라 생각한다. 금액의 많고 적음은 아무런 의미가 없다. 그 마음을 헤아리면 너무나 감사해 문득 눈물이 나곤 한다.

이원우 님은 기독교 관련 도서를 만든다. 파주출판단지에 계시는데 내 기사를 신문에서 읽고는 그때부터 지금까지 23년간 장기 후원을 하고 계신다. 출판업이 언제 호황인 적 있었던가. 더구나 요즘에는 출판계가 몹시 어려운 것으로 알고 있는데 변함없이 적지 않은 금액을 한 번도 빼놓지 않으신다. 들어보니 대학생 때부터 주일학교 교사를 하면서 '사랑의 빵' 저금통 후원을 하셨는데, 그 후원을 지금까지 이어오고 계셨다. 우리 재단의 주요 행사에는 먼길 마다치 않고 직접 오셔서 축하와 격려를 해주신다. 나보다 10년 정도 젊으신데 뵐 때마다 어떻게 살아야 하는가를 생각하게 하는 분이다. 그 큰마음에 조금이라도 보답하고자 큰아드님 결혼식 때 하객으로 가 진심을 다해 축하의 마음을 전했다. 그런데 얼마 후 익명으로 100만 원의 후원금이 들어왔다. 꼭 인사를 하고 싶어서 끝까지 추적을 하니 이원우 님이 보낸 후원금이었다. 순간 그 마음의 깊이를 어떻게 헤아려야 하나 싶어 잠시 할 말을 잃었다. 이원우 님, 고맙습니다.

84세의 강정숙 할머님은 힘들 때마다 나를 되돌아보고 흔들리지 않도록 바로잡아주시는 분이다. 2018년 5월 KBS〈아침마당〉에서 나를 보신 모양이다. 내 지나온 이야기를 들으며 많이 우셨다고 했다. 그래서 노인연금을 쪼개 후원을 하신다고 했다. 이미 다문화가정과 장애인을 위한 후원으로 쪼그라들었을 연금을 더 쪼개 우리를 후원하시는 거다. 군청과 도립대를 청소하며 여섯 남매를 혼자 키워내셨고, 부모 없는 아이들이 눈에 밟혀 마을의 부모 잃은 사형제에게 냉장고도 사주고 쌀도 채워주고 하셨단다. 그때 7살이던 막내가 대학에 갈 때까지 그렇게 돕고 도우셨단다. 어찌 그 어려운 형편에 그리 나눌 수 있었는지 여쭈었다. 전쟁 끝나고 거리 가득한 거지들에게 어르신의 어머니께서 따뜻한 밥을 해주셨다고 했다. "늘 나눠야 잘 산다"고 가르치셨다고. 심지어 자녀들은 어머니의 나눔을 구체적으로는 모르고 있었다. 어머니가 우리 재단에 도움을 주셨던 것도 재단 감사의 밤에 참가하시기 위해 서울에 와서야 알았다고 했다. 어머니를 따라 두 자녀들도 우리에게 후원을 시작했다.

나는 강정숙 할머니의 순박함과 검소함 그리고 따뜻한 성품에 감동해 〈동아일보〉한 기자에게 연락해 강 할머니의 미담이 세상에 알려졌으면 좋겠다고 제안했다. 강 할머니는 신문사의 엄격한 검증을 다시 한 번 거쳐서 〈동아일보〉에 사진과 함께 크게 보도되었다. 그 보도로 말미암아 할머니는 그 군 전체에서 완전 유명인사로 변해버렸다. 여러 공식행사에 초대받으시고 군민들의 사랑을 받으시면서 또 우리 덕분이라고 겸손해하시며 열심히 후원하신다. 감사하고 감사해 주름진 손을 꼭 잡고 여쭈었다. 청소년들에게, 힘들어하는 아이들에게 전하고 싶으신 말씀이 있으신지. 아이들에게 강정숙 어르신의 말씀을 그대로 전하고 싶다.

"판검사만 있으면 살겠어요? 고기 잡는 사람도 있고 전기 만지는 사람도 있어야죠. 공부 싫은 아이들도 세상에 자기 역할이 다 있다는 걸 아이들이 알았으면 좋겠어요. 다 똑같이 귀하게 태어난 소중한 존재라는 걸 꼭, 꼬옥 알았으면 좋겠어요."

강정숙 어르신, 고맙습니다. 건강하십시오.

평창에서 조용히 노년을 보내고 계시는 이강자 할머님 부부를 빼놓을 수 없다. KBS 〈아침마당〉을 보고 내 삶에 감명받았다면서 매달 적지 않은 금액을 저축했다가 1년 후 1천만 원을 후원하셨다. 직원들 모두가 놀랐다. 좋은 일에 쓰라며 주소도 연락처도 안 주셨다. 그리고 1년 반 후 다시 미국에서 공부하는 손자가 보이스카우트 표창으로 받은 상금 500만 원을 몽땅 우리에게 후원하셨다. 이게 가능한 일인가? 금액의 문제가 아니다. 간신히 전화번호를 알아내 전화를 드려 감사 인사를 거듭 드렸다. 그러다 2020년 여름쯤 평창을 갔다가 이강자 할머님이 생각나 전화를 드렸다. 마침 평창에 와 있으니 한번 존안이라도 뵈며 커피 한잔 대접하고 싶다고. 이강자 할머니께서는 그럴 필요 없다고, 마음만 받겠다면서 나오지 않으셨다.

최근 〈유퀴즈〉 방송을 보시고는 다시 1천2백만 원을 보내오셨다, 감사하기 전에 염치가 없어서 전화를 드렸다. 감사의 인사를 정중하게 전하니 "우리는 나이 들어서 그런대로 살 수 있으니 걱정 말고 중요한 일 열심히 하시라"며 앞으로도 매달 1백만 원씩 저축해서 우리를 후원하려고 남편과 작정했다고 말씀하신다. 난 이분 얼굴도 모른다. 주소도 몰라 이런 책 한 권, 감사편지 한 줄도 보내드릴 방법이 없다.

이강자 할머님, 부디 부디 만수무강하시옵소서!

세상에 이런 얼굴 없는 후원자들이 우리를 지켜주고 계신다. 매일 새벽기도 해주시는 분들도 헤아릴 수 없이 많다. 이런 천사 같은 분들의 정성을 생각하면 단 한 푼도 허투루 쓸 수가 없다. 그러지 않겠는가.

사랑의 다리, 가슴과 가슴을 이어주다

후원금은 그 자체로 중요하다. 금액의 많고 적음보다는 그 후원 자체가 가지고 있는 의미가 더 중요하다. 후원금을 모아 학교폭력 피해자를 치료하고, 예방 활동을 하는 까닭에 후원금 액수가 전혀 무의미하다고 할 수는 없다. 하지만 금액보다 후원 자체가 더 중요하다는 사실을 우리는 잘 알고 있다. 청예단의 뜻에 공감하여 후원하는 분들은 금액이 많고 적고 간에 다른 누군가에게도 청예단의 취지와 활동을 떳떳하게 소개할 수 있다. 즉, 자발적 후원이 중요한 이유는 후원금의 적립보다 학교폭력을 막자는 공감대를 확산시키기 때문이다. 가끔 큰 금액의 후원금을 보내는 재벌 친구보다, 설립 초기부터 지금까지 변함없이 매월 적은 금액이라도 후원하는 평범한 소시민을 더 좋아하는 이유도 바로 그런 이유에서다.

이사장이라는 자리는 한 가정의 가장과 같다. 가족들이 편안하게 생계를 유지하고 원하는 바를 추구할 수 있도록 경제적인 여유도 마련하고, 든든한 바람막이도 되어야 한다. 그래서 이사장은 임직원들이 편안하게 일에만 집중할 수 있도록 사업의 방향을 제시하고 그 기반을 제공해야 한다. 사업의 방향이라면 추구하는 가치와 철학이고, 기반은 재정이다. 가치와 철학이야 각종 회의나 모임을 통해서, 아니 일상의 주고받는 대화를 통해서도 공유할 수 있다. 하지만 재정은 늘 이사장의 몫이다. 나이가 들면서 점점 그 기능도 약해지고 있지만, 젊은 우리 직원들이 대신 열심히 뛰어주고 있다.

그래서 가끔이긴 하지만 부질없는 생각도 해본다. 어떤 기업에서 막대한 재정적 지원을 하면서 '자, 아무 걱정 하지 말고 학교폭력을 막는 일에만 몰입하세요' 한다면 얼마나 좋을까. 사실 우리나라에서 시민단체들은 정치적, 경제적 압박과 로비를 통해 정·관·재계로부터 후원을 곧잘 받곤 한다. 대부분의 경우 이익단체를 구성하고 있는 사람들의 투표권이 힘으로 작용하는 경우가 많다. 그래서인지 청소년단체는 후원하려는 곳을 찾기가 참으로 어렵다. '없다'고 적지 않은 이유는 딱 한 번 그런 일이 있었기 때문이다.

2011년 말 대구 권 군의 자살 사건은 2012년 초까지 사회 전체에 엄청난 충격을 주었고, 좋은 학생을 선발해 써야 하는 한 그룹의 회장도 상당히 충격을 받았던 모양이다. LG그룹은 그룹 차원에서 학교폭력 예방에 적극 나설 것을 지시했고, 그룹 기조실에서는 우리 청예단과 연계하기 위하여 상무와 참모진들이 찾아왔다. 청예단의 모든 현황을 이미 파악하고 있었음은 물론이다. 골자는 1차 년도부터 50억 원을 투자하여 연 100억 원까지 증액해서 학교폭력 근절 활동을 전개하는데, 단체명도 'LG청예단'으로 변경하자는 제안이었다. 그러나 당시 사무국장은 그것은 민간 NGO의 정체성이 훼손되는 것이고, 이사장직은 김종기 이사장이 계속 맡아야 한다는 뜻을 전하자, 그 이후 연락이 끊어졌다. 나하고는 한마디 상의도 없이 그런 말을 한 것이다. 청예단은 이런 조직이다.

청예단은 지금까지 잘 버텨왔고, 앞으로도 그러할 것이다. 두말할 필요도 없이 그 이유는 우리 청예단을 후원하는 수많은 후원자들 덕분이다. 후원자들이 매달 꼬박꼬박 우리에게 보내주시는 돈은 후원자들의 뜻이자 마음이다. 학교폭력을 없애야 한다는 뜻, 그리고 직접 나서지는 못해도 학교폭력을 없애는 데 힘을 보태고 싶다는 마음. 이런 후원자들의 의지가 한곳으로 모여, 세상을 조금씩 살만한 곳으로 바꾸어간다고 생각한다. 그러기에 그 한 푼의 후원금도 천금과 같이 소중한 것이다.

꼭 청예단을 후원해달라는 이야기가 아니다. 어떤 시민단체를 후원해도 좋다. 매월 후원을 하는 것으로 만족할 것이 아니라, 나의 소중한 후원금이 어떤 일에 쓰이고 있고, 그 사업의 효과는 어떤지 관심 있게 지켜봤으면 좋겠다. 체면 때문에 하는 소극적 후원이 아니라, 좋은 일에 참여한다는 뿌듯함을 느낄 수 있는 적극적 후원을 권장하고 싶다. 우연하게라도 그런 마음을 접하는 순간이, 청예단을 어렵사리 꾸리고

사업을 애써 진행하는 고단함과 때때로 찾아드는 시련을 극복할 힘을
준다.

막다른 곳에 이른 것 같은 학생을 형편 닿는 대로 도왔을 뿐인데 그
가족이 눈물로 고마움을 전할 때, 얼굴도 이름도 모르는 아주머니 두
분께서 사무실에 불쑥 나타나셔서 떡과 음료를 주시면서 직원들 힘내
라고 말씀하실 때, 반백의 노신사가 아무런 연락처도 없이 하얀 봉투
를 놓고 가며 보탬이 되었으면 좋겠다고 하실 때, 생면부지의 목사님
이 수화기를 통해 청예단을 위한 기도를 전하며 우리를 축복해주실
때, 공사다망한 유명인들이 청예단의 사업에 아무런 조건 없이 적극
적으로 협조해주실 때, 그 모습은 실로 위대하다.

힘들 때, 난감할 때, 오해를 받을 때, 막막할 때, 그래서 가끔 포기하
고 싶을 때 떠오르는 순간들이기도 하다. 어찌 그런 순간들을 다 기록
할 수 있을까. 공익사업을 하는 비영리법인을 운영한다는 건 어느 것
하나 결코 만만하지 않은 형이하학적 곤란들의 연속이다. 하지만 이
를 극복하기 위하여 머리를 맞대 고민하고 계획하고 실천하는 힘의
원천은, 역시 진실한 사람들이 전해주는 형이상학적 기쁨이다. 어려
운 사람들과 그를 돕고자 하는 사람들의 가슴과 가슴을 따뜻하게 이
어주는 사랑의 다리 역할은 이 시대가 필요로 하는 진정 중요한 청예
단이 나아갈 바이다.

아이들의 미래는 그래도 밝다

그러한 맥락에서 아주 색다른 감동을 소개한다. 그것도 미국에 유학 중인 남녀 학생들을 통해 느낀 놀라운 기쁨과 감동. 정말 좋아서, 단순히 좋다는 것으로는 불충분하고 큰 소리로 웃고 싶고, 노래라도 부르고 싶은 마음이었다. 그러니까 그때가 2011년 8월경이었다. 미국에서 7년간 유학 생활을 하던 윤성민이란 여학생이 4년 전 방학 중에 고국에 다니러 왔을 때, 부모님 안내로 우리 청예단에서 자원봉사 활동을 할 기회가 있었다. 사무실이 요청한 여러 봉사 활동을 하던 중, 우연히 자료를 검토하다가 우리 청예단이 처음 시민협의회로 출범한 날짜가 자기 생일과 같은 1995년 8월 8일인 것을 알게 되었다고 한다. 그리고 청예단 활동을 깊이 관찰하면서 피해 학생들에 대한 연민과 도와야 한다는 의식이 싹텄고, 주위 사람들에게 청예단을 알리면서, 후원자 39명을 모아 540만 원의 후원금을 모금했다.

윤성민 학생은 미국에 돌아가서도 어려서부터 친구인 심상원 학생을 설득해 세계적 현상인 학교폭력을 예방하기 위한 'SAVE(Student Against Violence Engagement)'라는 학생 비폭력 캠페인 클럽을 만들어 함께 활동하기 시작했다. 그 캠페인의 일환으로 2011년 7월 24일 유학생 특별활동 행사 때 블루밴드(팔목에 차는 파란 고무줄)를 자비로 만들기도 했다. 행사 결과 140만 원의 이익금이 생겼는데, 이를 우리 청예단에 기부하겠다고 했다. 그래서 두 학생과 학생의 어머님들을 모시고 면담을 하게 되었다.

참으로 놀라웠고 감동을 받았다. 공부하기도 매우 바쁠 텐데 학교폭력의 심각성을 알고, 미국에서도 예방을 위해 직접 자치활동 클럽을 만들어 운영하고, 또 방학 기간 동안만이라도 청예단을 돕기 위해 블루밴드란 아이디어로 모금을 실천한 건 정말 놀라운 일이었다. 이들은 어른도 쉽게 할 수 없는 일을 해낸, 실로 대단한 학생들이었다.

친구인 심상원 학생도 마찬가지다. 그 어려운 유학 생활 중에도 틈틈이 우리 청예단 홈페이지를 들여다보다가 스마트폰이 대세인 요즘의 트렌드에 맞게 학교폭력 예방 앱 개발을 제안해왔다. 방학 중 잠시 귀국해 국민은행에서 하는 사회공헌 활동에 청예단과 함께 그 앱 개발을 제안했지만 아쉽게도 선정이 되지 않았다. 그러자 이번에는 심 군 아버지인 심영복 회장께서 아들에게 용기를 주고 학업에 열중토록, 그 앱 개발 비용을 책임지겠다고 나섰다. 심 군 아버지께서는 한국 본뱅크(Korea Bone Bank) 회장으로 첨단의료사업을 주도하는데, 아들의 뜻을 살려주기 위해 앱 개발비 4천만 원을 지원해주신 것이다. 설명하긴 어려운데, 이런 것이 긍정의 힘이자 기적이고, 하나님의 뜻이라 나는 확신한다.

청소년들이 늘 어둡고 힘겹게 비춰지는 우리 세태 속에서, 참으로 놀랍고 자랑하고 싶은 총명하고 반듯한 우리 아이들이다. 일부 일그러진 학생들도 있다. 그러나 세상에는 밤잠 안 자고 공부하면서, 세상을 크게 보고 이렇게 다양하게 어려운 봉사활동을 실천하는 학생들도 있다. 물론 아이들 스스로가 탁월한 면도 있겠지만, 미국의 교육 시스템이 우리보다 창의적이고 봉사적인 생활을 유도하는 것만은 분명해 보인다. 그 이전에 그 가정, 그 부모님들부터 올바르고 훌륭하시다. 분명 우리에게는 희망이 있다. 나는 아끼던 금장 파커 만년필과 손거울, 고급 볼펜을 두 아이를 만나 선물했다. 산다는 것이 늘 힘들고 어려운 것만은 아니다.

자신 앞에 주어진 길만 바라보고 가기에도 벅찬 시기에 주변을 둘러볼 줄 아는 학생들을 보면 마음이 흐뭇하고 뿌듯하고 믿음직스럽다. 나는 이들이 어른이 되어서도 반듯하고 훌륭한 사람으로 세상에 기쁨과 희망을 주는 멋진 삶을 살아갈 것을 믿고, 그러길 간절히 바란다.

이토록 신기하고 감동스러운 경험도 청예단이어서 가능했다. 최선의 노력을 기울이면 그에 걸맞는 결과가 따랐던 과거였다면, 청예단에서는 최선의 노력을 기울이면 늘 상상도 못했던 보답과 감동이 주어졌다. 늘 감사하다.

NGO 소고

NGO 이사장이란 자리

여기서 비영리공익기관의 이사장이라는 자리에 대해서 한번 생각해 보자. 비영리법인의 이사장이란 자리는 먼저 왜 나는 이 일을 하는가 에 대한 명확한 신념, 일종의 철학이 우선이다. 무슨 폼나는 자리도, 돈 이 생기는 자리도 아니고, 돈이 오히려 많이 들어가는 자리이다. 과거 행적도 투명하고 큰 흠결이 없어야 하지만 내부 직원들에게나 외부 자원봉사자들은 물론 특히 후원자들에게 늘 겸손하고 모범적인 모습 을 보여야 한다. 관련 타 NGO 단체들에게도 마찬가지다. 그래서 늘 조신하고 바른 처신을 해야 하고, 만약에 작은 사회적 물의라도 일으키면 그 단체는 바로 수면 밑으로 사라지게 된다.

따라서 철저한 자기관리가 불가피하다. 아울러 후원자들의 애경사를 놓치지 않아야 하고, 자연히 늘 을의 입장에서 처신하게 된다. 무엇보다 조직을 이끌고 나갈 운영비 조달 능력과 조직의 비전을 제시하고 직원들을 열심히 독려하는 능력이 중요하다. 왜냐하면 일반 회사보다 처우가 낮은 직원들에게 정신적인 만족감, 성취감을 주어야 하는 것이 중요하기 때문이다.

따라서 비영리공익법인의 이사장이란 자리는 국가나 대기업에서 운영하는 곳이 아니라면 자기희생이 따라야 하는 어려운 자리이다. 그런 의미에서 나는 지금의 김경성 이사장은 물론이고 우리 청예단을 이끌어오신 전 이사장들께 항상 죄송스럽고 감사한 마음을 지니고 있다. 간단한 선물이라도 챙겨 보내드리는 건 그런 이유에서다.

나는 명예이사장으로 있지만 불가피하게 나를 찾는 언론사나 큰 행사, 후원자 개발과 관리, 그리고 특별강연 요청 시에는 어쩔 도리가 없다. 밖에서는 도리 없이 나서야 하는 경우가 많지만, 내부적으로는 보필하는 위치를 지키려 노력한다. 물론 중요한 결정 안건이 생기면 이사회를 통해 결정하지만, 개인적으로 자연스럽게 이야기 나눌 기회가 많아 주로 조언하는 입장에 선다.

2012년 당시로 돌아가 내가 이사장 임기를 마칠 무렵에는 운영시설 여섯 곳에 본부 사업장 두 곳, 전국 지부 13개에 정규직원 290명, 총 회원 수 16만 명, 연 예산이 150억 원, 진행 프로그램은 수백 개에 달

할 정도로 성장해서 예전처럼 간단한 조직과 일이 아니었다. 수탁시설들은 자체로 수익을 창출하면서 일하기 때문에 무엇보다 본부 활동비 마련이 가장 핵심인데 연 43억 원가량이 필요했다. 이러한 비용을 재정적으로 안정되게 지원할 수만 있다면 그 어떤 수고와 번거로움도 감수하겠지만, 그런 인물을 모시기란 참으로 어렵다. 그러다 보니 아무래도 쉽고 편한 내게 다시 이사장 자리를 제안하게 된 것이다. 최종 시한까지도 그렇게 지지부진하다가 결국 수락하지 않을 수 없는 상황까지 이르렀다. 학교폭력에 맞선 '아이콘'으로 부담 없이 자리만 지켜주면 일은 젊은 임원들이 더 열심히 뛰겠다는 조건이었으니 계속 뺄수도 없는 노릇이었다.

문용린 전 이사장은 그동안 각종 학교폭력 회의나 세미나, 방송 등에서 자주 만나고, '청사모(청소년과 청예단을 사랑하는 모임)'의 한 멤버로서, 그 인품과 능력을 잘 알고 있었기에 청예단 이사장이 공석이니 긴히 좀 맡아달라고 간청했다. 서울대학교 교육학과에 재직하고 있던 문 교수는 '본인은 교수라 돈은 잘 모르니 자금 문제는 책임지지 않겠고, 다른 분이 나타날 때까지'라는 조건으로 수락해주었다. 그것이 2003년 가을이다.

너무나 다행이고 감사했다. 문 이사장이 오자마자 직원들 이직률이 감소하고 이미 떠나갔던 직원들마저 하나둘씩 돌아오기 시작해 조직이 바로 안정을 찾아갔다. 그리고 큰 연구 프로젝트를 진행하면서 재정도 단단해져갔다.

그 후임으로 2009년 가을부터는 에스텍 박철원 회장이 이사로 3년을 봉사하다가 마침내 4대 이사장으로 선출되었다. 박 이사장 역시 훌륭한 인품에 삼성그룹에서 사장으로 근무하여서 인맥이 무진하다. 기업인답게 '50사 100사 운동'을 펼쳐 청예단의 재정에 관련해서나 경찰과의 연계 활동에 큰 업적을 남겼다. 임기를 성공적으로 마친 후, 본연의 기업 활동에 전념하고자 이사장직을 내려놓았다. 그리고 또 적임자를 찾아 헤맸으나 역시 쉬운 일이 아니었다.

사람이 자산이다

나의 5대 이사장 재취임은 그렇게 박철원 이사장 다음으로 2012년 가을에 시작되었다. 그러나 내 성격이 어디 가만히 '아이콘'으로 있을 수 있는가. 나는 대충 적당히 하는 사람은 못 된다. 나는 청예단에서 가장 중요한 일이 무엇인가부터 고민했다. 고민은 오랜 시간이 필요하지 않았다. 가장 중요한 것은 본디 가장 근본적이고 가장 단순한 법이다.

그 첫째가 청예단의 고속성장에 따른 문제점을 분석하고, 조직의 정체성을 찾는 것이었다. 서울에만 일곱 곳으로 나뉘어 있었는데, 여기에 1~2년차 근무한 직원들은 청예단이 왜 생겼고 무슨 비전과 목표를 가졌는지 솔직히 잘 모른다. 그들에 대한 재교육이 필요했다. 그리고 설립 초기의 소명감과 불가능은 없다던 열정과 추진력을 조직에

불어넣는 것이 필요했다.

그러기 위해서는 결국 교육이었다. 그 일환으로 시민운동가(Social Worker)의 기본인 각자의 직무에 최선을 다하기 위한 전문성과 마음속으로부터 우러나오는 봉사 정신이 필요하다고 생각했다. 우선 자신이 일하는 일터가 행복해야 하고, 그래서 고객에게 감동을 넘어 감격을 주는 최상의 서비스를 하는 것이 바로 우리가 발전하는 지름길임을 강조해 스마일 캠페인도 시작했다.

직원의 채용부터 교육, 배치, 평가를 본부가 직접 관장하도록 변경했다. 아울러 조직의 긴장감을 끌어올리고 효율을 극대화하기 위해 전 간부들과 워크숍을 진행해서 정신력을 강화하고, 부장급 이상은 기업처럼 연봉제를 과감히 도입했다. NGO가 연봉제를 적용하기란 쉽지 않다. 그러나 조직을 긴장시키고 개인과 조직의 발전을 끌어내고, 잘하는 사람은 더 혜택받고, 못하는 사람은 불이익을 받는 시스템이 크게 보면 합리적인 조직관리라고 생각했다.

한편 'GWP(Great Work Place)' 운동을 강화했다. 나는 2006년 리더십 교육에서 김종훈 회장의 GWP 강연을 듣고 큰 감명을 받았다. 회사의 발전을 위해 각종 최신 국제경영기법을 동원하고, 직원이 행복한 직장 만들기, 검소하고 엄격한 생활과 봉사 활동을 강조한 것이다. 나는 책을 구해 읽고 좀 더 연구해서, 2년 뒤 전 직원을 대상으로 직접 특강을 실시했다.

직원들이 만족하는 직장, 아침이면 빨리 출근하고 싶은 일터, 가족과 친구들에게 자랑하는 직장을 만드는 것이야말로 우리 같은 NGO 시민단체에는 가장 핵심적인 가치이기 때문이다. 내 강연에 대한 직원들의 반응은 놀랄 정도로 뜨거웠고 스스로 변화하는 좋은 활력소가 되었다. 지금도 GWP 운동을 실시하고 있지만 그 완성도가 아직은 기업처럼 높은 편이 못 된다. 그러나 조직은 급여나 돈만으로 해결되는 부문이 아니기에 GWP 운동은 큰 도움이 되고 있다. 업무 분위기와 직장 문화를 즐겁고 보람차게 바꿈으로써, 직원 사기를 올리고 즐겁고 신나는 일터를 만드는 일은 역시 중요하다. 그리고 이왕 하려면 확실히 해야 한다.

이처럼 교육을 강화하고 근무 시스템을 변화시키지 않을 수 없는 또 다른 강력한 이유는, 학교폭력 관련 환경이 급변하고 있기 때문이다. 쉽게 말하면 소위 '경쟁자'가 많아진 것이다. 우리 외에도 여러 기관과 단체가 학교폭력 예방을 주된 활동 목적으로, 피해 학생을 상담하고 치유하는 다양한 일에 나서고 있다. 이는 학교폭력을 막는다는 대의에서 보면 분명 바람직한 현상이다. 하지만, 학교폭력 예방 운동을 처음으로 시작한 청예단의 입장에서는 다른 어느 기관과 단체보다 우수한 아이디어를 제시하고 동시에 더욱 모범적인 활동상을 보여야 한다는 '부담 아닌 부담'도 있다.

따라서 청예단이 살 길은 진정성과 전문성을 기반으로 더욱 진전된 전문화, 특성화이고, 국민친화성을 바탕으로 프로그램을 폭넓게 다양화하는 것이다. 상담도 일반 상담이 아닌 특수 화해중재상담, 교육도 일반 교육이 아닌 전문 상담사, 교육사 자격증을 주는 공인자격화 사업 확산 등 다른 모든 부분이 지금보다는 몇 단계 업그레이드돼야 하는 과제를 안고 있다.

우리 청예단이 추구하는 비전은 이 세상의 어떠한 청소년도 유무형의 폭력으로 인하여 자신의 꿈과 희망을 포기하는 일 없이 청소년이 행복하고 평화로운 세상을 만드는 것이다. 우리는 이러한 청예단의 궁극적 목표를, 청소년계의 한국 대표 NGO를 넘어 세계를 향해 전문적인 프로그램으로 진출하는 세계적 NGO로 발전시키는 것으로 정했다.

다시 여기서 조직이 움직일 동력을 조달하기 위한, 재원 마련에 대한 내 소신을 말하고 싶다. 사실 이 학교폭력 문제는 국가가 반드시 해결해야 할, 국민의 기본권 문제와 직결된다. 더욱이 잘 보호받고, 사랑받고 자라야 할 아이들의 안전 문제에 관련된 국가의 기초 책무이다. 그러니 국가가 마땅히 할 일을 청예단이 대신해오고 있는 셈이다. 그렇기에 청예단이 학교폭력을 막기 위한 활동비는 당연히 국가에서 지원하는 것이 옳다고 생각한다. 만약에 나 같은 경우가 외국에서 발생했다면 그 국가와 사회는 틀림없이 소신껏 일하라고 지원을 아끼지 않았을 것이다. 사실 우리나라 학교폭력 법률에도 학교폭력 예방 단체를 지원할 수 있도록 명시하고 있음에도, 현실에서는 그렇지 않다.

나 또한 가령 정부의 예산 지원을 받는다 하더라도, 절대로 그 금액이 청예단 전체 예산의 1/3을 넘지 않아야 한다고 생각한다. 그 이유는 분명하다. 자칫 정부의 관변단체로 변질되어 민간조직의 본질과 특성이 훼손될 우려가 높고, 직원들도 그만큼 나태해지기 쉽기 때문이다. 최선책은 우리 스스로의 능력으로 자립하는 것이지만 현실적으로는 어렵다. 따라서 1/3은 정부와의 협약에 의해 특정 업무의 처리 비용으로 받고, 나머지 2/3 중 절반은 시민들의 후원금으로 충당하고, 나머지 반은 수익사업을 통해서 자체적으로 벌어들이는 것이 가장 바람직한 재원조달 방식이라는 생각이다. 이 3 : 3 : 3의 '3등분 원칙'이 우리 같은 학교폭력 관련 일을 하는 민간 NGO가 취해야 할 기본 입장이라고 생각한다.

NGO 관리

삼성과 신원에서 쌓았던 경륜이 없었다면 나는 청예단을 꾸려오기 무척 어려웠을 것이다. 또 그래서인지 일을 하면 반드시 이익을 낸다. 이익이란 꼭 금전적 이익만을 뜻하지는 않는다. 금전적인 이익은 일을 하는 다양한 이유 중 하나일 뿐이다. 어떤 형태로든 성과를 내면 된다. 나는 이를 '똔똔 정신'이라고 부르며 회의 때마다 강조했다.

"적자 나는 활동은 누구나 한다. 그것은 죄다. NGO도 사업별로 최소 '똔똔'이 아니면 흑자를 내야 한다."

직원들은 지금도 가끔 내게 '똔똔 대사'라는 말을 하는데 기분이 나쁘지 않다.

비영리 봉사단체이지만 발전을 위해서는 기업 경영의 마인드와 노하우를 도입하지 않을 수 없다. 바로 그런 철학이 사업이나 회계 등 모든 부문에 적용됐다. 조직별로 사업부제를 적용해서 결과를 분석하고 적자가 나는 활동이 없도록 하고 있다. 그러기 위해 목표관리제를 도입했다. 부서별로 연 목표를 설정하고 목표를 초과 달성하는 경우는 과감한 승진과 보너스를 주고 있다. 마찬가지로 목표 대비 실적이 부진하면 당연히 연봉을 삭감한다.

초기에는 내부에서 크고 작은 사고들이 잦았던 것도 사실이다. 하지만 경제적인 문제보다 더 큰 사고는 사람이 들고 나는 일이다. 안전장치를 마련한다고 해도 그런 일들이 꼭 있다. 또한 사업한다 뭐 한다 하면서, 잘 있다가 갑자기 떠난 직원들도 많았다. 그러나 지금 대부분은 다시 청예단으로 돌아왔다. 나갔다 돌아온 직원들은 정말 몇 배 더 열심히 일한다. 그들에게 왜 다시 돌아올 생각을 했느냐고 물으면 한결같이 청예단과 그곳은 조직문화가 다르다고 말한다. 가장 중요한 차이점이 청예단은 모든 것이 투명하고 합리적이라는 것, 그리고 기회가 많다는 것. 나는 그 말에 동의한다.

물론 나가서 일을 잘하고 있는 사람들도 있다. 그들을 위한 홈커밍 데이(Home Coming Day)를 개최한 적이 두어 번 있다. 모두 본부로 모여 서로 인사하고, 생맥주를 실컷 마시면서 옛날을 회상하며 청예단의 발전을 축하한다. 그 직원들 중에는 나가서도 청예단을 홍보하고, 정기적으로 후원금을 보내는 사람들이 많다. 이것은 상당히 중요하다. 우리의 투명성과 합리성, 그리고 진심을 다해 열심히 일하는 분위기는 다른 조직들과 대비되는 큰 차이점이다.

그러한 긍정적인 이미지가 오래 쌓인 덕분인지 요즘의 청예단 직원의 수준과 사기는 과거의 그것과는 천양지차이다. 요즘은 부서별로 단 1명을 충원하기 위해 공고를 내면 직무별로 많게는 2백 명, 적게는 1백 명이 지원한다. 취직 문이 좁아진 탓도 있겠지만 우리 이름이 이젠 많이 알려져 다른 NGO 단체에서 일하고 있는 사람들도 많이 지원한다. 그리고 전반적으로 학력이 매우 높아지고 경력이 좋아졌다. 못 뽑더라도 아까운 인재들이 청예단으로 몰려온다는 사실과 지금은 이직률이 매우 적다는 사실은 우리의 현재 위상을 잘 보여주고 있다.

청예단은 본부 외에도 지부가 있는데, 지부를 관리하는 일은 직원 관리 못잖게 어렵다. 2019년 기준으로 전국 주요 도시에 12개 지부가 등기되어 있다. 요즘에도 청예단 지부를 하겠다고 신청하는 곳이 전국에 걸쳐 많다. 그러나 쉽게 결정하기 어려운 것이 그들의 진정한 목적이 늘 우려되기 때문이다. 정말 진정성을 가진 훌륭한 분들도 있다. 그러나 때로는 정치적 기반을 만들기 위한 사람, 혹은 생업에 도움이 될 것을 기대하거나 아예 돈벌이 수단으로 생각하는 사람도 있다. 그래서 그 판단이 어렵다. 이처럼 어려운 측면도 있지만, 전반적으로 보면 지역사회에서 열심히 최선을 다해 정말 그 지역에 필요한 역할을 잘 수

행하고 있는 지부도 많다. 정말 업어주고 싶을 정도로 대단한 분들이다. 앞으로도 잘하는 지부는 지원을 늘려서 발전을 돕고, 문제가 있는 지부는 과감히 정리하는 것이 본부로서 불가피해 보인다. 그 기준은 데이터 객관화를 통한 지부 심사이다. 데이터를 객관화하면 다 나온다.

투명하고 정확해야 오래간다

회계 부문은 투명성이 생명이다. 그래서 청예단 회계 부문은 철저한 전산화와 감사 시스템을 도입하고 있다. 회계의 투명성을 설립 초기부터 엄격히 강조해온 결과다. 특히 ERP 시스템을 회계업무에 적용해서 부정의 소지를 아예 처음부터 차단해버렸다. 이외에도 복식부기를 적용하고 있으며 점차 월 단위 즉시 결산을 정착시켰다. 난제 중의 난제였던 지부 회계까지도 본부 결산과 연계하는 데 성공했다. 이것들은 정말 일반 기업들도 쉽지 않은 일이다. 우리는 지부를 설득하면서 강행해 결국 4년 전부터 연결 시스템을 갖추는 데 성공했다. 자랑스러운 일이다. 박인규 세무사가 감사로서 원칙을 세우고 수고해주신 덕분이다.

청예단의 회계감사는 안진회계법인이 맡고 있다. 안진회계법인이라면 우리나라에서 첫 손가락으로 꼽히는 대형 회계감사법인이다. 법인의 경영자가 청예단에 대한 보도를 보고 좋은 뜻으로 동참해

2002년부터 우리 청예단 경리회계 부문을 감사해서 결산보고서를 작성해주고 있다. 덕분에 우리 결산보고서의 공신력은 대단하다. 비용은 한 해 약 2천만 원이 드는데, 그 비용을 우리가 수수료로 지불하면 안진회계법인은 청예단에 다시 후원한다. 그렇게 우리는 회계를 투명하게 할 수 있고, 안진회계법인은 사회 환원을 실천하게 되니 서로에게 득이 되는 셈이다.

이보다 더 좋은 일도 있다. 나는 청예단 설립 초기부터 청예단에 한국에서 가장 투명한 비영리법인 시스템을 만드는 것이 소망이었고 이를 위하여 계속 노력해왔다. 그 시스템을 만들어 청예단을 가장 투명한 단체로 만들고자 했다. 그러나 섬세하게 보완해야 할 점이 있었는데, 이사장에 복귀하면서 이를 도와줄 분을 만나게 되었다. 세무공무원 퇴임 후 24년간 세무 회계사무소를 경영해온 박인규 세무사가 감사 직책을 맡고, 실제로 자기 일처럼 꼼꼼히 회계실무를 챙겨주고 있다. 또 재능기부 형식으로 연간 120시간으로 작업 시간을 정해 철저히 지키고 있다.

그런 의미에서 우리는 복이 많다. 사람을 잃고 만든 단체이기 때문인지 몰라도, 나는 우리 청예단이 사람 복이 많다고 생각한다. 앞서 말한 안진회계법인은 물론이고 지금의 청사모에 참여하시는 50명의 고문과 이사들이 그렇다. 전 대학총장, 은행장, 대학교수, 기업체 CEO, 기타 성함만 들어도 모두가 아시는 우리 사회의 어른들이시다.

그중 몇 분만 거명하자면 고건 전 국무총리님, 이시형 박사님, 손봉호 총장님 등등 기라성 같은 분들이 우리를 돕고 계시니 그 얼마나 고마운 일인가?

그분들 모두의 재능과 경륜, 시간은 돈으로 환산할 수 없는 고귀한 것들이다. 그런데 그런 분들이 선뜻 우리를 도와주고 계신다. 놀랍고 기적 같은 감동이다. '사람의 가슴과 가슴을 이어주는 사랑의 다리'라는 말로밖에 달리 표현할 수 없다. 사람 복이 많은 청예단은 그래서 늘 감사하다.

그러한 주변의 도움을 잘 수용하고 궁극적으로 우리의 활동 목표를 잘 달성하기 위하여 평소 직원들의 정신과 자세를 올바로 갖는 것이 중요하다. 그런 일을 기업이라면 수시로 직급별로 혹은 조직 단위별로 연수원에 입교시켜 교육으로 보완해가지만 우리는 그럴 만한 시간이나 비용이 없다. 그래서 오랜 고민 끝에 나는 청예단의 5대 근무 자세를 만들어 강조했다. 직원들은 이것을 예쁘게 제작해 각자의 PC 앞에도 붙이고, 사무실 벽면에도 크게 부착해 생활화하도록 노력한 결과 많은 성과를 보았다.

◆ 푸른나무재단인의 자세 ◆

1. 상대에게 진정과 최선을 다하는가?

2. 작고 사소한 것을 놓치지 않는가?

3. 미래에 어떤 변화를 가져올 것인가?

4. 합리적이고 투명한가?

5. 준비와 마무리는 잘하고 있는가?

이러한 노력들이 업무 실수를 줄이고 우리 청예단이 다른 기관보다 일을 잘하는 지표가 된다고 믿는다. 이 다섯 가지 자세는 비단 직장에서만이 아니라 모든 가정이나 개인에게도 마찬가지로 적용할 수 있다. 나는 강연 시마다 이것을 강조하면서 한국인 모두의 생활 자세를 변화시키고 싶은 욕심도 있다.

NGO 후원의 '빈익빈 부익부'

〈중앙일보〉에 '한국에서 사회사업하기'라는 제목의 칼럼을 쓴 적이 있다. 하필 그 칼럼이 실린 꼭지의 이름이 '마이너리티의 소리'였다. 나는 거기에 이렇게 썼다. 당시 청예단 운영이 너무 힘들었던 때였다.

> 남들은 우리 청예단이 정부 예산도 잘 지원받고 이곳저곳에서
> 후원금도 잘 받는 줄 안다. 그도 그럴 것이 내가 본의 아니게 언론에
> 많이 노출되었고, 정부의 고위 공직자들은 "그런 아픔을 딛고
> 개인으로서 국가가 할 일을 하다니……"라고 하면서 지원을 약속한
> 일이 많았다. 물론 나 역시 무엇이든 좀 힘이 되지 않을까 기대했던
> 것도 사실이다. 하지만 다 소용없었다.
> 권력이 있거나 정치적인 단체는 정부 예산도 잘 가져다 쓰지만,
> 우리 청예단처럼 힘없는 시민단체들은 어림없다는 현실도 알게

되었다. 어떻게든지 일을 하기 위해 정부 프로젝트도 신청해보지만 봐주는 것처럼 생색을 내는 사람이 있는가 하면 우리가 부담해야 하는 부분도 있어 이 역시 그리 탐탁지 않은 실정이다. 결국 비정부기구는 시민의 힘으로 자생하는 것이 최선인데 어떻게 살아남을 것인지가 후진국 비정부기구의 핵심 문제라고 할 수 있다. 지난 6년간 수많은 활동을 해온 청예단도 분명 우리 사회의 소중한 자산이다. 그런데 이런 일들을 한 개인의 힘만으로 지속하라고 하는 것은 너무나 가혹하다. 사회사업에 뛰어든 개인들이 무슨 투쟁하듯 싸워야 하는 현실을 이대로 방치해서야 되겠는가.

위의 인용문에서 마지막에 나오는 햇수 '6'을 '27'로 바꿔도 맥락은 크게 달라지지 않는다. 시대도 달라졌고, 사회도 변화했지만, 미안하게도 청예단과 같은 순수 비정부기구가 처한 현실은 그다지 달라지지 않았다. 나는 늘 이 점이 아쉽다. 물론 학교폭력의 심각성도 별로 개선되지 않았다. 국가로서 할 일을 제대로 하든지, 그럴 상황이 못 되면 그 역할을 대신 감당하는 시민단체를 열심히 지원해서라도 문제를 해결해야 할 것이 아닌가?

한국의 기부 문화는 특이하다. 대형 NGO에는 기금이 풍부하게 들어오나, 우리 청예단 같은, 특히 청소년 관련 NGO는 늘 기금이 부족하다. 여러 사회단체들의 2021년 후원금 현황을 살펴보면 다음과 같다.

2021년 기준, 후원금 현황 (단위: 원)

월드비전	2,834억
굿네이버스	1,646억
어린이재단	1,828억
유니세프 한국위원회	1,306억
한국컴패션	895억
푸른나무재단	7억

※ 자료 출처
– NGO별 기부금은 단체별 2021년 재정보고서 등 홈페이지 재정공시 자료.
– 푸른나무재단 후원금(7억)은 후원관리시스템(MRM) 중 공모사업을 제외한 순수 후원금임.

조선일보에 후원금 사용이 투명한 대표적인 단체로 우리 청예단과 월드비전이 크게 소개된 바 있다. 삼일법인의 투명경영대상 덕분이다. 그런데 두 단체의 후원금은 2021년을 기준으로 월드비전이 무려 2,834억 원인데 비해 우리는 고작 7억 원이다. 무려 405배 차이이다. 몇만 원대에서 405배가 아니라, 억대 단위에서 405배는 너무 엄청난 차이다. 월드비전은 매년 후원금이 늘어나는 데 비해, 우리 청예단의 경우 학교폭력으로 인한 상담전화만 늘어간다. 후원은 전혀 늘지 않고 있다가 최근 〈유퀴즈〉 출연 덕분에 급증했지만, 근본적으로 격차가 너무 심하다.

우리의 모금 능력이 그들에 비해 많이 부족한 것도 잘 안다. 대개의 청소년단체들이 연 1억 원도 모금하지 못하는 경우가 많은 현실에 비하면 그래도 우리의 모금액이 상당하다는 것도 알고 있다. 법률에 의한 국가 청소년기관 이외에, 청소년을 대상으로 한 민간시설이나 단체는 거의 다들 재정 상태가 열악해 개점휴업 상태가 대부분인 것이 우리 현실이다. 그 이유가 청소년 지도는 거의 국가보조금으로 활동하는 습성이 몸에 배어서 후원자를 개발하려는 마인드나 노력이 없기 때문이라고 말하는 사람들도 있다. 그러나 수십 년씩 일해온 청소년단체들도 1년에 1억 원도 모금하지 못한다는 사실 그 자체가 매우 중요하다.

청소년 문제로는 거의 모금이 어렵다는 것, 그리고 그보다 중요한 것은 그러한 후원금이 월드비전, SAVE THE CHILDREN, 굿네이버스, 한국유니세프, 사회복지공동모금회(사랑의 열매) 같은 초대형 기구들에만 몰려가고 있다는 사실이, 우리 같은 청소년단체들에게는 치명적으로 작용하고 있다는 것이 가장 핵심적인 문제이다.

그래서 한마디로 한국 NGO의 재정은 '빈익빈 부익부'가 딱 맞는 말이다. 큰 NGO 단체는 모금조직이 사업조직보다도 작지 않고, 계속 상품을 개발하고 유명 배우나 탤런트를 홍보대사로 써서 TV 광고까지 과감히 투자할 여력이 있으니까 계속 후원금이 늘어나지만, 작은 단체는 우선 모금전담에 조직이나 인력을 쓰기조차 어렵고, 감성을 자극하는 상품기획은 더더욱 어렵다.

사실 우리나라의 후원문화는 선진국에 비해 부끄럽기 그지없다. 영국의 자선지원재단(CAF)과 미국의 갤럽은 2010년부터 매년 3가지 : 모르는 사람 돕기. 기부하기, 자원봉사를 기준 삼아 114개 국가의 세계기부지수를 발표하고 있다. 그에 따르면 2020년 기준 세계기부지수는 서양권 국가들이 일반적으로 상위권이고, 우리나라는 부끄럽게도 110위에 머물러 기부 지수는 세계 최하위권이다. 이것이 우리 현실이다.

후원금만 보내는 것이 아니라, 기꺼이 그 단체의 자원봉사자로서도 같이 활동하는 것이 보편적이다. 영국도 '국민 1인이 1사의 NGO'에 가입해 함께 문제의식을 공유하고 후원하고 자원봉사 하는 것이 어려서부터 문화로 자리 잡고 있다. 그리고 NGO 예산이 국가 예산의 1/10을 차지하고 있다. 이러한 사회가 가능한 것은, NGO가 정부 못잖은 순기능을 하고 있고, 그 결과로 국가와 사회가 건전하게 발전한다고 믿는 문화 때문이다.

시민단체 입장에서는 무엇보다 후원자 개발과 관리를 한 단계 도약시켜야 한다. 동력을 잘 조달하는 일이야말로 바로 조직과 힘의 원천이고, 여기에 조직의 성패가 달렸다고 해도 과언이 아니다. 그러다 보니 때로는 누군가 큰 후원금을 쾌척해주는 꿈도 꾼다. 사실 얼마 전, 어느 분이 자기 보험의 수혜자로 우리 청예단을 지정했다는 이야기에 큰 감동을 받기도 했다.

국제적인 구호 활동은 당연히 우리가 해야 할 의무이고 바람직한 현상이다. 다만 국내 청소년 문제가 외면당하는 현실이 안타까울 뿐이다. 우리 주변에는 학교폭력 피해자로서 자살을 시도하고 우울증 치료를 받는 아이, 병원 치료비가 없어 고생하는 아이, 가정형편이 어려워 어려서부터 학교에서 왕따를 당하는 아이가 있다. 만약 실제 상담실에서 이뤄지는 상담 내용을 듣는다면, 신고를 받고 긴급 출동한 이들이 맞닥뜨리는 학교폭력 현장을 실제로 마주한다면, 후원하는 이들이 많아질지도 모른다. 하지만 초상권과 인권 문제 등으로 사진을 함부로 실을 수 없고, 그러다 보니 선뜻 용기 있게 나서줄 이도 적어서 여러모로 쉽지 않다.

"내아들은 갔어도 남은 아이들은 보호해야"

아버지 「학교폭력과 전쟁」 선언

국내 처음 「시민모임」 결성

金宗基씨 외아들自殺 충격에

상보 25·26면

金宗基씨(右에서 두번째)등 관계자들이 4일 서울 라마다 르네상스호텔에서 「학교폭력근절을 위한 시민들의 모임」(가칭)의 활동계획에 대해 의견을 나누고 있다. 〔金씨로부터 시계방향으로 金俊鎬교수·韓明렬간사〕
〈禹範熙기자〉

"무관심은 간접 살인

위험수위 넘어…이제 모두 나서야"

1995년 8월, 아이들을 학교폭력으로부터 지키자는 시민모임을 발족했다. 푸른나무재단의 시발점이다. 이후 법적 근거가 미약한 시민단체로 일하기가 어려워 재단법인을 설립했다.

수능냅장 이1표 9月

"대현이가 죽었어요
아파트에서 떨어져…"

6월 8일 아침 6시, 북경 출장은 지 이틀 째
되던 날이었다. 서울의 집에 전화를 걸었다.
신호가 가고 누군가가 받았는데 아무 소리가
없었다. 내 목소리를 듣고도 아무 말이 없다
니. 이상한 생각이 들었다.

"나야, 집에 별 일 없지?"

상대의 반응을 기다리며 나는 다시 한 번
했던 말을 반복했다. 수화기 저편에서 흐느낌
소리 같은 것이 들렸다.

"왜 그래? 무슨 일이야? 무슨 일 있어?"
"대현이가… 죽었어요…아파트에서 떨어
져…자살을…"

귀를 의심했다. 대현이가 자살을? 그애가
왜? 언제? 무엇 때문에? 수많은 물음이 명
치 끝에서 실뭉치럼 헝클어져 입밖으로 새
어나오지 않았다.

출장을 포기하고 그날 저녁 곧바로 서울로
날아왔다. 대현이가 있다는 병원영안실까지
어떻게 갔는지 모른다. 영안실 입구에 도착하
자 사태가 조금 헌실감으로 다가왔다. 대현이
에게 빈 손으로가서는 안된다는 생각이 들었다.

근처 꽃집에 들어갔다. 흰 국화를 사려다가
빨간 장미 열다섯 송이를 주문했다. 미처 피
지 못한 어린 넋이 꽃으로나마 피라는 뜻이었
다.

아들의 시신이 놓인 빈소 앞에서 아내는 거
의 실신 지경이었다. 대현이의 영정을 보는
순간 기어이 내 눈에서도 눈물이 쏟아졌다.
눈에서, 입에서, 코에서… 몸 안의 모든 피가
꾸먹꾸먹 마르는 듯한 고통 속에서 나는 핏덩
이를 토해내듯 오열을 토했다.

그 영안실에서 나는 처음으로 대현이가 죽
은 이유를 알았다. 빈소 앞에 모여 있던 대현
이 친구들을 통해서였다. 학교 폭력! 대현이
시신에는 투신의 상처 외에 수십 군데의 멍자
국이 어지럽게 덮혀 있었다.

으로 무심하게 넘긴 것이…. 대현이를 죽
것은 바로 나였다.

데이비드 킴. 대현이가 영문 이름을 버리
서울로 온 것은 91년 가을이었다. 의류회
홍콩 지점장 근무를 마치고 가족 모두 귀국
그 해, 대현이는 강남의 한 국민학교 6학년
학기에 편입했다.

홍콩에서 들어온 대현이를 아이들은 '띠
놈'이라고 놀렸다. 가방을 들라는 요구가
작됐다. 그 요구를 거절하는 대신 대현이
결투를 신청했다.

어느 날 아침 대현이가 밥도 안 먹고 심
한 표정을 하고 있었다. 무슨 일이냐고 물
더니, 오늘 자신을 괴롭히는 녀석과 한 판
기로 했다는 것이다. 나는 잘 싸워서 꼭 이

학교 폭력과의 전쟁
선언한 아버지

이 아버지가 나섰다

누가 내 아들에게 이런 짓을! 어쩌다 깡패
에게 한두 번 돈을 빼앗긴다는 건 알고 있었
다. 그러나 그런 일은 내가 학교 다닐 때도 흔
히 있던 일이었다. 크면서 겪는 통과의례 쯤

라고 말해 주며 파이팅 폼을 잡는다. 대현
도 나를 따라 같은 폼을 잡으며 웃었다
출근 후 그 일을 까맣게 잊고 있다가 오
에 문득 '이 녀석이 얼마나 맞았나'싶어 집
로 전화를 했다.

"아빠, 나 이겼어! 이젠 가방 안 들어주
돼!"

착하고 공부 잘하던 아들 대현이. 대현이가 죽고 난 뒤 자살
이유를 수소문하면서 김씨는 아들이 그의 생각보다 훨씬
모범적이며 아까운 아이라는 것을 알았다

청예단과 나의 활동은 재단 설립 후 거의 매일 방송, 신문, 잡지에 보도되었다.
인터뷰도 없이 기사를 내는 주간지까지, 학교폭력은 당시 가장 뜨거운 이슈였다.

명칭 때문에 우여곡절을 겪고 나서야 1995년 11월 1일 종로 YMCA 대강당에서
청소년폭력예방재단 창립식을 가졌다. 한완상 총장은 축사에서 왜 '학교폭력'이라는
명칭을 쓰지 않았는지 답답해했지만, 일일이 설명드리진 않았다.

설립 초기부터 시민들에게 학교폭력의 심각성을 알리며 예방에 나서줄 것을 호소했다.
시민들을 대상으로 한 서명운동은 후에 '학폭법' 제정이라는 값진 성과를 가져왔다.

설립 4년만인 1999년 2월 국내 최초 청소년인터넷방송국인 서울시립 청소년미디어
센터 운영권에 도전했다. 치열한 경쟁을 뚫고 사업권자로 선정됐지만 탈락한 기관이
물의를 일으키는 해프닝이 있었다. 개관식에 함께한 고건 당시 서울시장.

우리는 설립 12년만인 2007년 교육부와 최초로 '학교폭력 SOS 지원단' MOU를 체결했다.
김신일 당시 장관과 협약식을 가졌다.

우리 같은 NGO는 사명감이 중요해서 자랑하고 싶은 일터, 일하고 싶은 일터로 만드는 것이 무척 중요하다. GWP(Great Work Place) 특별강의와 책을 읽고 감명 받은 후 2008년 12월 직원들을 대상으로 교육에 나섰다. 직원들 반응도 뜨거웠고, 지금도 우리는 GWP를 시행하고 있다.

회사를 떠나 비영리봉사활동을 한 지 15년 만인 2010년 5월 가정의 달에 국민훈장 동백장을 당시 여가부 장관에게서 수여받았다. 지난 10년 동안 외면하던 학교폭력예방 활동을 정부가 비로소 알아 준 것 같아 다행이고 고마웠다.

2011년 8월 17일 미국 유학 중이던 윤성민 양과 심상원 군은 여름방학 중 귀국해
비폭력운동을 펼치면서 모은 후원금을 부모님들과 함께 우리에게 전달해 주었다.

2012년 11월 23일 고 정주영 회장의 아호를 딴 아산상 대상을 법인 자격으로
받았다. 정몽준 회장은 내 수상소감 발표 후에 두 손을 벌리며 단상으로 올라
와 상을 만든 보람을 느낀다면서 우리 직원들과 기념사진을 찍었다.

국내 최고의 삼일회계법인은 비영리법인 가운데 회계의 투명성, 이사진의
청렴성, 사회기여도 등을 심사해 투명경영대상을 발표하는데, 우리는 심사
받은 첫해에 선정되는 영예를 안았다. 2013년 9월 언론에 크게 보도되면서,
우리 임직원들과 시민들은 법인의 투명성을 더욱 확신하게 되었다.

2013년 10월 30일 2012년 처음 나온 책 《아버지의 이름으로》를 읽고 서울시 청소년영어콘테스트에서 우승해 상금 전액 1백만 원을 후원한 송요민 학생과 야나, 우비 동아리 학생들.

2018년 10월, UN 경제사회이사회 NGO 회의에 한국 청소년 대표로 참석했다. 푸른나무재단의 깃발로 세계 각국의 청소년 대표들이 모여 경험과 생각을 나누었다.

동아일보 2019년 3월 25일 월요일 제30354호

"가난했던 내 인생, 나눌수 있어 봄날"

40년째 기부 84세 강정숙 할머니

43세에 남편 사별후 청소로 생계
1000원짜리 재활용 옷 사입으며
학교-NGO-이웃엔 아낌없이 기부

지금도 노인연금 25만원중 4만원 떼
청소년 폭력예방재단 등에 내놔

20일 서울 서초구 푸른 나무 청소년폭력예방재단 사무실에서 강정숙 할머니(왼쪽)가 김종기 청예단 명예이사장에게 손글씨로 쓴 편지를 주며 환하게 웃고 있다.
청예단 제공

"후원자라고 하기에는 민망하고 송구스럽습니다."

강정숙 할머니(84)는 매달 받는 노인연금 25만 원 중 4만 원을 기부한다. 2만 원은 학교폭력예방 비정부기구(NGO) '푸른나무 청소년폭력예방재단(청예단)'에, 나머지 1만 원씩은 각각 대한적십자사와 '거창군 삶의 쉼터'에 자동이체로 전달한다. 20일 서울 서초구 청예단 사무실에서 만난 강 할머니는 직원들이 '기부천사 할머니 오셨다'며 반기자 "시골 노인네 뭐 볼 게 있냐"며 손사래를 쳤다. 지난해 12월 청예단이 후원자들을 대상으로 연 '감사의 밤' 행사에 참여한 이후 석 달만의 만남이었다.

강 할머니가 청예단과 인연을 맺은 건 지난해 8월이다. 한 방송에 출연한 김종기 명예이사장이 학교폭력으로 아들 대현이를 잃고 꿋꿋이 공익활동을 하는 모습에 감동을 받았다. 할머니는 방송이 끝나기도 전에 전화를 걸어 월 2만 원 후원을 약속했다. "아들 이야기를 듣고 눈물로 시간을 보냈어." 감사의 밤 행사에서 받은

야광팔찌는 할머니의 보물 1호다. 대현이가 준 선물 갑기 때문이란다.

강 할머니의 기부 습관은 어머니로부터 배운 것이다. 그는 "6·25전쟁 직후 거리의 걸인들에게 항상 따뜻한 밥을 나눠주는 어머니를 보며 자랐다"고 말했다. 강 할머니의 어머니는 "나눠야 잘산다"고 입버릇처럼 말했다. 어머니가 세상을 떠났을 때 걸인들은 "우리도 이제 굶어죽겠다"며 울먹였다.

강 할머니가 본격적으로 기부를 시작한 것은 40년 전으로 거슬러 올라간다. 남들처럼 결혼해 6남매를 낳고 마흔 셋이 된 1978년, 야속하게도 하늘은 남편을 먼저 데려갔다. 자식들을 먹여 살리기 위해 그는 거창군청과 경남거창을 오가며 청소노동자로 일했다. 박봉에 시달리면서도 그는 기부를 멈추지 않았다. 청소하고 받은 봉급이 단돈 6만 원이던 시절 동네 전문대에 기숙사를 짓는다는 소식에 5만 원을 선뜻 기부했다. 훗날 완성된 기숙사 '후원자 명

단'에는 첫 번째 자리에 '강정숙' 이름 석 자가 새겨졌다. "내 이름 석 자가 걸려 있더라고, 석 자가." 벅찬 목소리가 떨리는 듯했다.

자신의 옷은 재활용센터에서 1000원 주고 사 입어도 나눌 수 있어 감사하다는 강 할머니는 가장 기억에 남는 기부로 30년 전 경운기 사고로 부모를 잃은 이웃집 4형제에게 냉장고를 사 주고 쌀을 채워준 일을 꼽았다. 일곱 살 막내가 대학 갈 때까지 옷과 이불을 만들어 주며 엄마 노릇을 했다. 자식들에게 강 할머니는 '살아있는 교과서'다. 1남 5녀 중 넷째 아들인 이화종 씨(50)는 이달부터 어머니를 따라 청예단에 월 3만 원씩 후원하기로 했다.

강 할머니는 지금도 시간을 쪼개 거창 적십자병원에서 환자들을 위해 안내데스크에서 봉사를 한다. "뒤돌아보면 가난했던 내 인생은 나눌 수 있어 온종일 봄날과 같았어요." 따스한 햇살처럼 강 할머니가 환하게 웃었다.

사지원 기자 4g1@donga.com

〈아침마당〉을 보고 후원을 시작하신 강정숙 할머니의 세상을 돕는 따뜻한
활동들이 2019년 3월 25일 〈동아일보〉에 크게 보도되었다. 덕분에
할머니는 사시는 지역에서 유명인사가 되셨다며 가끔 감사전화를 하신다.

늘 위기의 연속이다. 비영리 공익법인이라는 속성, 특히 학교폭력이라는 거대한
공룡과의 투쟁은 잠시도 마음 편할 날이 없다.
신앙은 약하지만 늘 기도하며 의지하지 않을 수 없다.

3장
미래로 나아가다
: 푸른나무재단

푸른나무재단은 유아기와 소년기를 지나왔다.
힘들고 외로웠지만 잘 견뎠다.
미쳐서 견딜 수 있었고, 비워서 이룰 수 있었다.
이제 스물일곱 청년이 되었다.

그 청년이 머잖아 나의 손을 떠난다.
스스로 뜻을 세우고 펼쳐
미래를 향해 나아가야 한다.

험난한 파도와 비바람 부디 잘 이겨내고
꿈꾸고 바랐던 사회와 세상을 향한
대항해를 잘 하기 바란다.
나는 우리의 DNA를 믿는다.

상담자의 기도

신부 조옥진

저로 하여금 참된 상담자가 되게 하소서

내담자들을 잘 이해할 수 있게 인도하소서

그들의 모든 이야기를 인내와 끈기로 들을 수 있는

마음의 귀를 열어 주시고

그들의 문제에 자상하게 임할 수 있게 하소서

그들의 말 중에 가로막거나 반박하여

그들의 마음을 닫게 하지 말게 하소서

내담자들이 저를 신뢰하며 솔직하게 대해 주길 바라듯이

그들에게 다정히 대할 수 있도록 도와주소서

그들의 갈등과 고민을 지나치게 탓하지 말게 하시고

그들에게 창피나 무안을 줌으로써

그들의 마음이 상처받지 않게 하소서

제 주장을 앞세워 그들에게 무엇을 강요하거나

권위를 내세워 그들을 구속하지 말게 하소서

내담자들이 성숙해 가고 있는 사람들이라는 것을

결코 잊지 말게 하시어 어른다운 판단력을 가지게 하소서

자신의 일을 그들이 스스로 할 수 있도록

기회를 빼앗지 말게 하시며

그들이 스스로 결정할 수 있는 능력을 키워

당신이 원하는 성숙에 이를 수 있도록 하소서

내담자들에게 모든 것을 주고 받아들일 수 있는

마음과 삶을 제게 허락하시고

그들에게 신뢰받고 사랑받는 자가 되게 하소서

그리고 이러한 상담자의 자세를

모든 이들에게 보여줌으로써

당신이 주신 사명인 구원사업에 일익이 되는

가장 큰 주춧돌임을 깨달을 수 있도록 도와주소서.

미래를 향한 도약

비움과 채움

한때 사회사업가가 꿈이었다. 고등학교 1,2학년 즈음이었던 것 같다. '언덕 위의 빨간 집, 어쩌고' 하면서 사회사업을 꿈으로 꼽은 기억이 있다. 어쩌면 그 꿈이 그렇게 아픈 상처를 통해서 이루어진 것은 아닌지, 간혹 스스로 놀라면서 당황스러울 때가 있다. 이유야 어쨌건, 지금 나는 이렇게 사회사업에 몸담고 있다.

잠깐 일을 시작할 때로 이야기를 되돌리면, 일을 하기 위해서는 시민 임의단체가 아닌 법인 형태가 필요했고 재단을 만들려면 출연금이 필요했다. 당시에 월급쟁이인 주제에 무슨 재산이 많아서 출연금을

척 내놓을 형편도 아니었다. 재단법인이 좋다고 보고한 직원의 말대로 추진했을 뿐이다. 27년 전 당시의 출연금은 1억 원이 최소 법적 요건이었다. 지금은 수십억 원이 필요하고 요건도 매우 복잡해져서 간단치가 않다.

어찌어찌 힘겹게 출연금을 마련하고 재단법인을 출범시켰다. 그때부터 지금까지 아내나 딸이나 가족 중 그 누구도 재단 이사로 앉히지 않았다. 아내가 상담 자원봉사자로 열심히 사무실에 나올 때에도 재단 운영은 전혀 관여하지 않고 상담만 했다. 주위에서는 나를 답답하게 생각했다. 딸을 사회복지사나 청소년지도사 자격증을 준비하도록 해서 재단에 이사 한 자리라도 마련하고, 내가 죽은 후에도 딸이 계속 단체를 맡아 발전시키도록 준비해야 한다고 말하는 친구들이 많다. 이쪽 일을 잘 아는 친구는 나를 상식적으로 이해할 수 없다고 핀잔을 주기도 한다. 다 나를 위한 조언이었다고 생각한다.

그것도 한 방법이다. 사실 어느 나라건 가족이 한 사람도 이사로 등재되지 않은 재단법인은 거의 없는 것으로 알고 있다. 그러나 난 한 번도 아내나 딸 명의로 그렇게 한 적이 없다. 내가 대단해서가 아니다. 가장 큰 이유는 처음부터 그럴 계획으로 재단을 설립한 것이 아니기 때문이다. 또한 청예단의 사업목적이 나의 개인사업과 연관이 있거나 이해타산으로 설립된 것이 아니기 때문이다. 그래서였을까. 가족을 이사회에 두겠다는 생각은 애당초 없었다.

청예단을 대현이에게 다하지 못한 사랑을 주기 위한 것, 대현이에게 바친 것으로 생각하니 마음을 쉽게 정리할 수 있었다. 학교폭력으로 힘든 청소년에게 그 꿈과 사랑을 찾아주기 위한 법인이고, 또 지금까지 지인들과 시민들의 후원으로 일해온 것이니, 그 주인도 어차피 세상이라고 생각한다.

내가 죽은 뒤 남은 전 재산을 청예단에 기부할 것이라고 이미 2012년 10월 11일 이사장으로 재취임하면서 선언했다. 그 배경에는 두 가지 생각이 있었다. 첫째는 그동안 내가 재단 활동을 위해 충분히 자금을 내놓지 못한 것에 대한 죄송스러움이 늘 마음 한구석에 자리 잡고 있었다. 그렇게라도 하는 것이 마음이 편하겠다고 생각했다. 그다음은 내 가족 문제다. 내 딸은 젊고 똑똑하니 앞으로도 자기 삶을 잘 영위할 것으로 믿는다. 아내는 일상은 스스로 유지하되 아프거나 어려울 때 재단 설립자의 유지로 우리 직원들이 잘 돌보아줄 것으로 생각한다.

어차피 내 모든 삶을 포기하고 오직 청예단에만 전념해온 것처럼 앞으로 죽어서도 변함없이 재단을 위해 내 모든 것을 던지는 것보다 확실한 것이 더 이상 어디 있겠는가. 재단이 일을 잘하기를 바라는 내 마음을 이보다 더 확실하게 표현하는 방법이 또 어디 있겠는가. 그게 다다.

마음은 한결 편안해지고 가벼워졌다. 그것 참 이상하다. 모든 복잡함과 욕심을 버리고 나니 아주 편하다. 내가 무슨 도사도 아닌데, 마음만은 도사가 된 듯 가볍다.

재산을 사회에 환원하다고 하니 어떤 이들은 내가 거대한 부를 쌓아둔 것으로 오해하는 경우가 있다. 그렇지 않다. 많든 적든 내게 남겨진 모든 것을 사회로 돌리겠다는 것뿐이다. 그나마 재산이랄 것 가운데 가장 큰 몫을 차지하는 것이 서초동 빌딩인데, 이 이야기는 하고 넘어가는 것이 좋겠다.

내가 사회사업에 나선 것을 몹시 안타까워했던 주위 친구들이 안타까운 마음에 생계로 월세라도 받으면서 봉사할 수 있도록 주선한 것이 서초동의 주상복합 건물이었다. 은행 대출을 받아 10개월간의 공사 끝에 지하 2층에 지상 7층 규모로 1997년 1월 준공했다. 사실 그 덕에 지금까지 재단 일을 하면서 살아온 것이다. 현재까지 그 덕분에 살고 있으니 감사한 일이고, 교통의 요지에 있어 경제적 가치가 비교적 높은 편이다.

취임식 전날, 그러니까 재산을 환원하겠다는 발표를 하기 하루 전날, 딸에게 전화했다. 아빠가 이리저리 할 것이라고 말했다.

"그건 아빠 것이니 아빠 마음대로 하세요. 저는 아빠를 존경하고 사랑해요!"

딸은 의연했다. 정말 자식 자랑이 아니라 내 딸 강연이는 예쁘기도 하지만 정신적으로도 강하고 올바른 아이다. 아이를 낳아 기르는 것이 어렵고 당연하지 않은 요즘, 아이 셋을 낳아 사랑과 믿음으로 열심히 키우는 모습이 너무나도 아비로서 고맙고 행복하다. 부모의 유산을 탐내진 않는다 해도 '언젠가는……, 그래도 어느 정도는'이라는 마음까지 미련 없이 버리는 건 쉽지 않을 텐데, 딸의 의연한 모습에 되레 내가 놀랐다. 이튿날, 딸은 취임식장에 단아한 모습으로 참석해 아비의 일을 축하해주었다. 내 딸이지만, 그 의연한 마음과 모습이 참으로 멋있고 대견했다. 강연아, 고맙고 고맙구나.

설마 그것이 실현될까, 그래도 누군가는 작은 의구심을 갖고 있을 것이라고 생각했다. 그래서 나는 자필로 유증확인서를 쓰고 날인해 공증까지 받아 재단 금고에 보관시켰다. 그것도 부족해 2021년에는 아내와 딸에게 상속포기 각서를 받고 인감을 날인해 또 재단 금고에 추가 보관시켰다. 이것으로 내가 재단을 위해 희생할 것은 깨끗이 마무리했다. 아내에게는 아쉽지만 지금 살고 있는 분당의 집을 남겼다. 딸과 딸의 가족에게는 줄 것이 없다. 그러니 앞으로 아낌없이 사랑을 주고 고맙고 미안하다는 말을 할 수 있을 뿐이다. 그 모든 내용을 담아 2022년 3월 나 홀로 유언장까지 써 놨다. 정리를 이렇게 마쳤다.

나는 아내와 딸을 잘 두었다. 가족을 사랑한다. 돈을 잘 벌어다 주지 못하고 항상 고생하며 살게 해서 정말로 미안하고 고맙다.

서초동 건물은 일찍이 재단에 기증하기로 마음을 먹고 선언도 했으니, 그럴 바엔 주인이 될 우리 청예단이 입주하면 좋겠다는 생각을 오래전부터 해왔다. 당시 가산동 디지털 단지에 있는 공장형 사무실이 워낙 외져서 직원들이나 찾아오는 분들에게 여간 불편한 게 아니었다.

마침 교육센터는 서초동 지금 건물에서 일하던 터라, 나머지 다른 부서들도 서초동 교대 동관빌딩으로 합치기로 마음먹었다. 마침 가산동 180평 사무실을 손해 없이 적절한 가격에 처분하는 데 성공하자 이사를 결행했다.

2016년 11월 30일. 날씨는 무척이나 화창했다. 직원들도 모두 나와 열심히 이삿짐을 나르며 포근한 고향집에 온 것처럼 좋아했다. 그리고 얼마 후 직원들이 빌딩 이름도 동관빌딩에서 청예단빌딩으로 변경하는 것이 어떠냐고 조심스럽게 건의했다. 나는 흔쾌히 받아들이고 모든 행정절차를 진행시켰다. 통신사들 GPS 지명까지 모두 바꾸는 데 두 달이 걸렸다.

아쇼카 펠로 선정과 아픈 진통

아쇼카 펠로는 아쇼카재단이 선정하는 사회혁신기업가를 말한다. 아쇼카재단은(그들의 표현을 빌리면) 많은 사람들이 세상이 잘못 돌아가고 있다고 불평하고 비판할 때 세상의 틀을 바꾸는 이들을 찾아 격려하고 그 일에 더욱 매진할 수 있도록 지원한다. 예를 들자면, 외진 곳에 학교를 세우는 게 아니라 교육 체계를 바꾸는 이, 병원을 짓는 게 아니라 의료 체계를 변화시키는 이를 지원한다. 아쇼카 한국의 이혜영 대표는 '절벽에서 뛰어내리고, 내려오는 도중에 비행기를 만드는 사람'이라고 표현했다.

'아쇼카'는 우리나라에서는 낯선 단체인데 '아쇼카(ashoka)'는 산스크리트어로 '슬픔을 적극적으로 사라지게 만든다'는 뜻이라고 한다. 아쇼카재단은 'ASHOKA: Innovators for the Public'을 공식 명칭으로 사용하며, 미국 워싱턴DC에 본부를 둔 국제적인 단체다. 1980년에 세워졌으니 이제 40년의 역사를 자랑한다. 창립자는 빌 드레이턴(Bill Drayton)이다. 오늘날 환경 분야에서 널리 쓰이는 '탄소배출권'의 개념과 용어를 처음 고안한 이가 빌 드레이턴이다. 그는 사회를 변혁시키는 비전과 아이디어를 제시하는 개인에게 투자하는 조직을 만들어 "만 명의 사람을 돕는 사람, 만 명을 돕겠다"고 선언하며 아쇼카재단을 만들었다.

아쇼카의 비전은 '모두가 체인지 메이커인 세상'이다. 대표적인 아쇼카 펠로로는 마이크로 크레딧으로 노벨평화상을 받은 인도의 그라민은행 마함마드 유누스 총재와 위키피디아로 지식 공유 시대를 연 지미 웨일스가 있다. 펠로로 선정되면 3년 동안 연 1억 원 상당의 경제적인 지원을 받는다. 틀을 바꾸는 데 더욱 매진하라는 의미다.

아쇼카 한국이 세워진 건 2013년 3월, 그해 봄에 연락을 받고 아쇼카 한국의 이혜영 대표를 비롯해 여러 전문가 집단과 수차례 인터뷰를 가진 끝에 아쇼카 한국의 제1차 시니어 펠로로 선정되는 영광을 누리게 되었다. 5단계에 걸친 심사과정이 매우 엄격하기로도 유명하다. 선정까지 무리 없이 진행되었지만 수상 발표 직전에 매우 당혹스러운 해프닝에 부딪혀 우여곡절을 겪어야 했다.

당시 재단의 재정 상태가 극히 안 좋다는 사실이 갑자기 발견됐다. 주요 간부들이 자의 반 타의 반으로 조직을 떠나게 되었다. 심각한 사태를 해결하기 위해 동분서주하던 어느 날, 떠난 이들이 음해성 악담과 익명의 투서를 여기저기 퍼뜨리고 있다는 사실을 알게 되었다. 아쇼카 한국도 그러한 익명의 투서를 받고 놀라서 펠로 선정 발표 직전 5명의 선정자 중에 나만 보류했다.

아쇼카 한국에도 미안한 일이지만, 더 가슴 아팠던 것은 음해성 투서 때문에 19년 동안 묵묵히 수고해온 임직원들의 수고와 명예가 한순간에 큰 손상을 입었다는 사실이다. 이 일을 시작한 이후 지금까지 힘든 적이 많았지만 조직을 왜 설립했는가, 후회하고 아픔을 느낀 적은 단 한 번 바로 이때였다. 활동이 다양해지고 조직이 커지고 인원이 늘어남에 따라서 많은 문제가 쌓였던 것이다. 너무나 충격적인 일이라 지금도 기억 속에서 지워버리고 싶은 뼈아픈 사건이다.

우리는 물증은 없으나 당사자가 누구인지 짐작은 하고 있었다. 해결책을 논의했다. 퇴직자들에게 이메일을 보내 "당당히 나타나 제3의 장소에서 동수의 발언자가 공개토론을 열어 객관적으로 진실을 검증받자. 그러지 않으면 우리는 사법당국에 고발하겠다"고 통지하면서 보름간의 시한을 주었다. 하지만 끝내 아무도 나타나지 않았다.

우리는 자문 변호사를 통해 경찰서에 고발장을 접수했다. 당시 금천경찰서 형사과 수사관들과 경찰서장까지 최선을 다해 수사에 협조했으나 그들이 뿌린 이메일이 해외 기업인 구글 계정이었기 때문에 정확한 인적사항을 확보하지 못했다. 따라서 이후의 사법적인 조치를 취할 수 없었다. 그러나 그들에게도 양심은 있을 것이니 언젠가 나와 임직원들에게 반드시 사과하는 것이 옳다고 생각한다.

한바탕 소란은 있었으나 아쇼카 한국에서도 투서자의 정체나 투서 내용도 입증되지 않는 허위라며 우리가 취하는 당당하고 법리적인 조치들을 보면서 나를 아쇼카 시니어 펠로로 추가 발표했다. 이혜영 대표도 그때의 판단 실수로 발표를 보류한 것을 진심으로 후회하고 사과한다고 말했다. 이혜영 대표의 말이 고마웠다. 그 건은 그렇게 종지부를 찍었으나 내 마음 깊은 곳에는 지울 수 없는 상처로 아직 남아 있다.

그 난리를 겪으며 나는 사회사업도 싫고 이사장이라는 자리도 염증이 나서 모든 것을 내려놓고 싶어졌다. 나는 성격대로 과감히 실천했다. 그것이 2014년이다. 조직의 변화를 주도할 적임자로 민병성 당시 이사를 이사회에서 추대하였다. 그리고 간부들과 집으로 찾아가 민병성 이사에게 6대 이사장의 자리를 간곡히 부탁했다. 민병성 이사장이 우리 재단과 인연을 맺은 것은 2002년이다. 그는 고교 동창으로서 재단의 감사로 인연을 맺은 뒤 이사장이 되기까지 12년 동안 청예단의 증인이자 동반자로 동행해주었다.

해프닝은 있었지만 나는 내가 아쇼카 펠로라는 사실이 자랑스럽다. 2018년에 삼성전자 반도체사업장 네 곳을 돌면서 간부들을 대상으로 '생명 존중'에 관하여 9번에 걸쳐 특강을 했는데, 당시 사회자가 나를 소개할 때 다른 훈장이나 상은 거론도 하지 않고 삼성전자의 선배라는 사실과 위키피디아를 설립한 지미 웨일스도 선정된 '아쇼카 펠로'라고만 소개했다. 나 역시도 명함에 다른 모든 것은 제외하더라도 '아쇼카 시니어 펠로'라는 표기는 꼭 하면서 영예롭게 생각한다.

소란과 축하가 파도처럼 지나간 뒤 문득 그런 생각이 들었다. '아쇼카 펠로'라면 '체인지 메이커', 곧 변화를 만드는 사람 아닌가.

'나는 어떤 변화를 만들 것인가.'

누적 10만 통의 상담 전화, 5백만 명의 예방 교육

우리 재단의 공식적인 첫 이름은 청소년폭력예방재단이다. 말 그대로 청소년폭력을 사전에 막아 대현이처럼 불행한 아이가 없도록 하는 것이 목표다. 이뤄진다면, 그것만으로도 훌륭한 사회 변화다. 하지만 현실적으로 설립할 때부터 주된 업무는 이미 일어난 학교폭력의 피해자를 보호하고 보살피는 일을 주로 해왔다. 물론 이런 상담과 지원사업은 좋은 자료가 되어 학교폭력의 현실을 알게 했고, 이를 바탕으로 2004년 학교폭력예방 및 대책에 관한 법률(줄여서 학폭법)을 제정하는 성과를 거두었다.

당시 길거리에서 47만 명에 달하는 시민들이 서명에 동참해 힘을 모아준 덕분에 정부를 움직일 수 있었다. 1995년 재단을 처음 만들었을 때 좁은 오피스텔에서 5명이 전화상담을 하면서 시작한 사업은 이제 전국에서 350명이 넘는 인원이 힘을 모으고 있고, 사업 분야 역시 상담과 교육을 기본으로 비폭력문화운동과 장학사업, 국제 활동 등을 아우른다. 특히나 교육사업을 통해 학생은 물론 교사, 경찰, 군인까지 그 폭을 넓혀 사회 모든 계층의 인성을 변화시키려 애를 쓰고 있다.

현실은 녹록지 않다. 우리는 2001년부터 객관적으로 엄정하게 학교폭력 실태조사를 해오고 있는데, 최근의 추이가 걱정스럽다. 한때 20%를 넘었던 발생률은 2014년 3.3%까지 줄었으나 이후 서서히 늘어나기 시작해 지난 2019년 6.7%까지 다시 치솟았다. 코로나 팬데믹 사태로 인해 비대면 수업이 많았던 시기 사이버폭력이 많이 늘어났기 때문이다.

사이버폭력의 경우 2020년 5.3%, 2021년 16.3%, 2022년 31.6%로 급격히 증가하고 있다.

27년 전이나 지금이나 우리의 최종 목표는 달라지지 않았다. 다만 시대가 변했고 사회가 달라졌기 때문에 학교폭력도 양상이 달라졌다. 그래서 우리의 대응방식도 달라져야 했다. 혹여 비슷한 문제로 고민하고 있는 학생이나 학부모, 교사가 있다면 언제든 푸른나무재단을 찾으시길 바라는 마음으로 대표적인 사업을 소개하고자 한다.

우리는 위에 언급한 350명 직원들 외에 540명의 전임강사진을 운영하고 있다. 거의 900명이 일하는 작지 않은 비영리 공익법인으로서 기본방향을 상담치유, 예방교육, 사회변화 세 가지로 집약하고 있다. 이 세 가지 핵심가치는 우리의 존재 이유이자 영원한 목표이기도 하다.

기본은 전국 학교폭력 긴급상담 1588-9128(구원의팔) 전화이다. 1995년 재단 설립 초기부터 학교폭력으로 피해를 당한 청소년과 부모를 위한 무료상담 전화를 운영하고 있다. 지금도 매월 200건 이상 학교폭력 피가해로 인한 상담전화가 끊이지 않는다. 학교폭력으로 어려움을 겪는 누구나 무료로 상담받을 수 있다.

지금은 단순 전화상담을 넘어 학교폭력 화해분쟁조정 서비스를 하고 있다. 학교폭력 사건을 해결하는 과정에서 자녀가 신체적인 피해로 치료 비용이 발생하거나 장기적으로 심리적인 피해를 호소하는 경우 학생 간의 싸움이 보호자 간의 다툼으로 번지는 경우가 숱하게 많다. 화해분쟁조정 서비스는 이런 상황에 대응하기 위해 만들었다. 2007년에 교육부와 협약을 맺어 전국에서 최초로 학교폭력 분쟁조정 사업을 시작했고, 2013년에는 학교폭력 화해분쟁조정센터를 만들었다. 필요하다고 판단되는 경우 심리상담과 조정을 전문으로 하는 분쟁조정 전문가가 전국 어디든 현장으로 찾아가 학생은 물론 보호자와 교사를 직접 만나 문제 해결을 돕는다. 그것이 다시금 친구 관계를 복원하는 진정한 의미의 학교폭력 해결이기 때문이다.

다음으로 교육이다. 청예단은 한국 사회에 만연해 있는 폭력문화의

실상, 문제점, 개선 및 실천 방안 등을 중심으로 청소년, 성인 대상 다양한 교육 프로그램을 운영하고 이를 확대해 나감으로써 대한민국 사회에 만연한 폭력문화를 제거하고 비폭력문화를 확산하고자 교육에 집중하고 있다.

이전에 학교현장에서 진행되었던 인성교육은 여러 제약조건으로 인해 대집단 강의식 교육 형태가 많았다. 반면에 청예단 인성교육은 아이들의 흥미와 재미를 유발하는 팀 단위 신체활동과 딜레마 토론을 통해 학생들의 자발적인 참여를 이끌어낸다. 아이들은 인성덕목을 주제로 인지, 정서, 행동 영역의 체험활동을 통해 자연스럽게 인성수준, 정서지능, 합리적 판단력, 친사회적 역량 등 타인과 더불어 살아가기 위한 필수역량을 체득한다.

학교폭력 예방교육은 청예단의 대표적인 교육 프로그램이다. 2004년 제정된 소위 학폭법에서는 '학교의 장은 학생의 육체적·정신적 보호와 학교폭력의 예방을 위한 학생들에 대한 교육(학교폭력의 개념 실태 및 대처방안 등을 포함하여야 한다)을 학기별로 1회 이상 실시하여야 한다'고 명시하고 있다. 청예단은 1996년부터 학교로 찾아가는 학교폭력 예방교육을 시작하였다. 학교 현장에서 빈번하게 발생하는 실제 사례를 중심으로 교육을 구성하여 그 효과가 좋다.

다음으로 디지털 시민교육도 있다. 온라인에서의 폭력 예방은 물론 디지털 공간에서 의사소통하는 법, 개인정보를 보호하고 온라인 정체성과 저작권 등 기본적으로 알아야 할 것들을 가르치는, 말하자면 '청소년 디지털 시민교육’ 프로그램을 만들었다.

디지털 교육에 대한 반응은 뜨겁다. 우선 이 프로그램을 널리 알리고 시행하는 과정에서 좋은 파트너를 만났다. 우리 재단과 당시 다음 카카오(현 카카오 임팩트)와 함께 디지털 시민교육 프로그램을 만들기로 하고 ‘사이좋은 디지털 세상’(일명 사디세)이라는 이름으로 시작했다. 우리 재단의 디지털폭력 예방사업이자 카카오의 첫 번째 사회공헌 사업이었다. 2015년 처음 론칭했을 때부터 2021년까지 누적 인원 11만 명이 넘는 초등학생들을 교육했다. 교육 신청 접수는 보통 수백 학급 단위로 받지만 수도권의 경우 10분도 되지 않아 마감되곤 했다. 현장에서 느꼈던 아이들의 호응과 교사들의 긍정적인 반응을 보고 우리의 생각과 방향이 틀리지 않았음을 확인한 좋은 사례다. 그와 관련해 사이버폭력 예방교육도 하고 있다. 청소년 90% 이상이 스마트폰으로 세상과 소통한다. 이와 관련된 사이버폭력 피해는 매년 빠르게 증가하고 있다. 이는 전 세계 공통 현상이다. 공간 제약을 받지 않고, 익명으로 보이지 않게 발생하기 때문에 그 실태 파악도 어렵다. 무엇보다 피해를 당한 아이들은 교사나 부모에게 도움을 구하기 어렵고 결국 우울, 불안, 자살 등 극단적인 형태로 피해가 표출된다. 그러한 사이버폭력을 예방하기 위해서는 스마트폰의 사용을 막는 것이 아니라 아이들의 마음을 변화시켜야 한다. 따라서 본 디지털(Born Digital) 세대의 특성을 반영한 친사회적이면서 사회문제를 구체화하는 과정이 요구

되는 새로운 교육적 접근이 필요하다.

2022년부터는 브라이언임팩트 재단과 함께 보다 많은 학생들에게 디지털 시민교육을 확대하고자 플랫폼을 구축하고 있다.

친구들 간의 신뢰와 소통, 다른 친구를 배려하는 마음, 어려움을 겪는 친구를 돕는 행동 등 타인과 더불어 살아가는 친사회적 역량이 사이버폭력을 예방하는 근본적인 방법이라고 생각한다. 내년부터는 사이버폭력에 보다 적극적으로 대응하기 위해 전문 교육 프로그램을 개발하여 학교 현장에서 진행할 예정이다. 향후 이 데이터를 바탕으로 전 세계에서 활용 가능한 보편적 교육모델을 개발하고, 국제사회와 연대하여 사이버폭력 예방을 위한 국제적 기준을 마련하는 것이 목표이다.

다음으로 국방부 장병 인성교육 CEMD-M(Character : EQ, Moral, Dilemma approach-Military)이다. 2016년부터 현재까지 7년째 교육하고 있다. 2016년 국방부가 군인들의 군 생활 적응을 돕기 위해 사업주체를 공모했을 때 우리는 오랜 상담과 청소년 교육 경험을 바탕으로 도전했다. 넓은 의미에서 사회폭력을 줄여간다는 뜻도 있고, 24세 전후의 후기청소년 교육이라는 취지에서 우리 사업목표와도 일치하기 때문이다(청소년기본법 제3조 1항 "청소년"이란 9세 이상 24세 이하인 사람을 말한다). 문용린 이사장의 지식과 경륜, 직원들의 열정이 빛을 발했다. 한 달 가까이 진행된 엄격한 심사과정 끝에 우리는 유수의 인성교육 전문기관들을 제치고 당당히 최고 점수로 선정되는 영광을 차지했다.

자그마치 10만 명에 달하는 장병(우리는 용사라 부른다)을 교육하기 위해 우리는 200여 명의 강사들을 선발해 철저히 교육했고, 그 강사들을 통한 부대별 2박 3일간의 군 인성교육은 대성공이었다. 교육 시마다 설문조사를 실시해 현장 요구를 프로그램에 계속 반영시킴으로써 그 완성도를 높여가니 국방부는 물론 용사들도 우리 재단에 대만족을 하고 있다. 모두 감사한 일이다.

최근에는 청소년과 그 가족을 위한 가족역량 캠프 CEMD-F (Character : EQ, Moral, Dilemma approach-Family)를 신설했다. 그 부제는 '정/약/용/책/배/소'(정직, 약속, 용서, 책임, 배려, 소유)이다.

청소년들이 '정약용책배소'의 여섯 가지 미덕을 놀이를 통하여 학습하고, 가정에서의 대화를 통해 자신의 대화 기술을 발전시키고, 다른 집단과 적응하는 대처능력을 키우도록 돕기 위해 가족역량 강화 캠프를 기획했다. 우리는 앞으로 이 프로그램이 한국 가정의 고민을 해결하는 최선책이 될 것으로 생각한다. 모든 공사 기관들이나 회사의 임직원들은 물론 각 가정에서는 행복하고 평화로운 가정을 만들기 위한 정약용책배소 CEMD-F에 주목할 필요가 있다.

우리는 이외에도 청소년 창업을 위한 지원센터도 운영 중이다. 4차 산업에 대비한 디지털기술의 확산을 위한 메이커 스페이스 교육 등 다양한 프로그램들이 운영되고 있다.

종합적으로 청예단이 운용하는 프로그램이 대분류로는 22개, 소분류로는 100개에 달하니 우리들의 활동 범위를 가히 짐작하실 수 있으리라. 이 다양한 플랫폼을 선택과 집중으로 미래에도 지속 발전시키고 이를 통해 세상을 이롭게 변화시키는 일을 지금처럼 본부에서 관장할 것이다. 한편으로 이미 개발이 완료되거나 비교적 소규모의 사업은 위탁시설 및 유관 청소년 기관으로 이관시켜 업무의 효율을 극대화하고 비용도 절감할 계획이다.

더 넓은 세상으로

우리가 국내 청소년단체로서는 유일한 UN 경제사회이사회 특별협의 지위인 것은 이미 앞에서 언급했다. 그것이 2007년 2월부터 최종 승인 2009년 8월까지 무려 2년 6개월이 걸린 대장정이었음도 설명했다. 가입은 했으나 정작 국제교류 활동은 그리 많이 하지 못했다. 처음에는 우리의 권리와 의무를 제대로 알지 못했다. 솔직하게 말하면, 그저 홍보용으로 명함이나 외부 공문에 표기만 하고 있었다. 어느 날 미국에 유학 중인 대학생들이 몇 명 우리를 찾아와 봉사 방안을 이야기하던 중 우리가 UN 총회에 참석할 수 있다는 사실을 알고는 난리가 났다.

'자기에게 기회를 달라, 만약에 미국 유학생 사이트에 공고하면 수

백 명이 몰려올 것이다, 이건 대박이다……'라고 했다. 그러고 보니 청예단은 대단히 강력한 활용 도구를 가지고 있음에도 직원들도 영어에 약하고 잘 모르다 보니 그냥 간과하고 지낸 것이다.

그러나 이제는 해마다 많은 유학생들 심지어 우리와 연관된 고등학생이나 대학생 자녀를 둔 후원자들도 어떻게 알기만 하면 자기 아들, 딸에게 그런 기회를 갖게 해달라고 요청해온다. 처음에는 잘 모르고 이화여대 한 여학생이 자비로 UN 총회에 참석하고 싶다고 해서 대표 자격으로 보낸 적이 있다. 우리가 못 가는 것을 대신 가준다는 사실만으로도 너무 고마워서 나도 여비조로 얼마를 보태주고 미국에 사는 친구에게 부탁해 차도 태워주고 맛난 음식도 대접해주었는데, 나중에 알고 보니 그것이 서로 가려고 로비할 정도로 엄청난 특혜였던 것이다. 이제는 우리도 아니까 슬기롭게 대처하고 있다.

2015년에 미국에 갈 일이 생겼다. 가는 김에 UN에도 들러서 청예단 일도 보고 싶었다. 지인께 요청해 당시 주미 UN대사 겸 미국대사로 재직 중인 오준 대사를 소개받았다. 미국의 학교폭력 대처방법과 국제협력을 타진하고 싶었던 것이다. 오준 대사는 겸손하면서도 적극적으로 나의 궁금증에 응대해주면서 귀국 후에도 많은 참고 자료들을 보내주었다.

우리 청예단은 2004년부터 독일 도르트문트 대학교 그리고 헤르네 앤 반네 아이켈 기독 청소년복지재단(Ev. Herne & Wanne Eickel gGmbH)과 정식 국제협약을 맺고 정기적으로 기관 방문 및 프로그램 교류를 진행하고 있다. 도르트문트 대학교에서 11년을 공부한 이유미 센터장의 스승인 귄더(Geunder) 교수가 중간에 다리를 놓아 인연을 맺게 된 것이다. 홀수 해는 우리가 10명 단위로 독일에 가고, 짝수 해에는 독일에서 10명 단위로 한국에 온다. 최근 2년간은 코로나로 이동이 통제되는 바람에 중단되었는데 곧 재개될 것이다.

독일은 법으로 일한다는 대륙법의 원조 국가로서 법률에 근거한 필요 프로그램들을 제대로 시행하고 있어서 우리가 배울 점이 참 많다. 매우 전문적이고 구체적인 프로그램을 지역별로 충실히 진행하고 있다. 그들도 우리 청예단을 방문하면 역시 배울 점이 많다고 좋아한다. 그들이 한 특수 프로그램을 소단위로 운영하는 전문점이라면, 우리는 한곳에서 어머니와 청소년 아이들 모두가 종합 프로그램을 이용하도록 하는 백화점 형태의 토탈서비스 방식이라서 매력적이라고 한다.

이 일을 만약 정부 차원에서 했다면 과거 청소년보호대상처럼 오래 가지 못했을 것이다. 그러나 민간 차원에서 성실히 진행하고 서로에게 유익하니 민간 외교활동으로서도 큰 역할을 하고 있는 셈이다. 이런 국제교류야말로 비용도 얼마 안 들면서 내용은 충실한 진정한 국제협력이 아니겠는가?

우리의 목소리에 세상이 귀를 기울이다

KBS 〈아침마당〉

재단 활동도 홍보할 겸 언론에 가끔 소개되는 것은 좋다고 생각한다. 그러나 사실 사랑하는 아들의 죽음을 반복해서 이야기하는 건 '참지 못하게' 괴롭다. 재단 활동 위주로 이야기를 하자고 해놓고도, 은근히 재단 출발 사연 질문을 꺼내기 때문이다.

강연이라면 현장에 있는 사람들과 교감하면 되기 때문에 내가 전하고 싶은 이야기를 전하고 싶은 정도로 할 수 있다. 하지만 방송은 조금 다르다. 눈에 보이지 않는 시청자들에게 강렬한 메시지를 전달하는 게 진행자들의 임무라는 건 알지만, 인터뷰 대상이 되는 입장에선

여간 괴로운 게 아니다. 이런 까닭에 방송은 어지간해서는 다 고사하는 편이다.

2018년 4월 봄, KBS 〈아침마당〉이라는 프로그램에서 출연해달라는 요청이 들어왔다. 알다시피 〈아침마당〉은 아침 시간대 주부들의 시청률이 엄청 높은 최장수 인기 프로그램이다. 나는 고민도 하지 않고 거절했다. 방송의 특성상 대현이 이야기를 구구절절 하게 될 것이 빤했기 때문이다. 요청은 집요하게 거듭됐다. 나의 거절도 반복됐다.

그런데 시간이 좀 지나자 내부에서 간부들이 조심스럽게 출연하는 것이 어떻겠느냐는 의견을 내기 시작했다. 재단을 알리는 차원에서. 마음이 썩 내키지 않아 망설이는 상태로 며칠이 지났다. 5월 중순, 프로그램 '화요초대석' 담당 프로듀서와 작가 등 3명이 사무실로 오겠다고 했다. 다른 사람들은 어떻게든 TV에 한번 나가 보려고 학연, 지연, 있는 줄, 없는 줄 다 동원하는 게 다반사인데, 도대체 어떤 대단한 사람이기에 감히 KBS 〈아침마당〉의 출연 요청을 고사하는지 오기가 생겼던 모양이다.

남희령 작가. 그녀는 작가 경력 22년에 〈아침마당〉만 13년, 특히 '화요초대석'만 7년째 하고 있는 유명한 작가였다. 과거에도 출연 요청을 내가 거부한 적이 있어 한마디로 자존심이 상했던 모양이다. 거절하고 싶은 마음은 여전했지만, 미팅 분위기도 좋았고 찾아온 손님들에 대한 예의도 아닌 것 같아 결국 출연에 동의했다. 그녀는 미팅을 마치고 걸으면서 조용히 내게 좋은 방송이 될 것 같다고 말했다.

8월 7일 아침 9시, 생방송이 시작됐다. 메인 진행은 김재원, 이정민 아나운서가 맡았고 보조 진행은 김학래 씨가 맡았다. 진행자들은 작가가 준비한 질문만 던지는 것이 아니라 내 책을 다 읽고 충분히 이해한 상태에서 좋은 질문을 던졌다. 덕분에 나도 감정에 치우치지 않고 차분하게 잘 답했던 것 같다. 방송은 원만하게 끝났고 로비에서 방송에 참여한 아나운서들과 작가들이 모두 커피 한잔 마시면서 격조 있는 좋은 방송이었다고들 말했다.

얼마간 시간이 지나 그 방송이 세 가지 기록을 세웠다고 전해 들었다. 방송 시간이 앞뒤로 늘어났고, 프로그램 홈페이지에 감동 댓글이 1,000개 가까이 달렸다. 방송이 끝나자마자 재단으로 후원과 자원봉사 방법을 묻는 전화가 쏟아졌다.

놀라운 변화는 아내에게도 생겼다. 아내가 아는 이들이 며칠 내내 전화해서 칭찬한 모양이다. 아내에게 늘 미안한 마음은 어쩔 수 없었는데, 내 대신 주변에서 좋은 기운을 아내에게 전한 덕분에 그간 서운했던 마음이 많이 누그러진 것을 느낄 수 있었다. 다 〈아침마당〉 덕분이다.

인연은 방송이 끝난 후에도 계속됐다. 김재원 아나운서와는 이후에 한 잡지 인터뷰를 가졌다. 이것도 반응이 좋아서 목사님들이 설교 때 내 이야기를 한다는 걸 여러 사람에게서 전해 들었다. 또 김재원 아나운서는 KBS 홍보위원회의 승인을 얻어 우리 재단의 홍보대사가 되었다. 덕분에 우리 재단 행사에 최고의 아나운서를 모실 수 있게 되었다. 남희령 작가 또한 이 프로그램을 계기로 우리와 교류하면서 든든한 후원자가 되었다. 앞서 이야기한 강정숙 할머니의 감동적인 사연도 역시 〈아침마당〉 방송을 통한 새로운 인연이었다.

세상사 겉만 보면 피곤하고 제 잇속 차리는 이들만 있는 것처럼 보이지만, 깊게 들여다보면 선한 인연들은 조용하게 이어지는 모양이다.

인촌상 사람들

2010년 훈장을 받은 이후 한동안 상은 잊고 살았다(앞에서 NGO의 회계 투명성에 대해 이야기할 때 언급한 삼일투명경영대상을 2013년에 받긴 했다). 상을 받을 때마다 상복이 많다는 인사를 받으면 의례적으로 "아~ 네~!" 하고 웃으며 넘어가지만 그럴 때마다 나는 속으로 '상 안 받아도 좋으니 아픔 없이, 그저 범부로 살고 싶을 뿐이라오'라는 대답을 삼킨다. 그러다 2018년 9월 어느 날, 전화로 인촌상 사무국장이라며 내가 교육 부문 수상자로 결정됐다고 했다.

인촌상이야 들어서 알고는 있었지만 어떤 상인지 정확히는 몰랐다. 인촌 김성수 선생을 기리며 재단법인 인촌기념회와 동아일보사가 제정한 사회 분야의 대표적인 상 중 하나다. 그해 10월 11일 롯데호텔에서 시상식이 열렸다. 시상식장에는 우리나라 정계, 재계, 학계의 저명인사들이 많이 보였다. 우리 고문으로 계시는 고건 전 총리님도 VIP들

과 중앙에 앉아 계시다가 반갑게 축하 악수를 청해왔다. 내가 초대할
수 있는 사람은 20명이었다. 나는 고향과 고등학교, 대학, 직장 지인
들 가운데 두 명씩 초청하고 나머지는 주요 NGO 대표와 우리 임직원
그리고 나의 가족을 초대했다. 시상은 관례에 따라 교육 부문부터 이
루어졌다. 나는 첫 번째로 상을 받고 소감을 발표했다. 소감이 감동을
주었는지 많은 박수를 받았다.

그런데 마지막 수상자인 과학 부문의 황철성 서울대 교수의 소감
발표 말미에 의외의 일이 벌어졌다. 짧은 수상 소감을 말한 뒤에 "잠
깐만, 제가 특별히 드릴 말씀이 있습니다"라고 하니 순간 장내가 조용
해졌다. "제가 김종기 이사장과 같이 수상하게 돼서 굉장히 영광입니
다. 얼마 전 신문에서 저분 특집기사를 보고 감동받아 매월 20만 원씩
후원하기 시작했습니다. 저런 분이 우리 사회에 있다는 것 자체가 우
리나라의 희망입니다"라고 말했다. 순식간에 모든 사람들이 박수와
환호를 보내며 분위기가 후끈해졌다.

심사위원들의 후일담으로 알게 된 것은, 우리 교육이 변해야 하는
데 교육계 내부보다 외부에서 충격을 줄 인물을 찾아보자는 취지에서
처음 자료들을 무시하고 재조사에 들어갔다고 한다. 그렇게 만장일치
로 선정된 것이 나였다. 그동안 교육 분야는 적임자를 찾지 못해 수상
자가 빠진 적도 많았고, 직전 해인 2017년에는 백수(白壽)의 김형석 교
수님이 수상하셨는데, 교육계에 있지도 않은 내가 상을 받게 되었으

니 조금 특이한 수상자였던 셈이다. 돌이켜 생각하건대, 우리나라 교육이 크게 달라져 바르게 되기를 바라는 마음이 모였기 때문이 아닐까 조심스럽게 추측해본다.

황철성 교수와 김경성 총장은 그렇게 인촌상을 계기로 두어 번 식사하면서 아주 친숙해졌다. 황 교수는 우리나라 최고의 반도체 전문 과학자인데 인문적인 소양도 매우 뛰어나다. 어떤 주제건 막힘없이 박학다식한 이야기가 정말 재미있다. 지인들에게도 사회공헌을 강조해 우리 재단 후원자 100명을 개발하는 것을 목표로 삼고 스스로 실천했다. 참 세상에는 이런 멋진 과학자도 있다.

그런 인연으로 황철성 교수는 지금 등기이사로 참여하고 있고, 김경성 총장은 2021년 5월 정년 퇴직 후 평생 사회에서 받은 고마움을 NGO에서 보답하겠다고 그해 11월 1일부로 문용린 이사장의 임기를 이어받아 우리 푸른나무재단의 이사장으로 취임하셨다. 근면성실하신 성품에 교사를 배출하는 서울교대에서만 37년을 근무하신 경력이 앞으로 큰 힘이 되리라 믿는다.

좋은 일을 통해서 좋은 사람들을 만나는 기쁨이 그 고단함을 잊게 해준다는 사실을 이렇게 확인할 수 있으니 그 얼마나 감사한 일인가. 사회를 위해 시작한 일로 사회에서 감사를 받으니 내가 할 일은 그걸 다시 사회로 되돌리는 일이다.

대현이가 주는 막사이사이상

최근에 가장 감격스럽고 조직에 가장 큰 영향을 미친 건 2019년 61차 막사이사이상 수상이다. 단 한순간도 상을 받기 위해 활동을 하진 않았다. 주어지면 그저 감사하며 해야 할 일에 더 매진했을 뿐이다. 하지만 너무나도 큰 상이 주어졌고, 내 상상의 한계를 넘어선 수상은 생각을 전환하는 계기가 되었다.

나이 드신 분들은 막사이사이상을 잘 알지만 요즘 젊은이들은 이 상에 대해 잘 알지 못한다. 라몬 막사이사이(Ramon Magsaysay)는 필리핀의 제7대 대통령이다. 대통령이면서도 소박하고 겸손한 사람이었으며 국민을 존중하고 애정을 가지고 대함으로써 국민의 절대적인 지지를 받았다. 그러다가 1957년 안개가 심하니 가지 말라는 만류를 물리치고 민생 현장으로 가는 길에 비행기 추락 사고로 사망했는데, 유산을 거의 남기지 않아 필리핀 국민 사이에서는 '서민 대통령'으로도 불린다. 사망 이듬해 록펠러재단이 50만 달러를 공여해 막사이사이 대통령을 기리며 아시아의 발전에 기여한 사람들을 발굴하고자 막사이사이상 재단이 설립되었다. 티베트의 지도자 달라이 라마, 헌신의 표상 테레사 수녀도 이 상을 받아 막사이사이상은 '아시아의 노벨평화상'으로도 불린다. 우리나라에서는 장준하 선생과 김용기 장로, 법륜 스님 등이 받았다. 그러다가 2007년 실로암안과병원의 김선태 목사가 받은 이후 12년 만에 감히 별것도 아닌 이 김종기가 수상의 영광을 안은 것이다.

2019년 7월 3일, 갑자기 이상한 번호가 뜨며 국제전화가 왔다. 조심스럽게 받으니 필리핀 막사이사이재단의 책임자라며 영어로 "귀하를 2019년도 61차 수상자로 선정하려는데 수락해줄 수 있는가?"라고 정중한 여성 음성이 들려왔다. 난 갑자기 어안이 벙벙하며 몸이 붕 뜨는 기분이었다. 나는 "Really? really?"를 반복하다가 "Of course" 와 "Thank you"를 연발했다. 내 생일 하루 전 엄청난 선물을 받은 것이다.

4월 초 여성 두 명이 필리핀대학 교수라며 우리 활동을 배우겠다며 방문했다. 그래서 우리 재단이 하는 일을 자세히 설명해주었는데 아마도 이 상과 연관된 것이 아니었나 싶다. 아내에게 제일 먼저 연락했다. 아내도 무척 기뻐하며 "여보, 축하해요"라고 반겨주었다. 그러나 실감이 나지는 않았다.

다음날 아침 나 홀로 뒷산 보라산에 올랐다. 지나온 24년을 돌아보니 정말 만감이 교차했다. 두어 시간 걷는 내내 나도 모르게 눈물이 줄줄 흘러내렸다. 아무런 준비도 없던 초창기에는 초조함의 나날이었다. 월급 때마다 팔 것을 찾으며 어떻게든 버텼던 나날. 학폭법을 제정하고 여러 시설을 수탁 운영하면서는 안간힘의 시간이었다. 내가 선길에서 나를 벗어나게 하려는 정치권의 유혹도 끊이지 않았고, 스스로의 욕심에 놀아나지 않기 위해 안간힘을 쓰고 버텨야 했다.

초조함과 안간힘 뒤에는 감사함이 있었다. 우리 뜻에 공감한 크고 작은 기부들, 마음을 주신 후원자들, 일에 마음을 더하는 직원들과 이사장님들. 감히 고생이라고 표현할 수 있는 시간 뒤에 알게 된 행복이었다. 대현이의 미소 짓는 얼굴이 아른거렸다. 그간의 고생에 대한 위로와 보상을 넌지시 주는 것만 같았다.

대현이를 떠나보내고 눈물을 삼키며 대현이와 했던 약속을 조금은 지킨 것 같다. 그리고 대현이로부터 이 아버지가 용서를 받는 기분, 아니 위로를 받는 기분이어서 뜨거운 눈물이 하염없이 흐른 것이다.

2019년 9월 9일, 필리핀 수도 마닐라 시민회관(Cultural Center of the Philippines, CCP)에서 부통령이 참석한 가운데 61차 막사이사이상 시상식이 열렸다. 시상식장의 무대 디자인과 행사 참가자 규모가 국가 주요행사 정도로 컸고 디테일 또한 화려하면서도 정중하고 정확했다. 그 일주일 동안은 필리핀이 자랑하는 일종의 축제였다. 그들은 수상자가 마닐라 공항에 도착하는 그 순간부터 VIP로 맞이해 체류하는 8박 9일간 그리고 떠나는 모든 순간까지 최고의 예우를 아끼지 않았다. 또 인상 깊었던 것은 그 재단을 운영하는 10명의 임원진과 55명의 상근 직원들이 막사이사이상에 대한 자부심과 애정이 엄청 크다는 점이다.

특이한 점은 또 있다. 마닐라까지 동행한 한국인 사절단이 무려 40명이었다는 사실이다. 그중에 학교 동창들만 무려 12명이었다. 그리고 재단 임직원들과 그 부인들, 그리고 마지막으로 합류한 딸과 손녀들까지 모두 40명의 대규모 동반은 막사이사이상 60년 역사상 처음 있는 일이라고 놀라워했다. 가장 많을 때가 8명이었다니 그 놀라는 정도를 짐작할 것이다. 주최자들은 기회가 있을 때마다 이 40명이 자비로 왔다는 사실을 소개했다. 막사이사이재단 이사장 이하 모든 임직원이 우리 한국인 사절단을 부러워하며 각별히 배려해주었다. 그분들의 진심 어린 환대와 배려가 너무 고마워 35년 전 삼성 근무 시절 보너스로 사둔 청자투각운학문 고려도자기 한 점을 곱게 포장하여 감사의 인사로 보냈다.

사실 딸아이와 세 손주의 방문은 예정에 없었다. 그러나 마지막에 학교 수업과 학원도 빠지고 마닐라에 와준 것은 할아버지에게 큰 기쁨을 주었다. 아이들이 크면서 할아버지를 자랑스러워하고 올바르게 성장하리라는 생각에 딸이 내린 결정이었다.

다른 재미난 것은 우리 아파트 단지 정문과 후문에 '경축 막사이사이상 수상 김종기 주민'이라는 대형 현수막이 한 달 이상 걸렸었다는 점이다. 또 내가 다니는 교회에서도 주보 한 면에 상세한 수상 소식이 실려서 감사헌금으로 보답했고, 친구들이나 지인들을 만날 적마다 대단하다고 인사를 건네며 상금도 클 텐데 한턱 내라는 성화에 아예 예산을 잡아 대접한 것 등 특이한 일들이 많았다. 아내 역시 지인들로부터 과분한 칭찬을 들으면서 여러 모임에서 식사를 사지 않을 수 없었다고 지원을 요청했다.

막사이사이상의 부상으로는 상금 3만 달러와 금메달을 받았는데, 상금 전액을 즉시 청예단으로 입금시켰다. 이 상의 위용이 대단한 것은 지인들이 수상 소식을 듣고 그동안 소홀해 미안하다며 큰 후원금을 청예단으로 보내준 사람들도 많았고, 중단됐던 후원 계좌를 다시 재개하는 사람들도 많았으니 얼마나 감사한 일인가.

상을 받으면 어쩔 수 없이 지난 세월을 반추하게 된다. 왜 나에게 상을 줄까 생각하며, 어쩔 수 없이 수상 소감을 써야 할 때도 지난 세월이 수없이 반복된다. 돌이켜보면 한 인간으로서 감내하기 어려운 비참한 비극을 견디면서 내 잘못으로 알고 속죄하는 길을 택한 것이 청예단의 출발이었다. 그러나 그것은 미처 예상치 못한 무서운 괴물과의 싸움이었다.

그 외롭고 힘든 사투를 벌이면서도 포기하지 않았다는 것, 나 자신과 아들과의 약속을 지키기 위해 이를 악물고 참았다는 것, 그리고 초심을 잃지 않고 끝까지 최선을 다하면서 마침내 내 모든 것을 여기에 투척해버렸다는 것, 내 노후의 편안함마저 아낌없이 포기해버렸다는 것이 사실 인간으로서 간단치 않은 일임에 틀림없다. 그럼으로써 역설적이지만 오히려 죽지 않고 산 것이 아닌가? 하는 생각도 든다. 다 비워버리니 오히려 편안한 마음이라면 여러분은 이해가 될지 모르겠다. 내가 만든 이 대현이의 분신이 성공적으로 일하기만을 학수고대한다면, 그것이 소원이라면 여러분은 더욱 놀랄지 모른다. 그러나 그것이 사실이다.

수많은 사람이 뜻과 정성을 모아 사랑을 베풀어주는데 그분들의 기대에 어떻게 다가갈까 고심하기 시작했다. 아쇼카펠로와 인촌상 등에서 비롯된 '어떤 새로운 생각'이 구체화되기 시작했다. 성격상 마음을 먹으면 해야 하고, 할 거라면 지금 그리고 확실하게 해야 한다. 결국 모든 활동 방향과 목표와 심지어 재단 명칭까지도 재검토하기 시작했다.

새 이름에 새 꿈을 담다

다시 시작하는 마음으로

청예단(현 푸른나무재단)의 설립 초기와 현재를 비교해보면 감개가
무량하다. 1995년 비전문가 5명으로 시작했고, 지금은 900명이 함께
일한다. 상담치유, 예방교육, 사회변화에 핵심가치를 둔 100여 개의
프로그램을 운영하는 건장한 청소년단체로 성장했다.

전문성도 크게 향상되었다. 단순한 학교폭력 피해상담을 넘어서 고
난도의 화해중재 상담은 이미 우리 단체의 대표 활동이 되었고, 각종
교육 프로그램, 나눔과 장학사업, 연구 및 출판 사업, 국제 활동 등 우
리의 전문성은 물론 활동 범위와 깊이도 과거와는 비교할 수 없을 만

큼 성장했다. 사업규모의 변화도 있다. 설립 초기 사재 1억 원으로 활동을 시작했는데 이제는 연 81억 원 규모로 정부부처, 기업, 지자체 등과 파트너십을 통해 사업을 진행한다.

무엇보다 국민의 인식 변화가 반갑다. 설립 초기 정부의 무관심과 냉대는 정말 힘들었는데 점차 세상이 변해서 감사하게도 많은 큰 상을 받았다. 좋은 한국인 대상, 투명경영대상, 피스메이커상, 국민훈장 동백장, 아쇼카펠로, 인촌상, 막사이사이상 등, 국내외의 인정을 받는 것 같아 감격스럽기 그지없다. 그렇게 모든 분들이 주신 성원과 격려에 보답하는 일은 끊임없는 혁신과 질 높은 서비스에 있다고 믿는다.

그런 의미에서 늘 긴장하고 고민해왔다. 그중의 하나가 이름이었다. 우리 재단을 아끼는 지인들로부터 설립 초기부터 아니 매년 두세 번씩 반복해서 듣는 이야기가 그것이었다. 애정에서 비롯된 조언인데, 재단 이름에 들어간 '폭력'이라는 단어가 거북하다는 것이다. 이단어 때문에 재단 이미지가 무겁고 부정적이며, 제한적이라고 했다. 재단이 더 발전하려면 밝고 쉽고 긍정적인 이미지가 중요하다고 조언했고, 직원들과 나 또한 그 생각에 동의했다. 그러나 그것이 간단치가 않았다. 번번이 정체성, 비용 등의 이유로 무산되었다.

그런데 3년 전 막사이사이상 수상을 계기로 확실히 결심했다. 재단 이름부터 바꾸기로. 밝고 긍정적이면서 미래지향적이고 세계화에 어울리는 이름을 찾기로 했다. 조용히 문 이사장께 말씀드리고, 외부 전문가들을 찾아다니며 자문을 구했다. 그리고 마닐라에 다녀온 후 바로 시행에 들어갔다. 9월 19일, 이사회의 결의로 확정짓고, 9월 26일 막사이사이상 수상 보고회를 겸한 비전 선포식에서 새 이름을 공식적으로 발표했다.

독자들은 이미 알겠지만 '푸른나무'가 그 이름이다. 새 이름 푸른나무재단, BTF(The Blue Tree Foundation)를 과감히 선언한 것이다. 청예단(청소년폭력예방재단)으로 25년 동안 일해온 우리는 새롭게 '푸른나무재단'이라는 이름으로 향후 50년 이상을 내다보고 세계로 뻗어가기로 한 것이다. 일반 공모를 통해 약 200여 개의 명칭을 검토하였고, 이사회에서 최종 논의하여 재단의 새로운 이름을 결정하였다.

이름을 바꾸면서 비전과 미션도 업그레이드했다. 우리의 궁극적인 미션은 청소년이 희망을 꿈꾸는, 행복하고 평화로운 세상을 만드는 것이다. 이를 이루기 위한 비전으로는 행복 역량을 증진시켜 희망을 꿈꾸도록 하고, 신뢰와 공감을 통해 회복과 치유를 함께하고, 문화예술 활동을 확산하여 정서와 인성을 키우고, 비폭력문화 확산을 위해 시민과 함께 행동한다는 것이다.

그 일을 위해 우리가 지금 하고 있는 최소 25개의 사업들을 선택과 집중으로 과감히 재정비하기 시작했다. 본부에는 우리가 개발한 독창적이고 미래 지속 가능한 사업만 남기고 작은 활동들은 과감히 다른 시설로 이관하는 것이 현명하다.

조직의 의사결정도 분권화하고, 인사교류도 과감하게 할 필요가 있다. 이 큰 조직과 다양한 사업들을 '선택과 집중'의 원칙에 따라 재정비하고, 사업부서장 책임제를 강화하면서 자회사 형태로 분권화하는 것이 바람직하다.

본부에서 더욱 역량을 집중해야 할 것이 바로 푸른 코끼리 '푸코 (PUCO)', 아주 사소한 고백 '아사고', 그리고 사이좋은 디지털세상 '사디세'다. 푸코 프로그램은 폭력과 불안, 유혹이 난무하는 새로운 정글, 사이버 세상에서 친구들끼리 서로 도울 수 있도록, 친사회적 역량을 기를 수 있도록 돕는 프로그램이다. 친사회적 역량이란 앞서 주요 사업에서 소개한 '정/약/용/책/배/소'다.

'아사고', 아주 사소한 고백은 청소년들이 말 못 할 고민을 말할 수 있도록 마련한 소통의 창구이다. 현대해상, 교육부와 함께 2012년에 시작했으니 벌써 10년째다. 누군가에게 고민을 말하는 것이 고민을 해결하는 시작점이 될 수 있기에 시작했는데, 창구로 마련한 카카오스토리는 론칭 이틀 만에 구독자 수 75만 명을 기록했다. 청소년의 고민에 다른 청소년들은 어떤 댓글을 달았을까. "많이 힘들었지?" "이젠 괜찮아" 등의 공감과 위로의 댓글이 주를 이룬다. 사디세는 앞서 자세하게 설명한 바와 같다.

재단의 핵심적인 사업에 주력하되 시대에 맞는 유연한 대처 또한 중요하다. 4차 산업혁명 시대다. 모든 것이 정보통신을 통해 연결되고 빅데이터를 통해 인공지능이 정보를 처리하고 편집하고 제공한다. 학교폭력과 4차 산업이 동떨어진 것처럼 보일 수 있겠으나, 그렇지 않다.

최근 학교폭력의 양상은 사이버폭력으로 전개된다. 시대를 이해하지 못하면 학교폭력에 대응할 수 없다. 나아가 우리의 메시지를 전달하고 확산시키고 공유하는, 그리하여 우리가 꿈꾸는 학교폭력이 없는 세상을 이루는 데 보탬이 될 수 없다. 다양한 채널의 SNS를 통해 도움의 손을 늘리는 동시에 사업의 성과와 메시지도 보다 많은 이들과 나눌 수 있다.

가히 유튜브 시대라고 해도 지나치지 않을 정도로 유튜브는 가장 대중적이고 폭발적인 매체가 되었다. 4개월의 준비 기간을 마치고 2022년 6월부터 독자적인 푸른나무재단 유튜브 방송을 시작한다. 콘텐츠는 두 가지다. 하나는 '1분 Youth'로 1분 이내의 간결한 영상으로 학교폭력의 사례, 뉴스, 개념정리, 법률 정보 등을 제공하는 것이고, 또 하나는 '푸른나무시네마'로 학생들이 직접 문제 해결 솔루션을 제시하는 것으로 시작할 것이다. 우리는 점차 이 유튜브 방송을 활성화해 갈 것이다.

이런 사업들을 계속해서 추진하기 위해서는 사람을 잘 관리하는 일이 가장 중요하다. 사람이 자산이다. 함부로 늘리지 않되 일단 좋은 인재를 확보하면 끝까지 함께 갈 수 있도록 비전을 주고 급여나 복리후생도 더 잘해 주어야만 한다.

조직도 커지면서 지부나 위탁시설 관리도 사실 부담스럽다. 본부의 사업부제를 성장 동력으로 하고, 지부나 시설은 본부의 프로그램들을 실행하면서, 지역 풀뿌리 NGO 조직으로 혁신하는 것이 바람직하다. 그것이 우리의 일이고 미래다.

푸른나무재단이 시민들의 사랑을 받으면서 지속 성장하기 위해서는 우리의 특징, 장점을 늘 점검해야 한다. 진정성과 전문성, 투명성, 3대 특징을 살리기 위한 푸른나무재단인의 근무 자세도 수시로 재교육되어야 한다. 특히, 돈 문제는 완벽하리만치 투명하고 정확해야 한다. 수시로 강조해야 한다. 궁극적으로는 우리 푸른나무재단이 한국을 대표하는 가장 모범적인 청소년을 위한 국민 NGO로 자리매김해야 한다.

모든 사고와 활동의 지향점은 결국 비폭력문화를 만들기 위한 초일류 국민인성 교육기관으로 발전하는 것이다. 스스로 성장 동력을 조달하기 위해 교육센터를 더 발전시켜 재원을 마련하면서 미래로, 세계로 나아가야 한다. 그것이 바로 내 꿈이고 우리의 소원이다.

이 기회에 독자 여러분께 감히 부탁하건대, 작은 씨앗이 움터 비바람을 이기고 굵은 둥치의 나무가 되듯, 나무와 나무가 모여 푸른 숲을 이뤄가듯, 말로 다 할 수 없는 고통을 뚫고 지금까지 성장해온 이 푸른나무를 여러분도 깊은 애정을 가지고 사랑해주셨으면, 하는 것이다.

지금부터 내가 할 일은 명확하다. 이제 국제적으로도 알려지기 시작한 푸른나무재단이 계속 세상에 필요한 좋은 일을 잘하도록 조용히 뒷바라지하는 것이다. 나는 이것을 숙명으로 받아들였다. 그리고 대현이를 대신한 이 나무가 무성한 숲을 이룰 것으로 믿는다.

푸른나무재단의 미래 – 새로운 출발에 부쳐

나는 지난 27년 동안 내 모든 삶을 던져 푸른나무재단을 위해 최선을 다했다. 시쳇말로 '맨땅에 헤딩을 하는' 격이었고, 다른 삶의 여지는 없었기 때문에 죽을힘을 쏟았다. 마흔여덟 검은 머리는 이제 일흔다섯 흰머리가 되었다. 인간은 유한한 존재이니, 언젠가는 나도 이 세상을 떠날 것이다.

기업에 몸을 담았던 세월보다 사회활동가로 살아온 세월이 훨씬 길고 성과도 더 크다. 푸른나무재단은 꽤 크고 충실하고 건강한 조직으로 자랐다. 지금까지는 성공적인 항해였다. 나의 삶은 푸른나무재단의 운명과 함께할 것이지만, 푸른나무재단이 나의 운명과 함께해서는 안 된다. 이제 노쇠한 나의 손을 떠나 조직원들의 열정과 노력으로 시민사회 속에 뿌리내려야 한다. 저 너른 바다로 50년, 아니 100년의 대항해를 지속해야만 한다.

그런 의미에서 난 많은 고민을 하고 있다.

푸른나무재단은 내 삶과 인맥과 경험과 재산을 다 바쳐 만들었지만, 앞서 말한 것처럼 내 살붙이는 단 한 명도 없이 뜻으로 모인 인재들과 함께하고 있다. 다른 사람의 눈에는 남에게 재단을 맡기는 것으로 보일 수 있음을 안다. 이사회에 가족을 들이라는 조언이나 충고도 많이 들었다. 하지만 예컨대 딸이 이사로 있다 한들 조직원들의 뜻이 모이지 않는다면 재단이 제대로 운영될 수 있겠는가. 사람을 수단 아닌 존재로 대하자고 이야기하면서 그 뜻을 모으지 못한다면 우리 재단의 비전을 실현할 수 있겠는가.

나의 답은 이렇다. 푸른나무재단이 스스로의 힘으로 일어서고 나아가는 것이다. 그러기 위해서는 멀리 바라보아야 한다. 멀리 보면 바르게 볼 수 있고, 목표를 분명히 하면 흔들리지 않을 수 있다. 그래서 필요한 것이 마스터플랜이다. 우리 재단의 마스터플랜을 마련하는 것이 나의 마지막 역할이라고 생각한다.

마스터플랜은 내부적으로 공유하고 내재화하는 것이 중요하지만, 나의 뜻을 다시 한 번 명확하게 하고 구성원들 역시 틈틈이 되새길 수 있도록 간략하게 옮긴다.

큰 주제는 다섯 가지다. 다섯 가지 주제에 대해서 주요한 목표, 목표에 대한 굵직한 내용을 정리했다. 단기적인 목표와 세부적인 내용은 오랜 시간 현장에 몸담아 온 직원들이 논의를 통해 스스로 정립하도록 주문했다.

첫째, 설립 정신을 지켜야 한다. 이는 우리 재단의 정체성이자 비전과도 연결되기 때문에 재단이 존재하는 가장 중요한 이유이기도 하다. 우리의 정체성은 생명을 존중하고 모든 관계의 출발점인 가정이 행복하도록 한다는 것이다. 이를 위해서는 비폭력적인 문화가 반드시 전제되어야 한다. 여기에 이르는 우리의 길은 폭력의 치유와 예방 그리고 사회 변화이다. 여기에서 우리의 핵심사업이 출발한다.

둘째, 핵심사업에 우리의 역량을 집중해야 한다. 치유와 예방에서 상담과 교육이라는 핵심사업이 비롯되었다. 다양한 사업을 벌여 관리를 못해 부실해지는 것보다 핵심적인 사업을 최고의 프로그램으로, 나아가 세계 무대에서도 통할 수 있는 프로그램 브랜드로 발전시키는 것이 바람직하다. 현재 우리의 핵심사업은 앞서 말한 '푸코', '아사고', 그리고 '사디세'다. 우리가 잘하는 것을 우리만이 할 수 있는 것, 대체할 수 없는 것으로 만들어야 한다.

셋째, 사람을 키워야 한다. 뜻과 열정이 있는 사람을 채용하는 것은 기본이다. 높은 급여와 복리로 현실적인 만족감을 주고 꾸준한 교육으로 계발과 발전의 계기도 제공해야 한다. 우리의 정체성과 비전을 공유해 단순한 경제활동이 아닌 우리 사회의 발전에 기여한다는 사명감으로 일할 수 있도록 도와야 한다. 구성원이 행복하지 않으면 일도 일터도 발전하지 않는다.

넷째, 조직문화를 바르게 가꿔야 한다. 인재들이 즐겁게 일하기 위해서는 조직이 밝고 신나고 투명해야 한다. 뜻이 자유로이 통하기 위해서는 활발한 토론문화가 더 확고해야 한다. 더불어 윗물이 맑아야 아랫물이 맑다는 말처럼, 이사장 이하 핵심 간부들이 열심이고 청렴하고 투명해야 조직이 건강하다.

다섯째, 재정을 튼튼하게 해야 한다. 아무리 좋은 비전도 현실로 이루기 위해서는 돈이 필요하다. 다른 이들의 의도에 휘둘리지 않고 우리의 의도를 성취하기 위해서도 돈은 필요하다. 좋은 사람을 끌어들이기 위해서도 돈이 필요하다. 돈을 위한 사업이 아니라 가치 있는 사업을 하면 돈은 따른다. 이를 위해 단위사업부별로 손익평가제를 일부 시작했다. 물론 돈이 정체성을 가리거나 흔들어선 안 된다. 정체성은 확고하다고 판단했기 때문에 책임감을 부여하고 스스로의 발전을 도모하기 위해 적용하기 시작했다. 100억 원의 자본금을 확보하고 시민후원자 1만 명 이상을 확보하는 것이 장기적인 목표다. 세상 바꾸는 일에만 신명나게 몰입할 수 있도록 말이다.

우리 푸른나무재단은 반드시 이 길을 가야만 한다. 이렇게 하지 않으면 우리나라 최고의 모범적인 시민단체가 될 수 없다. 가장 모범적인 단체가 아니라면 우리의 메시지도 널리 혹은 강력하게 전할 수 없다. 우리의 비전이 실현될 수 없는 셈이다.

다시 이사회 이야기로 돌아오자. 이런 길을 가기 위해서는 등기이사와 감사부터 정확하고 확고한 개념이 있어야만 한다. 내 가족인지, 내 살붙이인지 따위는 중요하지 않다. 우리 재단에 애정이 있고 그 뜻을 신뢰할 수 있는 분들로 이사회를 구성하는 것이 맞다. 아무리 생각해도 그렇다.

그래서 우리와 오래 교감하고 우리 활동에 적극적인 분들을 엄선해 등기이사와 감사로 열세 분을 모셨다. 그분들을 등기이사로 모시면서 임원의 품위 유지와 활동에 적극 동참하겠다는 서명을 받았다.

그 정점에는 서울교대 총장을 역임하신 김경성 총장이 무급여로 그간 사회로부터 받은 감사함을 NGO를 통해 환원하겠다고 정년퇴임 후 2021년 11월부터 참여하고 계신다.

시민단체에서는 실무를 책임지는 본부 사무국의 전문성과 시설 활동가들이 무척 중요하다. 우리 조직에 20년 넘게 함께하고 있는 사무총장을 중심으로 각 분야에 뛰어난 전문성으로 헌신하는 직원들이 많다. 비영리계와 청소년계에서 부러워할 정도로 전문성을 갖춘 인재들이 재단의 새로운 재도약의 시대를 이끌어가고 있다. 따뜻한 마음으로 열정을 다하는 우리 직원들의 소중함은 말하지 않아도 분명하다.

외곽으로는 청사모, 청예단을 사랑하는 사람들의 모임이 있다. 사회의 원로급, 전직 이사장, 각 분야 최고 전문가 36명으로 구성되어 있다. 고건 전 총리, 이시형 박사, 손봉호 이사장, 김경우 전 우리은행장, 박시호 행복경영연구소 이사장, 전홍렬 김앤장 상임고문 등 훌륭한 분들이 포진해 계신다. 성실한 직원들과 더불어 든든한 울타리다. 여기에 자원봉사자와 후원자가 늘어나고 있으니 더 말해 무엇하겠는가?

우리 푸른나무재단의 미래는 밝다. 우리의 소명은 사람들의 가슴과 가슴을 따뜻하게 잇는 것이다. 가슴 속 상처를 치유하고 서로의 마음을 보듬어 안아 서로의 존재를 있는 그대로 인정하고 사랑하는 세상을 꿈꾼다. 이런 소명의식으로 우리는 교육과 시민운동을 통해 세상을 변화시켜 나갈 것이다.

푸른나무재단이 우리나라를 넘어 세계로 나아가 보편적인 인류애를 실현하는 데 앞장서도록 할 것이다. 바라건대, 허락된다면, 나는 죽어서도 천 개의 바람이 되어, 애쓰는 우리 직원들 곁을 지키고 싶다.

〈유 퀴즈 온 더 블럭〉이 몰고 온 기적들

2022년 4월 6일 방송된 제148회 〈유 퀴즈 온 더 블럭〉(이하 〈유퀴즈〉)은 평생 잊을 수 없는 기적이었다. 지난 27년 내내 느꼈던 고난과 답답함이 눈 녹듯 사라지는 듯한 기분이었다. 축복이랄까 마법이랄까. 기적은 지금도 이어지고 있다.

3월 초, 〈유퀴즈〉 제작팀에서 출연 요청이 왔다는 연락을 받았다. 나는 별다른 고민 없이 거절했다. 예능 프로그램과 나는 아무런 상관이 없고, 예능이란 걸 잘 모르기에 나갈 이유가 없었다. 유재석 씨와 조세호 씨 모두 좋아하고 응원하는 마음으로 가끔 보기도 했지만 대현이 이야기를 방송에서 나누기는 아무래도 좀 불편했다. 억지 눈물이나 억지 감동도 싫지만 그렇다고 희화화할 소재는 아니니까.

직원들 반응이 이상했다. 무조건, 아니 〈유퀴즈〉만은 꼭 나가 달라고 부탁을 했다. 이유를 물었다. 우리 사회 면면의 따뜻한 이야기를 부드럽게 담아내는 방송이라고 했다. 예능의 형식을 띤 다큐멘터리라는 이야기였다. 시청률이 매우 높고 파급력도 세다고 했다. 우리 재단의 메시지를 전달하기에 적합하다는 뜻이다.

사무총장의 간절한 호소도 있지만, 딱 한 가지만 생각했다. 제2, 제3의 대현이가 발생하지 않도록 하는 것이 내가 여기 서 있는 이유 아니었던가. 마음을 고쳐먹었다. 푸른나무재단을 홍보하고 재단에 힘을 보태기로 했다.

제148회 〈유퀴즈〉의 주제는 '그날'이었다. 누군가에게 의미 깊은 '그날'을 만들어가는 이들을 모았다. 나중에 방송을 보니 이화여자대학교 남성 교수 중창단과 임종령 통역사, 교통사고 전문 변호사인 한문철 변호사 그리고 내가 초대되었다. 나에게 그날은 1995년 6월 8일, 내 아들 대현이가 두 번의 투신으로 스스로 죽음을 택했던 그날이었고, 하늘이 무너지는 아픔과 비통함으로 죽을 것만 같던 그날이었다.

촬영은 숙연하고 차분하게 진행되었다. 유재석 씨와 조세호 씨는 물론 그 많은 스태프가 진중하게 집중하면서 내 이야기에 귀를 기울였다. 흡사 방송 촬영이 아니라 강연을 하는 것 같았다. 버티듯 지나온 그간의 세월과 사랑하는 아들을 잃은 통한의 슬픔. 왜 대현이가 죽음을 선택할 수밖에 없었는지, 나는 왜 회사를 그만두고 재단을 설립할 수밖에 없었는지. 외면으로 일관했던 당시 교육당국의 무관심과 어떤 이유로도 포기할 수 없었던 아비의 책임감. 최근의 재산 유증에 대한 이런저런 소회와 가족들에 대한 고마움. 차분하게 이야기하면서 지난 27년이 차곡차곡 쌓이듯 정리되었다. 녹화는 무려 7시간 넘어 이틀간 진행되었고, 나도 지쳐갔다.

본방송은 2022년 4월 6일, 제법 늦은 저녁인 오후 8시 40분에 시작됐다. 나는 집에서 방송을 봤고 우리 직원들은 사무실에서 옹기종기 모여 봤다고 했다.

방송이 나가자마자 믿을 수 없는 일들이 벌어졌다. 4명의 출연자 가운데 나는 마지막 편으로 출연했으니, 내 이야기가 끝난 건 밤 10시 가까운 늦은 시각이었다. 시청을 마친 직원들이 퇴근도 할 수 없게, 그 늦은 시각 전화가 쏟아지고 홈페이지가 마비되었다. 후원하고 싶다는 분들과 자원봉사 지원 전화들이었다. 재단 SNS 채널에는 1,000여 개의 응원과 격려의 댓글이 꼬리에 꼬리를 물고 이어졌다. 하루 만에 재단 홈페이지에 접속 과부하가 걸려 트래픽 1일 사용량을 늘려야 했다. 참으로 놀라운 일이었다.

그런데 호응이 예사롭지 않았다. 며칠 반짝이고 사그라드는 것으로 끝나지 않았다. 한 달 넘어 두 달 가까이 지속되었다. 방송 직후만큼은 아니지만 석 달째에 접어들어서도 꾸준한 반응이 있다. 누구도 예상하지 못했다.

어느 정도였을까? 유튜브와 주요 포털 사이트에는 방송 이후 2개월 간 35개의 클립 영상이 파생되었고, 360만이 넘는 조회 수, 5만여 명의 '좋아요'와 6천 건이 넘는 응원과 격려 메시지가 달렸다. 또한 〈유 퀴즈〉프로그램이 불러온 방송의 순기능이라는 평론가의 칼럼 등 놀라운 반응들이 있었다.

〈유퀴즈〉이전까지 지난 27년 동안 후원자가 1,830명이었는데, 갑자기 두 달 사이에 4,500명이 급증해 모두 6,330명이나 된 것이다. '기적'이라는 말이 아니고서는 표현할 말이 없다. 10년 후 후원자 목표가 10,000명이었는데, 갑자기 기적이 생긴 것이다. 그런 마음들이 그동안 어디에 숨어있었단 말인가. 관심을 보여주신 모든 분께 진심으로 감사하지만 일일이 전화를 드릴 수 없어 우선 고액 후원자들에게 감사 인사를 드렸다. 고마움을 전하는 내게 오히려 더 큰 감사를 표하며 지속적인 후원과 주변에 대한 권유를 약속하신다. 모든 분들이 같은 마음이라 생각한다.

숫자도 기적이지만 놀라운 일들이 계속되고 있다. 이를테면 이런 분.
방송 후 일주일 정도 지난 4월 13일 오후 8시쯤, 동네 찻집에서 친구 부부와 저녁을 마치고 차 한잔을 마시고 있었다. 전화가 걸려왔고, 전화를 받으면서 나는 편안히 쉬고 있던 몸을 일으켜 세웠다. 한 중년 남자의 전화였다.

그는 〈유퀴즈〉를 보고 너무 감동을 받아 인터넷으로 나에 대한 자료를 모조리 찾아봤다고 했다. 이튿날 서점에서 이 책《아버지의 이름으로》를 사서 밤새워 읽으면서 눈물을 흘렸다고 말했다. 너무나 고마운 마음에 전화기를 붙잡고 거듭 인사를 드리는데, 그가 불쑥 그동안 모아 온 순금 100돈을 기부하겠다고 했다. 처음에는 무슨 말인지 못 알아들었고, 한동안 내 귀를 믿을 수 없었다. 앞서도 소개한 해프닝 같은 일들에서 그런 제안은 많이 받아봤지만 그분의 목소리엔 가식이나 과장이 전혀 없었다. 나는 사무총장에게 연락했고 그가 쉬는 날인 토요일에 재단 사무실에서 만나기로 했다.

어떤 분일까? 사무실에 들어서자마자 파란 남방 차림의 건장한 박만순 씨 모습이 눈에 들어왔다. 그의 얼굴을 보자마자 나도 모르게 눈이 젖어왔다. 건설현장 노동자로 남에게 신세지지 않고, 나쁜 짓 하지 않고, 자기 힘으로 똑바로 사는 원칙을 세워서 살고 있단다. 〈유퀴즈〉와 책을 통해 감동했고 모았던 금을 기부하기로 작정하니 마음이 편안하고 기분이 좋아 건설현장에서도 싱글벙글하게 된다고 했다. 그리고 앞으로도 후원을 계속할 것이라고 말했다. 담소를 나누고 직원들과 기념촬영 후 단골 생태탕 집에서 점심을 함께했다.

참 어이없다. 대개의 일반인은 재산 증식이나 자식들 주기에만 급급한데 이렇게 남을 이해하려 하고, 귀한 재산을 비우면서 마음의 평안을 찾는 분이 존재할 수 있을까. 박만순 선생의 뜻에 보답하는 길은 우리가 할 일을 더 잘하는 것이지만, 일단 기록으로 남겨두고 싶어 사연을 글로 써서 지인에게 보냈다. 어찌어찌 그 글이 유명한 행복편지 발행인 박시호 이사장에게 들어간 모양이다. 이야기는 곧바로 전국으로 뿌려졌다. 유튜브에서 '어느 건설노동자의 순금 100돈의 기적'을 검색하면 바로 나온다.

이 감동 이야기를 널리 알릴 겸, 자랑도 할 겸 나는 그 행복편지를 고등학교 동창 단체 카톡방에 올렸다. 그동안 내 일을 응원해주고 지원해준 고마운 벗들이다. 한 친구가 곧바로 전화를 걸어왔다. "내가 그 금 다 사도 되겠어?" 물었다. 이게 무슨 말인가? 당연히 그러면 고맙겠다고 답했다. "금값에 2천만 원을 올려서 5천만 원을 내도 괜찮을까?" 경복고등학교 동기 김우영 군이다. 난 가슴이 뛰고 놀라서 말을 잇지 못했다. 어떻게 이럴 수가……. 등기이사로 봉사하는 대현이 친구 장영수 군은 바로 이 두 분께 NFT를 만들어 드리고 싶다는 제안을 해왔다. 꿈인지 생시인지 모르겠다. 기적이 기적을 계속 부른다.

하늘은 27년간 수고한 우리에게 〈유퀴즈〉라는 프로그램을 통해서 갑자기 '만나의 기적'을 푸근하게 내려주고 있다. 개인 후원자들도 많이 늘었지만 거기서 끝이 아니다. 기업이나 정부의 자세도 달라졌다. 우리에게 좀 더 진중하고, 우리 이야기를 경청하는 분위기다. 아마도 비극적인 개인사도 영향을 미쳤겠지만, 우리가 하려는 일과 우리가 이 일에 임하는 자세, 그 엄정함과 투명함이 가져온 결과라고 생각한다.

이번 일을 계기로 직원들 사기도 엄청 높아졌다. 주변에서 좋은 분과 좋은 일 한다고 많은 믿음과 격려를 보내주신 모양이다. 직원들도 늦게 술 한잔하다가 울먹이면서 내게 감사하다고 전화한다. 직장에 대한 자부심이 커지면 일에도 사명감이 깃들기 마련이다. 우리의 취지와 역량에 자원봉사를 자청하시는 분들도 많아졌고, 협업 혹은 연계하여 사회활동을 하자는 제안도 전과 비교할 수 없이 늘어났다. 좋은 계기를 마련해준 〈유퀴즈〉가 고맙고, 묵묵히 자신의 자리에서 우리의 내공을 키워온 직원들에게 감사하다.

사회에서나 교실에서도 갑자기 학교폭력을 배척하는 분위기가 확산되고 있다. 고3인 외손녀 교실에서는 선생님이 내가 출연한 방송을 학생들에게 보여주면서 "우리 교실에서는 이런 폭력이 없어야 한다"고 말씀하셨다고 한다. 이런 일을 통해 예방 교육이 절로 이루어지고, 외손녀도 외할아버지가 자랑스러워 엄청 기분이 좋았다고 한다. 아내와 딸, 사위도 내게 주변 사람들의 좋은 반응들을 이야기해 준다. 내게는 여러 가지 선물도 들어온다. 그림, 책, 편지, 꽃, 영양제 등등, 인기 연예인들의 펜들을 방불케 한다. 거리나 가게, 식당에서도 알아보고 수근대며, 무엇을 보내주거나 작은 친절을 베풀어준다. 참 신기하다.

방송에서 거론된 대현이 친구 성시경 군이 한 달 뒤 〈라디오스타〉에 출연해 대현이와 내 이야기를 자세히 하는 바람에 여러 매체에서 다시 그것을 보도하는 등 148회 〈유퀴즈〉 학교폭력 문제는 우리에게 엄청난 반향을 계속 몰고 왔다. 세상이 엉망인 면도 많지만, 따뜻하고 정이 있는 살만한 곳이라는 사실을 새삼 체험하며 우리는 눈물로 감사하고 있다.

tvN 측에서도 이번 방송이 좋은 평가를 받아 보람이 있었다고 한다. 시간이 얼마 지나 박근형 PD에게 여러 번 전화해 감사 인사를 드리고 싶다고 하니 규정상 안 된다고 몇 번이나 거절했다. 나는 바쁜 팀원들이 출출할 때 드시도록 낱개로 포장된 떡을 골라 감사편지와 함께 무작정 사무실로 보내버렸다. 난 아직도 그 PD의 얼굴을 모른다. 그러면서도 통화를 하면서 알게 된 건, 촬영 전에 베테랑 제작진이 모여 수차례 회의를 거치고 책과 자료를 숙지하는 등 많은 공을 들였다는 점이다. 편집도 헌정하는 마음으로 했다고 말씀하시니 그저 고마울 뿐이다. 〈아침마당〉 인연인 김재원 아나운서도 잘 보았다며 인사를 전했다. 방송 전문가인 그가 보기에도 최고 베테랑들의 작품이었던 모양이다. 그는 오히려 〈아침마당〉은 생방송이라 한계가 있다며 미안해했다. 나는 그렇지 않다. 〈아침마당〉도 〈유퀴즈〉도 너무나 소중하고 너무나 감사하다. 책의 지면을 통해 정성으로 프로그램을 만들어주신 박근형 PD와 그날 촬영에 함께해주신 모든 스태프에게 고맙다는 인사를 전한다.

개인적으로 짐작하기에 〈유퀴즈〉의 시작이었다고 생각되는 프로그램이 하나 있다. 2021년 12월 초에 방송된 교육방송의 〈정관용의 인터뷰〉다. 50분 가까이 진행된 프로그램에서 정관용 교수의 깊이 있는 인터뷰에 나는 내 속내를 털어놓은 적이 있다. 정 교수는 때로는 슬픔으로 때로는 분노로 공감해주었다. 덕분에 나는 오히려 차분하게 이야기를 할 수 있었다. 시사프로그램의 품격을 느꼈던 프로그램이었고 지금 생각하면 일종의 공식적인 기록처럼 생각된다. 〈유퀴즈〉팀에서는 이 방송을 참고해 주제를 잡았던 게 아닌가 싶다. 나도 방송 프로그램이 어떤 자세와 입장으로 만드느냐에 따라 결이 다를 수 있다는 걸 느꼈던 것 같다. 이 자리를 빌어 정관용 교수와 제작진에게 고마움을 전한다.

기쁜 일만 있는 건 아니다. 1588-9128 상담전화는 매일 불이 날 정도다. '도와 달라, 학교 가기 무섭다. 죽고 싶다. 아이가 가출해 버렸다.' 요일과 시간을 가리지 않고 연일 계속된다. 긴급출동 건수도 엄청나게 늘었다. 이전과 비교해 10배 이상 밤낮으로 바빠졌다. 본부의 상담 요원들은 물론이고 자원봉사자들과 여러 시설의 직원들까지 총동원해 상담을 하고 있다. 우리가 원래 하는 일이고, 이런 사연을 찾아내는 것이 일이었는데 전화가 걸려오니 기쁘다 할 순 없지만 이 또한 다행스럽고 고마운 일이라 하겠다. 기적 같은 몇 달을 보내면서 느꼈던 감사와 벅참을 에너지 삼아 최선을 다해 도움을 드리고 있다. 얼마든지 도움의 손을 요청하시라. 외롭고 힘들었을 그 여린 손을 우리가 꼬옥 잡아드리겠다.

걷고 또 걷는다 – BTT 정선종 대장

걷는 여행이 일반화되면서 많은 사람이 걷는다. 제주의 올레길을 비롯해 전국 곳곳의 둘레길을 걷고 해외에 나가서도 스페인 산티아고를 걷고 스웨덴 쿵스라덴을 걷는다. 정선종 대장도 그중 한 명이었다. 나와는 오랜 인연이다.

1970년대 후반으로 기억하는데 내가 삼성 비서실에서 근무할 때 처음 만났고, 그 뒤 삼성전자로 옮긴 뒤 해외본부에서 다시 만났다. 부서도 같은 오디오 수출본부여서 절친이 되었다. 주재원 파견 전에는 외국어연수원에서 석 달 동안 함께 강훈련을 받았으니 가깝고도 오랜 친구다.

1990년대 나는 이 길로 들어섰고 정 대장은 제일기획 부사장으로 근무하다가 명예퇴직을 했다. 한동안 소식이 뜸했지만 해외본부 근무자들 모임에서 다시 만났다. 오래된 인연을 이야기하며 회포를 푸는데 정 대장이 포르투갈에 주재할 때 아들의 죽음을 겪은 바 있어, 나의 이야기에 깊은 공감을 표했다. 나 역시도 위로의 말을 전했다.

은퇴한 정 대장은 유럽을 다녀왔다. 산티아고 순례자의 길, 그것도 한때 머물던 포르투갈 루트 700여 km를 아내와 한 달 남짓 걷고 오더니 책을 냈다.《천천히 꾸준히 그러나 끝까지》라는 제목답게 그는 늘 꾸준하고 끝을 봤다. 걷는 것 역시 마찬가지. 돌아온 그는 우리나라를 걷기 시작했다. 우리나라 동해안과 남해안, 서해안을 잇는 '코리아 둘

레길'이 있는데, 자그마치 4,500km에 달한다. 그는 2020년 동해안 해파랑길 770km를 걸었고, 2021년에는 남파랑길 1,470km를 걸었다.

적지 않은 나이에도 하루에 20km 넘게 걷는다. 1주일이면 200km를 걷는다. 사람들은 그더러 건강하니까 잘 걷는 거라 하지만, 정작 자신은 잘 걸어서 건강한 거라며 웃는다. 앞으로 서해랑길 1,800km와 DMZ를 따라 걷는 평화의 길 524km를 걸으면, 코로나로 못 갔던 해외로 나가 뉴질랜드 밀포드와 아르헨티나 파타고니아, 이탈리아 돌로미티를 걸을 계획이라고 했다. 예전부터 알아봤지만, 하여튼 못 말린다. 어쩌면 그 점이 나랑 비슷해서 가까워졌는지도 모를 일이다.

어느 날인가는 정 대장이 책에서 본 이야기를 했다. 철학자 김형석 교수가《백 년을 살아 보니》라는 책에서 그랬단다. 인생에서 가장 보람 있는 일은 남을 위해서 뭔가를 하는 것이라고. 그래서 걸으면서 생각했단다. 의미 있게 걸을 수는 없을까. 그러다 산티아고에서 며칠 함께 걸었던 미국인 친구 이야기를 떠올렸다. 걷는 거리에 따라 본인과 지인의 후원금을 적립해 난민을 돕는 친구였다.

'바로 그거다!' 1km 걸을 때마다 1천 원을 적립하면 1년이면 못해도 2백만 원이다. 주변 친구와 지인까지 좋은 뜻에 합류하면 그만큼 좋은 일을 더 많이 할 수 있다. 엄청난 금액은 아니니 주변에 도움이 절실히 필요한 곳이 어딜까 생각했고, 선배인 내 이야기가 생각나 우리 푸른나무재단을 선택했다고 한다. 2021년 남파랑길을 걸어 147만 원에 주변 선후배와 동료, 지인들의 지원을 더해 1차 후원금을 보내왔다. 우리는 푸른나무트레킹(Blue Tree Trekking)이라 이름을 짓고 후원계좌도 별도로 만들어 뜻을 보탰다.

정 대장의 걷는 이야기를 듣고 있으면 누구나 걷고 싶어진다. 하염없이 걸으면서 스스로 돌아보기도 하고 남에게 기대보기도 하고 거꾸로 나보다 힘든 남을 도와보기도 하고. 그런 경험이 쌓이다 보면 어느 순간 자신에 대한 믿음과 남에 대한 배려가 생긴다고 했다. 어쩌면 학교폭력으로 힘들어하는 아이들, 혹은 학교폭력의 가해자들이지만 극복하고자 하는 아이들에게 가장 필요한 경험이 아닐까. 아이들과 함께 걸어보면 어떨까.

시험 삼아 우리 직원들과 함께 걸어본 적이 있다. 일하는 체력 하나는 자신 있었어도 걷는 체력은 부족했는지 나는 무척 힘들었다. 하지만 정 대장이 이야기한 게 어떤 것인지 어렴풋이 이해할 수 있었다. 상처를 극복하기 위한 치유 과정에서 가장 중요한 건 본인의 의지이고, 의지는 자신에 대한 믿음, 자신감과 자존감에서 나온다. 길에서 스스로 자신감과 자존감을 터득할 수 있다면 그보다 좋은 일이 있겠는가. 아직은 우리 재단의 프로그램으로 정해진 것이 없지만, 걷는 여행을 통한 치유 또한 언젠가 꼭 해보고 싶다.

응원하는 마음, 돌아보는 마음

어쩔 수 없는 원망과 어쩔 수 없는 기도

종교가 없었다면 지금 나는 이 자리에 없을 것이다. 청예단 이사장 직은 물론이고, 세상에 남아있지 않았을지도 모르겠다. 대현이를 잃은 슬픔을 기댈 곳이 없었기 때문이다. 비통하고 슬펐지만, 나 스스로를 바로 세우지 않으면 남은 가족을 돌볼 수 없었다. 하지만 나도 나약한 인간인지라 시도 때도 없이 무너졌고, 끊임없이 절망했다. 그 와중에 어찌 신을 원망한 적이 없었겠는가. 그런데 내가 그토록 원망했던 그 신이 결국 나를 일으켜 세웠다.

대현이 사고 소식을 베이징에서 처음 들었던 새벽, 나도 모르게 '오,

주여'가 떠올랐다. '떠올랐다'는 표현이 맞는지 모르겠다. 그건 생각도 아니고 말도 아니었다. 그저 그 말이 찰나에 스쳐지나갔고, 말을 하려 했으나 어떤 말도 목구멍을 넘어 소리로 나오지 않았다. 중얼거림처럼, 신음처럼, 울음처럼 목안에서 맴돌다 사라졌다. 성모병원의 초라한 장례식장에서 아내를 보았을 때도 그랬다. 나는 하나님께 우리 대현이를 받아주시라고, 남은 우리 가족을 보살펴달라고, 간절하게 청했다. 그러고 나서야 아내를 달랬다.

나는 크리스천이다. 아주 어려서부터 어머니와 목포에서 110년 역사의 양동교회에 다녔다. 다섯 살 때 유아세례를 받았다. 그래서 기독교는 내 의지와 상관없이 숙명처럼 주어졌다. 마치 대한민국에 태어나듯, 기독교를 믿는 집안에서 태어나 교회를 접하고 신앙을 가지게 되었다. 그러다 대학교에 입학한 후 '종교란 무엇인가', '신은 있는가' 등의 질문을 품기 시작했다. 그때 내가 내린 잠정적인 결론은 '종교는 유익하다, 다만 무서운 것이다'라는 정도였다.

청예단 일을 하면서 만난 목사님이나 크리스천들로부터 나를 위로하고 격려하는 기도를 많이 받게 된다. 사람에 따라 기도의 내용은 다르지만, 꼭 빠지지 않고 들어가는 기도가 있다. "주님께서 특별하신 뜻이 있어 대현이를 먼저 부르시고, 이 세상의 수많은 대현이를 위하여 김종기 집사님을 중하게 쓰시나니……."

기도를 해주시는 분의 마음을 모르는 바 아니나, 나는 이런 기도를 들으면 주님의 그 뜻이 늘 섭섭하다. '왜 하필 제게 이런 시련을 주십니까.' 이 말이 가슴 한가운데에 늘 있었다. '제가 무슨 죄를 지었기에 이 많은 사람들 가운데 하필 제게, 숱한 죄를 짓고도 안락하게 사는 이들을 두고 오직 일과 가족을 위해 애를 쓴 제게 이런 고통을 주십니까?' 그때 신을 향한 나의 마음은 분노와 원망이었다. 어쩔 수 없이 솔직한 내 마음이 그랬다.

학교폭력을 없애보겠다고 하던 일도 접고 나와 황무지 같은 현실에서 첫발을 내디뎠을 때만 해도, 이 일이 이렇게 크고 어려운 일인 줄 몰랐다. 전혀 생각하지 못했던 어려움들이 예상하지 못했던 곳에서 터졌고, 우리의 노력과 기대는 번번이 방향이 틀어졌다. 그때마다 나는 어찌할 도리를 알지 못하고 주님께 의지했다.

"도와주십시오. 비록 아들을 데려가셨지만, 청예단만은 지켜주십시오."

돌이켜보면 나는 기도를 드리지 않을 수 없을 때 기도를 올렸다. 주를 믿는 내 마음이 흔들렸던 적은 없었지만, 절실한 마음으로 기도를 드렸던 건 그밖에 다른 방법이 없을 때였다. 대현이가 떠나고 삶이 통째로 휘청거렸을 때, 그 죄를 씻으려 시작한 일이 혼란스러워 앞이 전혀 보이지 않았을 때. 나의 믿음이 신실하고 깊어서 아들의 죽음을 주님의 뜻으로 받아들이고 이 일을 하는 것이 아니다. 푸른나무재단 일을 하면서 너무 힘이 들 때도, 아들을 잃었을 때처럼 어쩔 수 없이 신에게 의지할 수밖에 없는 상황이기 때문에 주님께 하소연하듯 의지했다. 이것이 나의 신앙고백이다.

엘리 엘리 라마 사박다니(마가복음 15장 34절)

"주여, 왜 저를 버리시나이까?" 예수님께서 돌팔매를 맞으며 십자가를 메고 해골 모양의 골고다 언덕에 오르실 때, 그리하여 마침내 십자가에 못 박힐 때 하셨던 말씀이다. 나는 그 모든 일이 하나님께서 예비하신 길인데, 예수님께서도 이를 알고 계셨을 텐데, 그렇듯 절규하신 걸 의아하게 생각했다. 고통스러운 십자가의 시간이 지나고 사흘이 지나면 부활하실 것 아닌가.

물론 하나님과 예수님의 일에는 나 같은 평범하고 미천한 사람이 도무지 이해할 수 없는 높은 뜻이 있을 것이라 믿는다. 하지만 다른 한편으로 나는 위안을 본다. 하나님의 아들마저도 고통 앞에서 그럴진대, 나약한 인간인 나 같은 존재야 당연히 원망도 할 수 있는 것 아니겠는가. 어려서부터 자연스럽게 주님을 만났고, 교회에서 학생회장도 했다. 가족 중에는 목사님도 권사님도 계셨고, 모두 새벽기도에 나가 주님만을 최고로 알고 그 뜻 어기지 않으려 애쓰며 살아왔다. 이 정도면 커다란 복을 바라지는 않아도, 큰 시련은 받지 않고 살아갈 만한 것 아닌가. 자식을 잃는 시련을 받지 않기 위해서 더 이상 무엇을 했어야 했단 말인가. 나에게 이런 큰 시련을 주신 것에 대한 원망이 쉽사리 가시지 않고 가슴 한구석에 여전히 조금은 남아있는 것 같다.

어쩌면 나는 아직 하나님을 완전히 믿고 의지하는 게 아닐 수도 있다. 아마 그럴 것이다. 아기가 제 엄마나 아빠를 보듯, 세상의 모든 어려움과 고민은 잊고 제 모든 것을 기대고 의지해야 하는데, 나는 아직도 원망 반 하소연 반으로, 그저 그렇게 기대고 있는 것 같다. 그래서 나는 남들이 내게 말하는 것처럼 '독실한 크리스천'이 아니라 소위 말하는 '나일론 신자'일지도 모른다.

이루어질 수 없겠지만, 어느 순간에건 하나님께서 왜 내게 이런 슬픔과 고통을 주셨는지, 그 어려움과 고난이 왜 아직도 나를 에워싸고 있는지, 단 한 말씀만 해주신다면, 명쾌한 답이 아니라 어떤 화두라도 던져주신다면, 백 년 묵은 체증이 가실 것만 같다. 하지만 하나님은 말씀이 없으시다. 그걸 스스로 찾아야 하는 것이 내 몫인지도 모르겠다. 다만 이런 체증을 견디면서나마 이렇게 살아갈 수 있는 건 그분께 의지한 덕이라는 걸 나는 잘 알고 있다. 물론 나는 아직도 방황하고 있다.

믿음에 관해서는 사적인 자리에서 이야기하기가 여간 조심스럽지 않다. 나의 믿음이 부족한 탓도 있지만, 믿음이라는 게 본디 사람마다 다르고 마음의 문제라서 다른 사람이 어찌할 수 없는 부분이기 때문이다.

믿음에 대한 나의 생각과 주장, 경험들을 책에 적는 건 무척이나 망설여진다. 바라건대, 불완전하고 나약한, 그래서 아직도 방황하고 있는 한 어리석은 아비 개인의 이야기로 받아들여 주시면 좋겠다.

남은 자의 방백

내가 1947년 정해(丁亥)년 생이니 올해로 일흔다섯이다. 흔히 하는 말로 예순을 이순(耳順)이라 하고, 일흔을 고희(古稀) 혹은 종심(從心)이라 한다. 이순은 귀가 순해진다는 말로, 남의 말을 들을 때 내 마음의 편견과 선입관이 사라져 말한 사람의 뜻을 제대로 이해할 수 있다는 뜻이다. 나아가 사물의 모습과 성질을 본디 순리대로 이해할 수 있다는 뜻이다. 고희는 드문 나이라는 의미로, 일흔까지 장수하는 이가 드물었던 때 생긴 말이다. 종심은 집착이나 욕망이 사라져 마음이 가고자 하는 대로 따라도 예의나 법도에 어긋나지 않는다는 말이다. 그러니까 예순에는 세상과 사회의 순리를 깨닫고, 일흔에는 그 순리에 따라 살게 된다는 말이다. 지금 내 나이면 세상 이치는 통달하고, 행동 역시 큰 어긋남이 없어야 마땅하다.

그런데 내가 살아보니 그게 아니었다. 나는 여전히 스스로 혈기왕성한 청년이라고 생각하고 밀어붙이고 논쟁을 벌이고 있다. 좋게 말해서는 그렇고, 솔직히 말하면 성급하거나 욱하는 성격이 아직도 남아 있다. 이제는 늘 의연하고 순해질 법도 한데, 나는 왜 그렇지 못한 걸까?

곰곰이 생각해보니 내가 큰 착각을 하고 있었다. 나는 예순이 되면 절로 이순이 되고, 일흔이 되면 절로 종심이 되는 줄 알았던 것이다. 살아보고 알게 된 것이지만, 공자님 말씀은 그래도 예순 정도면 귀가 좀 순해야 하고, 일흔이 되면 마음도 순해져야 한다는 뜻이었다. 예순이 되어서도 듣고 싶은 이야기만 듣고 남을 헤아리지 못하면, 칠순이 넘어서도 헛된 욕심이 남아 있으면, 어지간히도 못난 사람이니 그리 되지 않도록 경계하고 자숙하고 반성하고 노력하라는 뜻이었다. 거꾸로 보자면 예순이 되어도 편견과 선입관을 버리기는 쉽지 않고, 70년을 살아도 마음을 비우기란 어렵다는 의미다. 그리 생각하니 조금은 위로가 된다.

그러고 보니 위로를 삼을 만한 것이 하나 더 있다. 내가 환갑을 맞았던 2006년, 딸네 식구는 싱가포르에 나가 있었기 때문에 청예단 직원들이 깨끗한 한식당에 우리 부부를 초대해 축하를 해주었다. 환갑이라는 사실에 별다른 감회가 없었지만, 직원들이 케이크를 자르고 축하 노래를 불러주니 '아, 내가 벌써 환갑이 되었구나' 하는 생각이 들었다. 직원들이 가족을 대신해준 것이다.

칠순이었던 2016년에는 고교 친구들과 부부동반으로 해외여행을 갔다. 가게 된 동기는 한 친구가 TV 홈쇼핑에 당시 유행하는 크로아티아 상품이 아주 싸게 나왔다며 칠순이 되는 친구들을 꼬드겨서 함께 일곱 쌍이 떠난 것이다. 이것저것 다 잊고 이국적인 풍경에 도취해 다니다 어느 날 저녁 피곤한 몸을 끌고 호텔 방으로 돌아오니 갑자기 탁자에 과일바구니와 꽃다발과 와인이 놓여 있었다. 거기에는 예쁜 칠순 축하카드도 꽂혀 있었다. 정확히 내가 칠순이 되는 날이었다. 친구 부부들도 같이 들 수 있도록 배려해 충분한 양이었다. 전혀 예상치 못한 직원들의 고맙고 따뜻한 마음 씀씀이가 우리 일행을 감동시키기에 충분했다. 친구들은 자식보다 직원이 더 낫다고 거듭 우리 직원들을 칭찬했다.

큰 감동을 준 그날 저녁을 떠올리면 지금도 저절로 미소가 지어진다. 내 책상 앞에는 "우리로 인해 당신이 미소 짓는 날이 영원하기를⋯⋯"이란 멋진 캘리그라피의 하얀 액자가 드라이플라워와 함께 걸려 있다. 그렇다. 직원들은 내 진심과 고생과 희생을 알기에 내게 최대한 잘해주려고 노력한다. 그 마음이 고맙다.

이제는 오랜 시간 함께 거친 바다를 헤쳐온 배에서 내린 기분이다. 머나먼, 아마도 끝이 없을 항해 중에 어느 항에 내려 다시 떠나가는 배를 바라보고 서 있다. 내가 시작한 항해였지만 누구라도 했어야 할 항해였고, 그래서 이제는 나 혼자의 항해가 아니다. 항해는 배를 탄 자들의 몫이다. 지금까지도 그랬지만 파도가 치는 바다 한가운데서 아쉽고 부족한 부분을 개선해나가면서 계속 나아가야 할 것이다. 배를 처음부터 다시 만들고 새 출발할 기회는 없을 것이다. 꼭 어떤 재단이나 조직에 한정된 이야기가 아니다. 사는 일이 그렇다.

애초에 내가 탄 배는 누군가가 만든 아주 커다란 배였다. 하지만 예상하지 못했던 사고로 배가 산산조각 났고 나는 난파선의 널빤지 하나 겨우 붙잡아 새로운 항해를 해야 했다. 파도가 거칠 땐 파도를 넘는 일에 집중했고, 파도가 잔잔할 땐 배를 고치고 키웠다. 알다시피 배가 가장 안전한 곳은 항구지만, 항구에만 서 있는 배는 배가 아니라 배 모양의 구조물에 지나지 않는다. 배는 바다 위에서, 파도 위에서 비로소 배로 존재한다.

이제 내가 그 항해에 함께할 날은 얼마 남지 않았다. 나는 항구에 남아 항해에 보탬이 될 일을 찾아 해나갈 것이다. 내 뒤의 일은 배에 남은 사람들에게 믿고 맡긴다. 지금까지 내가 한 건 항해를 이끄는 것과 목적지를 향하는 법을 공유하는 것 반반이었다. 우리 재단의 직원들은 나보다 전문적이고 열정적이다. 과거에서 출발한 나와 달리 미래를 향하기 위해 승선한 이들이다. 나는 그들을 믿는다. 믿는 것 말고는 할 수 있는 게 없지만, 믿어야 해서가 아니라 믿을 수 있어서 믿는다. 내 사랑하는 직원들의 건투를 빈다.

좋고 나쁘고를 떠나 내 인생에 가장 큰 영향을 미친 것은 역시 대현이의 죽음이었다. 만약 그 당시 느꼈던 감정 그대로 세상에 대한 비관과 분노만 품고 살아왔다면 나는 이렇게 칠순을 맞이하지 못했을 것이고, 아내와 딸 역시 잘 건사하지 못해 내 가족의 삶에도 나쁜 영향을 미쳤을 것이다. 그런 의미에서 슬픔과 분노를 복수라는 악의 고리로 끌고 가지 않고, 속죄하는 심정으로 청예단을 살린 것은 무척 다행스러운 일이었다. 결과적으로 나도 살았고 나의 가족도 열심히 살고 있다. 새삼 '나 잘했소, 칭찬해주시오' 하고 내세우거나 자랑할 입장은 아니지만 그때의 내 선택은 감히 최선이었다고 생각한다.

한 번의 인생, 세 번의 죽음

나이가 많아진다는 것은 죽음에 그만큼 가까워진다는 뜻이기도 하다. 가는 순서야 따로 정해진 바가 없다지만, 그래도 나이가 많을수록 죽음은 쉽게 맨얼굴을 드러낸다. 더구나 생각하지 못했던 자식의 죽음으로 삶의 방향이 바뀐 나에게 죽음의 의미는 남다르다.

모든 사람이 그런 것은 아니지만, 누군가의 삶은 단 한 번의 차이로 순식간에 크게 달라지기도 한다. 내 삶이 그랬다. 계속 달리던 어느 날, 나는 갑자기 나타난 돌부리에 걸려 넘어졌다. 달리던 속도 때문에 나는 피할 방법을 제대로 찾지도 못하고 넘어졌고, 돌부리는 아주 커서 나는 호되게 다쳤다. 사랑하는 아들의 자살이라는 '돌부리'는 눈 깜짝할 사이에 내 눈 바로 앞에 솟아올랐다.

첫 번째 죽음은 그렇게 갑작스레 나를 찾아왔다. 아무런 예고도 없이 불쑥 날아들었고, 나는 아무런 마음의 준비도 못 한 채 받아들여야만 했다. 그때 대현이는 겨우 열여섯, 나는 겨우 마흔여덟이었다. 열여섯이란 나이는 너무 풋풋해서 죽음과 어울리지 않고, 사내 나이 마흔여덟은 사회적인 삶의 절정을 눈앞에 둔 시점이어서 죽음과, 더구나 자식의 죽음과는 조화되지 않는다. 그 갑작스러운 죽음을 만나야 했던 심정을 뭐라고 해야 할까.

옛 중국 명사들의 일화를 다룬 《세설신어》 출면 편에 보면 이런 이야기가 나온다. 중국 진나라의 장군 환온이 배를 타고 험하기로 유명한 산협을 건널 때 그의 하인이 원숭이 새끼를 잡아 배에 태웠다. 그러자 그 원숭이의 어미가 슬프게 울면서 기슭을 따라 1백 리나 내려왔다. 배와의 거리가 조금씩 멀어지자 그 어미 원숭이는 제 새끼를 구하려는 일념으로 배로 뛰어내리다 죽고 말았다. 병사들이 죽은 어미 원숭이의 배를 갈라보니 창자가 조각조각 끊어져 있었다. 환온은 새끼 원숭이를 풀어주고, 원숭이를 잡아 온 하인을 크게 혼냈다. '창자가 끊어지는 듯한 아픔과 고통'을 뜻하는 단장(斷腸)은 여기서 비롯되었다.

내가 겪은 첫 번째 죽음에 대하여 '단장의 아픔'이라고 하자니, 상투적인 것 같아 구구절절한 이야기를 덧붙이게 되었다. 결국 그 죽음이 나와 내 가족의 삶을 송두리째 바꿨고, 이 길로 나를 이끌었고, 사소한 결과지만 이 책까지 쓰게 만들었다. 겪지 않았으면 좋았을 경험이고, 부디 다른 사람들은 느끼지 않기를 바라는 일이다.

지난 2007년 10월 9일 어머니께서 소천하셨다. 우리나라 사람들에게 '어머니'라는 말은 특별한데, 나는 그 특별함이 좀 더하다. 나의 어머니는 3남 3녀, 6남매 가운데 나를 유독 예뻐하셨고, 그래서 돌아가시는 순간에도 내 곁에서 떠나고 싶어하셨다. 나는 어머니의 그 간절한 소원을 들어드리지 못했고, 결국 아우 집에서 돌아가시게 했다. 향년은 백수(白壽)를 얼마 남기지 않은 97세셨다.

어쩌면 천수를 누리셨다고 해도 될 만한 어머니지만, 살아오신 생애를 떠올리면 마음이 쓰리고 아프다. 일제시대에 태어나셨으니 그 소녀 시절이 어려웠을 것은 빤한 일이고, 32세에 아버지를 만나 결혼하셨으나 바로 전쟁을 맞으셨다. 전쟁으로 망가진 삶이 겨우 수습될 만하자, 아버지가 돌아가시면서 청상이 되셨다. 마흔넷 되시던 해였다. 그때부터 어머니 삶의 목표는 자식 교육과 예수님이었다. 섣부르게나마 짐작하건대, 어머니는 그 어려움을 독실한 신앙으로 견뎌내신 듯하다.

나에겐 어머니셨지만, 아내에게는 시어머니셨고, 나에겐 특별하셨지만, 아내에게는 조금 유별나셔서 아내가 많이 힘들어했다. 홍콩에 나가 있던 5년 정도를 빼면 신혼 시절부터 27년 동안 아들밖에 모르시는, 그만큼 며느리의 모든 것은 시원찮게 여기시는, 어머니를 모시는 일의 고단함은 내가 헤아리기 어려울 정도였을 것이다. 마지막 몇 해는 뒤늦게 찾아온 병 때문에 몸과 마음의 품위를 잃으시며 고생을 하셨다. 그 와중에도 마음만은 절대 남에게 약점을 보이지 않으려 하셨던, 며느리의 도움도 거절하시고 고집을 꺾지 않으셨던 어머니. 그것이 여러 자식의 마음을 불편하게도 했지만, 그런 강건함 없이 이 한 세상을 어찌 건넜겠는가 싶기도 하다. 다행히 떠나실 때는 따스한 낮에 낮잠을 주무시듯 떠나셨다.

어머니는 보통 분이 아니셨다. 우리는 익히 그 사실을 알고 있었지만, 어머니께서 떠나신 후, 새삼 다시 깨달았다. 당신의 수의를 그 복잡한 예법에 맞게 직접 지어두신 건 말할 것도 없고, 주변의 물건마저 머리맡의 성경 한 권을 빼고는 모두 깨끗하게 정리하셨다. 유품에서는 작은 수첩 네 권이 나왔다. 자식들과 손자들 생일, 제일 좋아하시는 성경 말씀, 찬송가 노랫말, 어머니 생전에 새기셨던 교훈 등이 빼곡하게 정리되어 있었다.

내가 만난 두 번째 죽음은 어느 정도 예정된 탓에 충분히 준비하고 맞았으나 여전히 쓰리고 아팠다. 모든 죽음이 그러하겠지만, 나를 유별나게 사랑하셨던 까닭에 내 슬픔도 유별났다. 하지만 어머니는 슬퍼하면서도 받아들일 수 있었고, 그 고된 삶 내려놓으시고 편안히 가시라고 인사도 드릴 수 있었다.

아마도 세 번째로 내가 겪게 될 죽음은 나 자신이 될 것이다. 이 역시 예고는 되지 않았으나, 예정은 되어 있다. 인명은 재천이라 했고, 의학기술도 예전 같지 않게 발달했다고는 하지만, 상식적으로 받아들일 수 있는 순서에 따르면 다음 순서는 나다.

뉴스를 보니 2017년 기준 우리나라 남자의 평균수명이 79.7세라 한다. 참고로 여자는 85.7세다. 그리 따지면 지금 70대인 내가 평균수명의 나이에 이르는 시간의 차이를 반영해 산출한 기대수명은 약 82세다. 게다가 활발한 사회활동의 긴장감이 주는 활력을 생각하면 조금 더 늘어날 터. 그래서 넉넉하게 잡아 나에게 주어진 여생은 10년 정도라 생각한다.

중요한 건 '얼마나 오래 사느냐'가 아니라 '죽는 그 순간까지 어떻게 사느냐'인데, 10여 년 중에 내 의지대로 생각하고 행동하며 살 수 있는 기간은 얼마나 될까? 그 나머지 삶은 어떤 모습일 것이며, 그때 나는 어떻게 해야 할까? 생각이 여기에 이르면 조금은 두렵기도 하고 거꾸로 조금은 담담해지기도 한다. 내게 주어진 삶에 최선을 다하고, 그 뒤에 하늘이 정해준 운명을 따르면 그뿐이기 때문이다. 나중에 어찌될지 두려워 쩔쩔매다가 지금의 삶을 놓치는 것보다 어리석은 건 없을 테니까.

나이가 들면서 자주 떠올리는 말이 있다. 탐진치(貪嗔癡), 무엇인가 탐을 내지만, 잘 이뤄지지 않거나 실패하면 분노하는데, 그 분노로 말미암아 결국은 자신을 어리석고 부끄러운 사람으로 만든다는 뜻이다. 살아온 경험을 바탕으로 나름대로 이를 피할 수 있는 방법으로 생각하고 실천하려 애쓰는 몇 가지가 있다. 마음을 유연하게 먹고 덕을 키우는 게 제일 중요하다. 남을 배려하고 이해하면 부끄러움은 면할 수 있다. 아호를 덕산(德山)으로 지은 것도 그런 까닭이다. 모임이나 만남 특히 술자리 모임을 줄이는 것도 큰 보탬이 된다. 관계의 폭을 줄이고 깊이를 추구하고자 한다. 시비와 권유는 일단 피하는 게 순리에 가깝다. 감정을 소모하고 나면 회복하기가 너무 어렵다. 대신 유머와 덕담을 더 자주 하려고 한다. 마지막은 책을 가까이 하고 마음공부를 꾸준하게 하는 거다. 나를 돌아볼 좋은 계기가 되기 때문이다.

이걸 좀 더 일찍 알았더라면 얼마나 좋았을까, 지금쯤은 좀 다르지 않을까 생각해보지만, 사는 데 필요한 교훈은 항상 늦게 다가오는 법이니, 아쉬워 말고 지금부터라도 새롭게 다짐을 해본다.

죽음은 죽는 당사자보다 그걸 지켜보는 주변 사람들에게 더 큰 고통을 안긴다. 세 번의 만남 가운데 두 번은 가족의 입장에서 아들과 노모의 죽음을 지켜봤고, 세 번째는 가족들이 지켜보는 가운데 내가 떠나는 일일 텐데, 그 순간을 생각하면 '지금'을 허투루 보낼 수 없다. 남은 삶이 소중하고, 그 시간 동안 최선을 다해야 할 재단 일이 중요하기 때문이다. 그래야 그 뒤에 맞을 대현이와의 만남이 조금은 떳떳해질 테니까.

대현이를 만날 날이 머잖아 오리니

그날 이후 내 삶은 고스란히 푸른나무재단에 바쳐졌다. 여전히 부족하지만 최선을 다해 지금에 이르렀다. 대현이는 알고 있을까. 아무도 가지 않은 고생길임을 알면서도 피하거나 돌아가지 않은 이유는 단 하나라는 걸. 아이에게 용서를 받고 싶어서, 다시 만났을 때 조금이라도 덜 미안하고 싶어서. 못난 아빠가 얼마나 열심히 달려왔는지, 하늘나라에서 보고 있었겠지. 다시 만나면 "아빠 사랑해요. 수고하셨어요." 딱 이 두 마디만이라도 듣고 싶다. 나는 대현이 아빠다. 못난 사람이지만 대현이 아빠여서 좋고, 무슨 상 수상자나 사회사업가가 아니라 단순히 대현이 아빠라서 행복하다.

대현아, 아빠야.

잘 있니?

올해 초, 혼자 서산 바닷가에서 이틀간 머물며 남은 내 삶과 네 엄마와 누나를 위한 유언장을 썼단다. 네가 엄연히 우리 가족의 일부로 존재함을 실감했단다. 신기하지? 하지만 사실이야. 아빠는 너를 지키지 못했지만, 너는 아빠를 잘 지켜주었잖니. 이제는 엄마를 지켜주렴. 미안하지만 부탁한다.

이달에는 분당서울대학교병원에 가서 사전연명의료의향서에 사인하고 등록을 마쳤다. 오랜 생각이고 통과의례 같은 거란다. 그런 것보다는 너에 대한 미안함이 더 깊게 있구나.

부귀영화를 누리진 못했지만 너의 분신인 이 푸른나무재단을 세상에 남기게 되었다. 이 재단이 푸르게 푸르게 자라 큰 숲을 이루었으면 좋겠구나. 너도 편안히 쉬고 상처 입은 다른 영혼들도 안식을 취할 수 있는 아름다운 숲이 되었으면 좋겠구나. 그러면

너에게도 나에게도 위로가 되겠지.

재단이 너의 분신이듯 재단 직원들은 노년에 너를 대신해 나의
자식이 되어주었단다. 나도 이들을 아끼고 좋아한다. 참 고마운
일이지. 이들이 내 뒤를 이어 푸른나무재단을 잘 가꾸고 이끌
것이라 믿는다. 나는 네 곁을 지키면서 '천 개의 바람'처럼 재단과
그들 곁을 지키고 싶구나.

이제 너를 만날 날도 조금씩 가까워지고 있다. 정신없이 재단 일을
할 때는 시간을 헤아리지 못했는데, 주변을 정리하고 한 발짝
물러나 혼자만의 시간을 갖게 되니 이제야 그 순간이 그리 멀지
않았음을 깨닫게 된다. 곧 만나겠지? 글쎄, 어떤 말이 필요할까.
바라보는 것만으로 충분하지 않을까. 아니 그 눈을 제대로 볼
수나 있을까 모르겠다. 뭐라도 상관없다. 그냥 바라보고 싶고 그냥
안아보고 싶다. 웃고 있는 눈처럼 체온도 따뜻하겠지. 마지막 보낼
때는 차가웠는데…….

그동안 수없이 혼자 했던 말, 제일 하고 싶었던 말, 만나자마자 하고
싶었던 말을 못 했구나.

"대현아, 보고 싶었어. 사랑해. 미안해!"

1996년 봄, 어느 젊은 시인이 신문에 난 내 기사를 보고
자작시에 그림을 올린 시화를 선물로 보내왔다.
난 지금도 이것을 내 방에 걸어 놓고 스스로 위로 받고 있다.

우리동네 당산나무

이진영 시
유연복 그림

우리동네 당산나무

상처 많아서 아름답습니다.

내(我)가 없어서 더욱 아름답습니다.

그래서 더욱 장하십니다.

직원 단합 체육대회. 2017년 노원청소년센터에서 본부와 시설 직원 270여 명 중 모일 수 있는 직원들이 모여서 줄다리기 등 즐거운 게임을 하고 단위별 회식으로 마무리했다.

군인들의 군 생활을 올바로 돕기 위해 청예단의 오랜 상담과 교육 경험을 바탕으로 2016년부터 7년째 군 인성교육을 실시하고 있다. CEMD-M 프로그램은 군대에 최적화된 최고의 프로그램으로 국방부나 군인들, 강사진 모두의 큰 사랑을 받고 있다.

마닐라 시민문화회관에서 2019년 제61차 막사이사이상 수상소감 발표. '아시아의 노벨평화상'이라는 애칭으로 테레사 수녀 등이 수상했으며 한국인으로는 고 장준하 사상가, 김용기 목사, 법륜 스님이 받은 영예로운 상으로 12년 만에 한국인이 받았다.

막사이사이상은 각종 세미나, 강연, 인터뷰 등 7일 동안 부대행사가 진행되는, 필리핀이 자랑하는 문화 축제이다. 나를 축하해 주기 위해 마닐라에 자비로 참여해 준 45명의 친구들과 청예단 임직원들에게 영원히 감사하다. 막사이사이재단 측은 창립 이래 45명의 대규모 축하사절단은 처음이라고 몇 번이나 놀랐다.

2015년 우리는 ㈜카카오와 디지털 시민교육 프로그램을 만들었다. '사디세(사이좋은 디지털 세상)'은 2021년까지 11만 명이 넘는 초등학생들과 함께했다. 반응이 좋아 교육 신청이 전국에서 쇄도하고 접수 또한 금세 마감된다.

푸른나무재단 출범 2년후 서초동 교대역 부근에 지하 1층 지상 7층으로 이 건물을
신축했다. 내 아호를 따 동관빌딩으로 시작하였으나 2019년 직원들의 건의로 건물
명칭을 청예단빌딩으로 바꾸었는데, 재단의 보금자리가 될 운명이었던 모양이다.

본부 근무 60명 중 일부가 청예단빌딩 입구로 나와 코로나19 진료에 헌신한 의료진에 감사한 마음을 전하기 위해 '덕분에 챌린지'에 참여하고 있다. 앞에 놓은 개, 고양이 캐릭터는 친구 사이의 우정과 사랑을 의미하는 심벌이다. 흔히 개, 고양이는 서로 앙숙이라고 하는데, 이는 서로 간의 의사소통 방식이 달라 오해로 생긴 일이다. 개, 고양이도 서로 잘 소통한다면 충분히 좋은 사이가 될 수 있다.

〈유퀴즈〉 148회를 유튜브로 본 후 자신이 오래 모은 금괴 100돈을 선뜻 후원하신 박만순 님. 건설현장 노동자로 일하며 어렵게 마련한 재산을 기부하면서 오히려 행복하단다. 기적이 아니고는 어떻게 설명할 수 있을까. 이 감동 실화는 유튜브에 '금괴 100돈의 기적'으로 널리 알려져 있고, 그 후로도 매달 1백만 원을 후원하신다.

삼성비서실 시절부터 가까운 정선종 사장은 산티아고 순례길을 완주하고, 지금은 우리 한반도를 'Blue Tree Trekking(BTT)'이라고 이름 지어 매월 1주일간, 하루 8~9시간, 평균 25km씩을 걷고 있다. 그리고 1km에 1천 원을 스스로 후원하는데 정 사장 지인들도 이 BTT 후원에 동참하고 있다. 나도 두 차례 함께 걸어봤는데 무척 힘들었다.

스스로 행복한 사람이 되기를

사랑하는 나의 손주 예나, 예은, 형준에게

사랑하는 나의 손주 예나야, 고3이라 이 무더위에도 아랑곳하지 않고 공부하느라 고생이 많구나.

어여쁜 나의 손주 예은아, 아침부터 늦은 밤까지 학교로, 학원으로 바쁜 모습이 안쓰럽구나.

보고 싶은 나의 손주 형준아, 원 없이 꿈꾸고 신나게 놀면서 잘 지내고 있니?

너희가 세상에 태어나던 순간을 생생하게 기억하고 있단다. 눈도 제대로 뜨지 못하는 아기를 품에 안았을 때, 그때의 내 느낌과 기분은 이루 말할 수 없이 행복했다. 그때의 내 기분만은 아직도 방금 전 일처럼 또렷하구나. 너희를 볼 때마다 그때부터 지금까지의 여러 모습이 겹쳐 보이면서 마냥 예쁘기만 하고 마냥 사랑스럽기만 하구나.

할아버지는 너희가 행복하기를 바란다. 앞으로 너희가 살아갈 무수한 날들이 너희에게 슬픔보다 기쁨으로, 불안보다 행복으로 너희에게 주어지길 기도한단다. 그렇게 할 수만 있다면 내게 남은 어떤 것도 기꺼이 너희에게 내어주고 싶은 마음이다.

너희에게 물질적인 부를 남기지 못해 아쉬운 마음이 없진 않다만, 살아가면서 우리를 행복하게 하는 건 그런 게 아니란다. 짧지 않은 세월 동안 나름대로는 최선을 다해 살아왔고, 그래서 알게 된 게 조금 있단다. 글쎄, 내가 살아온 세상과 너희가 살아갈 세상이 달라 나의 깨달음이 얼마나 보탬이 될지, 얼마나 너희 마음에 닿을지 모르겠다만, 작은 지혜를 전하고 싶구나.

지금은 영어 단어 하나, 수학 공식 하나가 너희에게 중요하게 느껴지겠지만, 세상에는 그것보다 훨씬 중요한 것들이 많단다. 학교를 다니는 너희에게 가장 중요한 건 네 곁에 있는 친구들이고, 너희를 아껴주시는 선생님이고, 너희들이 뛰어노는 교정이란다.

친구란 참으로 귀한 존재란다. 그러니 친구를 귀하게 여기고 좋은 친구가 되렴. 힘이 약한 아이에겐 힘이 되어 주고, 아픈 아이에겐 위로와 도움을 건네려무나. 작은 이익 때문에 남을 속이거나 해치는 건, 결국 스스로를 속이고 해치는 일이란다. 좋은 친구로 남는 건 너 스스로를 좋은 사람으로 만들고 행복하게 한다.

부당한 일에는 맞서야 한다. 불의는 비켜서면 쉽게 번지는 법이어서 정면으로 맞서고 굽히지 않아야 빨리 사그라든단다. 용기를 가지렴. 세상에는 불의에 맞서려는 사람들이 제법 많고, 특히나 너희 같은 학생들에게는 도움을 주고 싶어하는 이들이 무척 많단다. 할아버지도 그런 사람이란다. 커다란 용기도 결국 작은 용기에서 비롯되는 법이다. 그 작은 용기를 잘 간직하렴.

너희는 세상에 둘도 없는 아름답고 소중한 존재들이다. 그러니 네 속에 간직한 너만의 꿈을 믿고 잘 지켜야 한다. 자신을 믿고 열심히 노력하면 그 꿈은 이루어진단다. 언제 어떻게 이루어질지는 아무도 모르지만, 귀한 꿈은 스스로 힘을 지니기 마련이라, 꼭 이루어진다.

예나야, 예은아, 형준아.
할아버지는 너희와 너희가 지닌 꿈을 믿고 응원한다. 스스로를 믿고 주변을 살피며 앞으로 뚜벅뚜벅 나아가는 사람은 자신이 먼저 행복하고, 주변을 행복하게 하는 법이란다. 너희 자신을 믿고 사랑하렴. 그리고 스스로 행복하렴.

꼭 덧붙이고 싶은 말이 있구나. 너희는 너희가 할아버지와 할머니에게 얼마나 큰 기쁨인지 잘 모를 것이다. 그 정도로 너희는 내가 살아가는 기쁨 가운데 하나란다. 사랑한다.

2022년 7월
분당 외할아버지가

내가 사는 기쁨 중 하나가 세 외손주를 만나는 것이다. 나와 아내는 막내 외손주
형준이(초등학교 4학년)를 매우 사랑하는데, 가끔 우리도 모르게 순간적으로
대현이라 부르고는 화들짝 놀라기도 한다.

마치며

참으로 많이 부족한 사람의 기나긴 글을 읽어주어서 고맙습니다.

이 글을 쓰는 것 자체가, 부질없고 부끄럽게 생각될 때가 많았습니다. 허전하고 허무했습니다. 무엇보다, 저 밑바닥으로부터 전해지는 자괴감을 견디기가 어려웠습니다. 짧지 않은 글을 적는 내내 그랬습니다.

하지만 이런 일도 있고, 이러한 삶도 있음을 알리기 위해서 부끄럽지만 용기를 냈습니다. 삶이 어떤 바닥을 떠돈다 하더라도, 이런 일은 무척 중요하다고 믿기 때문입니다. 저는 제가 쏟을 수 있는 모든 것을 다 했고, 이 작은 책에 그 신념과 진심을 담고자 했습니다. 마흔여덟 젊은 시절에 시작해 벌써 일흔다섯이 넘어 머리에 새하얀 서리가 앉은 그 세월을 이 한 권에 남김없이 담을 수는 없겠지만, 놓치지 말아야 할 것들은 되도록 빠뜨리지 않으려 했습니다.

참척의 비극은 뜻밖에도 바로 내게, 순식간에 일어날 수 있습니다. 어느 누구도 장담할 수 없습니다. '설마, 내게⋯⋯.' 저 역시 대현이를 잃기 전까지 '설마'라고 생각했습니다. 마지막으로 보았을 때도. 하지만 어느 순간 현실이 되어 있었습니다. 가슴 찢어지는 그 참담한 아픔을 내 첫값으로 생각하고 받아들였습니다. 내 모든 것, 소위 말하는 영화나 출세를 포기하고 오직 이 일에만 27년간 몰입해 나를 던져버렸습니다. 남들은 그리도 탐하는 국회의원 자리도 외면하고, 인터뷰도 되도록 피하고, 내가 외부에 드러나는 일들이 불편했습니다. 그러나 일을 하자니 자금(상금)이 필요해서 상찬에도 응모했고, 그 상금이나 내 강의료, 이 책의 인세도 모두 푸른나무재단에 들어가도록 했습니다. 서초동 건물도 내놓았습니다. 오직 푸른나무재단이 잘 운영되기만을 바라며 욕심을 버렸습니다.

그러나 역설적이게도 저는 죽지 않았습니다. 놀랍게도 비움으로 살았습니다.

이제 나이가 들면서, 차라리 편안하다면 이상하게 들리실까요?

여러분들에게 작은 바람이 있습니다. 아이들은 사랑받기 위해 태어났습니다. 늘 자녀들과 마음으로 대화하고, 격려하고, 사랑해 주십시오. 여러분 자신이 먼저 가족과 이웃과 세상을 사랑하며 감사하며 살아가십시오. 아이들은 부모들의 그런 모습을 보면서 남을 배려하며 가슴이 따뜻한 아이들로 성장할 것입니다.

푸른나무재단은 새로운 미션과 비전으로 무장하고 지난 27년 동안 쌓아온 경험과 신뢰를 바탕으로 더 큰 꿈을 실천해 나가고 있습니다. 작은 나무가 자라 굵은 둥치를 이루고 무성한 그늘을 드리운 커다란 나무가 되었으니 이제 푸른 숲을 만들어갈 것입니다.

푸른나무재단이 잘 자라 아이들에게 행복하고 평화로운 그늘을 드리울 수 있도록 여러분이 물도 주시고 비료도 주시면 고맙겠습니다. 그 푸르른 숲은 바로 여러분과 아이들을 위한 숲이기도 합니다. 우리 모두의 숲이지요. 숲 어디쯤에 작은 언덕이 있으면 좋겠습니다. 어른들의 잘못으로 인해 저 먼 나라로 먼저 떠난 어린 넋들을 추모하고 기리는 공간으로 만들고 싶습니다.

우리 사회의 곳곳에서 보이지 않게 묵묵하게 애쓰시고 수고를 마다하지 않으시는 진정한 시민운동가들에게 저의 존경과 사랑을 보냅니다. 정부와 기업이 미처 하지 못하는 일, 험난한 파도 속 등대가 되는 그대는 위대합니다. 진심으로 고개 숙여 인사를 전합니다. 고맙습니다.

작은 꽃씨 하나 떨어져 땅 위에 뒹굴다가
싹 틔우고 잎 내더니
어느덧 둥치가 제법 굵어졌습니다.
세월이 흐르니 어느새 큰 나무가 되어 넓은 그늘을 드리웁니다.

이제는 푸른 숲 – 온갖 새들이 자유롭게 우짖고 노니는 푸르른 숲을 꿈꿉니다.

나이가 들면서 욕심도 비웠습니다.
욕심 비운 자리에 평안함을 채웁니다.

독자 여러분들의 가정과 일 위에, 하나님의 크신 사랑과 축복이 함께하시길 바랍니다.

2022년 여름
김종기

아버지의 이름으로

1판 1쇄 발행 2013년 4월 9일
1판 5쇄 발행 2015년 4월 30일
2판 1쇄 발행 2015년 11월 30일
2판 5쇄 발행 2019년 4월 17일
3판 1쇄 발행 2020년 1월 15일
3판 4쇄 발행 2022년 5월 23일
4판 1쇄 발행 2022년 9월 7일

지은이 · 김종기
기획 · 페이퍼100
펴낸이 · 주연선

(주)은행나무
04035 서울특별시 마포구 양화로11길 54
전화 · 02)3143-0651~3 | 팩스 · 02)3143-0654
신고번호 · 제 1997—000168호(1997. 12. 12)
www.ehbook.co.kr
ehbook@ehbook.co.kr

ISBN 979-11-90492-25-6 (03810)